MÖRDERISCHES
WÜRZBURG

Werner Rosenzweig

MÖRDERISCHES
WÜRZBURG

EIN FRANKEN-KRIMI

Volk Verlag München

Die Deutsche Bibliothek verzeichnet diese Publikation in der
Deutschen Nationalbibliografie; detaillierte bibliografische Daten
sind im Internet über https://portal.dnb.de/ abrufbar.

© 2021 by Volk Verlag München
Neumarkter Straße 23; 81673 München
Tel. 089 / 420 79 69 80; Fax: 089 / 420 79 69 86

Druck: cpi books, Leck

ISBN 978-3-86222-386-2

www.volkverlag.de

Prolog
Kathrin

Schon von klein auf fühlte sich Kathrin benachteiligt. Das begann mit ihrem ersten Dreirad. Ihres war aus Holz und überall war schon die Farbe abgesplittert. Schön sah das nicht aus. Eher ramponiert. Erst viel später erfuhr sie, dass ihre Eltern ein gebrauchtes Dreirad gekauft hatten. Das Modell ihrer Freundin Julia dagegen war aus Metall und blitzte, glitzerte und glänzte in der Sonne mit seinen vielen Chromleisten. Im ganzen Freundeskreis wurde Julia beneidet um ihr Luxusgefährt. Für Kathrins hölzerne Version interessierte sich kein Schwein.

Wie gerne wäre Kathrin nach der vierten Klasse Grundschule an ein Gymnasium gegangen. Sie gehörte zu den Klassenbesten und auch die Lehrer empfahlen den Wechsel an eine weiterführende Schule. „Kommt gar nicht in Frage", entschied ihr Vater. Immer war er leicht erregbar und jähzornig. Nie hatte er ein gutes Wort für sie übrig. „Realschule tut es auch. Irgendwann lernst du einen Mann kennen, heiratest und bekommst Kinder. Wozu brauchst du da eine höhere Schulausbildung? Wozu also Gymnasium oder gar Studium? Alles nur vergeudetes Geld. Lerne lieber anständig zu kochen. Liebe geht bekannterweise durch den Magen. Nicht wahr, Schatz?", meinte er an seine Frau gewandt, die dazu aber keinen Kommentar abgab. Kathrins Mutter strotzte nicht gerade vor Selbstwertgefühl. Zumindest nicht gegenüber ihrem Mann.

Wann immer es um des Kindes Gesundheit ging, war das etwas ganz anderes. Da ließ sich die Mutter nicht reinreden. Ständig wurde Kathrin von der Mutter umsorgt. Immer hieß es: „Kind, zieh dir ein warmes Unterhemd an. Draußen ist es kalt. Wie schnell kannst du dir eine Erkältung zuziehen." Oft wurde sie von ihren Spielkameradinnen im Kindergarten ausgelacht, wenn sie mit ihren wollenen Strumpfhosen ankam. Beim ersten Niesen schleppte die Mutter Kathrin zum Arzt.

Später, so im Alter um zwölf, musste Kathrin im elterlichen Nebenerwerbsbetrieb mithelfen. Vor allem, wenn es um die Einbringung der Trauben während der Weinlese ging. Der elterliche Betrieb war zu klein, um sich eine Erntemaschine leisten zu können. Die Lese erfolgte manuell. Eine mühsame und schwere Arbeit. Auch Kathrin musste die schweren Butten schleppen, in die sie die geernteten Trauben gab und zum Sammelplatz trug. Eine Aufgabe, die ihr tagelang Rückenschmerzen bereitete. „Stell dich nicht so an", tadelte sie der Vater. Ein Wort des Lobes für sie hatte er nicht übrig. Doch damit nicht genug, auch beim Rebschnitt, dem Ausdünnen der Trauben und beim Düngen der Rebflächen musste das Mädchen helfen. Kathrin erlitt die Rückenschmerzen klaglos, wollte vermeiden, dass ihre Mutter sie zum Besuch eines Orthopäden zwang.

Als sich Kathrin für Mode und Jungs zu interessieren begann, durchlebte sie ihre schlimmste Zeit. Ihre Mutter bestand darauf, ihr immer noch Zöpfe flechten zu müssen. Mit Argusaugen überwachte sie die körperliche Entwicklung der Tochter. Die Arztbesuche häuften sich. Papa wurde noch unausgeglichener. Wehe, wenn durch eine leichte Bluse ein BH-Träger durchschimmerte. Bekanntschaften mit Jungs waren Tabu, der Kirchgang am Sonntag dagegen Pflicht.

Mit sechzehn Jahren absolvierte Kathrin die Mittlere Reife mit Bravour und entschied sich für eine dreijährige Ausbildung zur Medizinisch-Technischen-Assistentin. Schon frühzeitig dachte sie daran, sich später zur MTA für Funktionsdiagnostik zu spezialisieren. Das Lernen an der Berufsfachschule und die praktische Ausbildung in der Missionsärztlichen Klinik machten ihr von Anbeginn an großen Spaß und sie stellte sich äußerst geschickt an.

Zuhause, in der Familie, musste sie weiter darunter leiden, dass ihr keine Freiräume gewährt wurden. Es wurde sogar immer schlimmer. Sie wollte nicht mehr mit in den langweiligen, alljährlichen Familienurlaub nach Tirol fahren. Das ging ihr schon seit langer Zeit auf den Wecker. Die täglichen Wanderstrecken kannte sie in- und auswendig und die überflüssigen Kommentare ihres Vaters sowieso. „Nichts da", bestimmte der aber wieder einmal. „Wir sind eine Familie und eine intakte Familie geht gemeinsame

Wege." Widerstand war zweck- und aussichtslos. Das wusste sie. Kathrin fügte sich, wollte Wutanfälle des Vaters vermeiden. Aber pünktlich an ihrem achtzehnten Geburtstag zog Kathrin aus dem Elternhaus aus.

*

Über ihre Freundin Julia hatte sie einen Studenten aus Hamburg kennengelernt. Lars Burmester studierte in Würzburg Sinologie und Ökonomie und lebte in einer WG in der Scharoldstraße unweit der Pestalozzischule. Dort bewohnte er ein achtzehn Quadratmeter großes Zimmer, eine Art Wohnküche. Toilette und Dusche standen allen Mitbewohnern zur Verfügung. „Komm doch zu mir", hatte er ihr schon mehrfach angeboten, nachdem sie Lars von ihrer häuslichen Situation erzählt hatte. „Achtzehn Quadratmeter sind zwar nicht gerade riesig", gab er zu, „aber für zwei Personen gerade noch ausreichend."

Im Elternhaus hatte Kathrin schon einmal kurz angedeutet, dass sie einen Studenten kennengelernt hatte. Damit brachte sie ihren Vater in Rage und löste eine Diskussion aus, die ihr ordentlich unter die Haut ging. „Was heißt das, kennengelernt?", wollte er wissen. „Läuft da was mit Sex? Lass dir bloß kein Kind andrehen! Wie schaut der überhaupt aus?" Sie zeigte ihren Eltern ein Foto von Lars, das sie mit ihrem Mobiltelefon aufgenommen hatte. „Um Himmels Willen", schlug ihr Vater die Hände über dem Kopf zusammen. „Was ist denn das für ein Grottenolm? Hat der eine Glatze oder hat er sich die Haare abrasiert? Der erinnert mich an Telly Savalas. Ist das der neue Kojak von der Mainschleife? Also, um das gleich klarzustellen", fuhr er fort, „der kommt mir nicht ins Haus. Das kannst du dir abschminken! Was willst du denn mit diesem grässlichen Fischkopf?"

„Papa hat recht", fiel ihre Mutter entsetzt ein und brach in Tränen aus. „Du bist noch viel zu jung, bist ja noch ein halbes Kind. Die Welt da draußen ist noch nichts für dich. Du brauchst noch den Schutz des Elternhauses. Lass uns zum Psychologen gehen.

Der wird dir bestätigen, dass du für eine Beziehung noch viel zu unreif bist."

Kathrin enthielt sich jeglichen Kommentars. Sie hatte sich längst entschieden. Ob sie Lars wirklich liebte, wusste sie nicht. Das war im Moment auch gar nicht das Ausschlaggebende. Er war der einzige, der ihr einen Weg bot, wie sie der elterlichen Fuchtel entkommen konnte. Und sie freute sich auf ein völlig anderes, neues Leben. Mit der monatlichen Ausbildungsvergütung würde sie über die Runden kommen. Das hatte sie schon grob überschlagen. In einem Jahr, wenn ihr Arbeitgeber sie übernahm, würde sie ein festes Gehalt bekommen.

Die neuen häuslichen Verhältnisse waren wirklich eng. Das stellte sie sehr bald fest, aber das war auch klar gewesen. Kathrin lernte die körperliche Liebe kennen und es gefiel ihr. Mag sein, dass sie guten Sex mit der wahren Liebe verwechselte. Mag sein, dass sie ihren Eltern, vor allem ihrem Vater, bewusst eins auswischen wollte. Wahrscheinlich war es reiner Trotz. Vier Monate später heiratete sie Lars, nachdem es weitere heftige und frustrierende Diskussionen mit den Eltern gegeben hatte.

Halas al-Askari
Im September vor drei Jahren

Der junge Iraker stand vor der Wahl, sein Land zu verlassen und sich dem großen Flüchtlingsstrom nach Europa anzuschließen oder über kurz oder lang getötet zu werden, von der Kugel irgendeines Scharfschützen getroffen oder von den Kämpfern des IS ermordet. Der Islamische Staat hielt seine Heimatstadt Mossul besetzt, die Islamisten hatten bei der Eroberung der Stadt Halas' Eltern und seinen Bruder Achmed erschossen und die sechzehnjährige Schwester verschleppt. Halas hatte Glück gehabt. Er war nicht zuhause, als der Überfall auf sein Elternhaus in der Khayr Ad Din, nahe des Tigris, erfolgt war. Tagsüber arbeitete er im Ibn-al-Athir-Krankenhaus als Krankenpfleger. Die Ausbildung hatte mehrere Jahre gedauert, aber Halas hatte fleißig gelernt. Aber jetzt hatte ihn ein Freund der Familie informiert, dass er auf einer Todesliste des IS stand. Sein Leben war in Gefahr.

Halas war nicht besonders fromm. Selbstverständlich glaubte er an Allah und befolgte die Gesetze des Koran, auch um seinen Vater zu ehren, der ein anerkannt frommer Mann gewesen war. Als gläubiger Schiit war dieser mit der Geschichte des Nahen Ostens vertraut, auch mit dem Wirken des iranischen Revolutionsführers Ajatollah Chomeini, der im August des Jahres 1979 den Al-Quds-Tag als Appell an alle Muslime und muslimischen Führer der Welt ausgerufen hatte. Alle Muslime sollten sich gegen den zionistischen Todfeind Israel verbünden und die unrechtmäßigen Besatzer Palästinas vernichten. Um dem Tag religiöses Gewicht zu verleihen, wurde er immer am letzten Freitag im Ramadan begangen. Es ist der Tag, an dem gemäß der schiitischen Glaubenslehre der Mahdi, der Nachkomme des Propheten, erwartet wird, um das Unrecht auf dieser Welt zu beseitigen.

Halas hatte andere Prioritäten als Religion oder Politik, sein Hauptziel war Überleben. Dieser Konflikt um Israel und die Palästinenser belastete seit Jahrzehnten die gesamte Region und Halas wollte eigentlich nur in Frieden leben – und sich endlich ein Auto leisten können. Die sollten sich nur endlich einigen!

Der diesjährige Al-Quds-Tag, an dem wieder Hasstiraden gegen Juden, Israel und alle Zionisten zu hören gewesen waren, ging zu Ende und Halas machte sich auf zum abendlichen Fastenbrechen. Im Kaffeehaus traf er einen ehemaligen Schulkameraden, der ihm wiederum einen Freund, einen Iraner, Azad Haaleh, vorstellte. Das hatten die beiden so vereinbart, denn Hammo hatte durchblicken lassen, dass er jemanden kenne, der Halas helfen könne, das Land zu verlassen. Eine angeregte Debatte über die aktuelle politische Situation entspann sich bis tief in die Nacht. Immer wieder sprach der Iraner religiöse Themen an: „Es ist ein großes Unglück, dass der Prophet keinen männlichen Nachfolger hinterließ", philosophierte er. Halas hielt den Mund.

„Leider zeugte der Prophet nur eine Tochter", ereiferte sich Azad. „Sein Schwiegersohn und Vetter Ali war viel zu schwach, um seine Aufgabe fortzuführen. Ali hätte sich niemals auf Muawiya ibn Abu Sufyan, den ersten Kalifen der Umayyaden, einlassen dürfen. Es war doch vorherzusehen, dass dieser Esel seinen Sohn Yazid auf den Thron der islamischen Welt setzen würde. Aber Hussein, Alis Sohn und Enkel des Propheten, hätte der Thron zugestanden! Es blieb Hussein gar nichts anderes übrig, als gegen Yazid ins Feld zu ziehen."

„Ja, aber dann hat Hussein die Schlacht bei Kerbela verloren und ihm wurde der Kopf abgeschlagen", wusste Halas. „Der Grund für die bis heute andauernden Konflikte zwischen den Sunniten und uns Schiiten."

„Ja, ein großer Schicksalsschlag", stimmte Azad Haaleh zu. „Eben das meine ich ja, wir Schiiten folgen dem einzig wahren Nachfahren des Propheten und vertreten den wahren Glauben. Nieder mit den saudischen Scheichs, nieder mit allen Ungläubigen. Allahu akbar!"

Nach diesem und weiteren Abenden, an denen sich die drei trafen, vertraute Azad Haaleh seinem neuen Freund an, dass er eine einflussreiche Position im Ministerium für Nachrichtenwesen der

Islamischen Republik Iran habe. „Kein Wort darüber", verpflichtete er Halas. „Meine Spezialität sind verdeckte Operationen, hauptsächlich im Ausland. Deshalb halte ich mich gerade im Irak auf. Wenn du mal meine Hilfe brauchst ...", bot er an. Was er nicht verriet, war die Tatsache, dass er Mitarbeiter des VEVAK, des iranischen Geheimdienstes, war.

Manchmal trafen sich die drei auch nach dem Freitagsgebet, das in diesen Zeiten für alle Pflicht war, wenn man nicht unangenehm auffallen und überleben wollte. Manchmal auch einfach nur auf eine Tasse Tee. Dabei hielt Azad nicht hinterm Berg, warum sich die Islamische Republik Iran so sehr in den syrischen Bürgerkrieg einmischte. „Wir wollen die Position der Schiiten dort deutlich verbessern", erklärte er, „und die Sunniten aus ihren Ämtern treiben. Außerdem wollen wir unserem Todfeind Israel näher auf den Pelz rücken. Irgendwann in der nahen Zukunft werden wir auf den Golanhöhen eine nicht zu verachtende militärische Macht gegen unseren Erzfeind unterhalten."

Als man sich besser kennengelernt hatte, verriet Halas, dass er den Beschluss gefasst hatte, sein Heimatland zu verlassen.

„Wo willst du hin und wie willst du das machen?", fragte ihn Azad.

„Keine Ahnung, das muss ich mir noch genau überlegen."

„Ich habe Verbindungen, ich könnte dir helfen", lockte Azad. „Dafür müsstest du dich aber revanchieren, mir einen kleinen Gefallen tun, wenn du in Europa bist."

„Was soll ich dann machen, ich bin doch nur Krankenpfleger?"

„Mach dir keine Sorgen, darum kümmern wir uns. Du musst nur endlich hier rauskommen und dich in Sicherheit bringen. Mit deiner Vorgeschichte erhältst du problemlos politisches Asyl. Wir beraten und begleiten dich, bis du an deinem Zielort angekommen bist. Auch danach unterstützen wir dich." Azads Angebot klang verlockend und war, gemessen an dem, was professionelle Schlepperorganisationen verlangten, auch günstig. Ein kleiner Gefallen, was konnte das schon sein? Also nahm Halas den Vorschlag an.

Kurz darauf erhielt er eine Liste mit Dokumenten, die er sich besorgen und mit auf seinen Weg nach Europa nehmen sollte. „Die brauchst du", schärfte ihm Azad ein, „wenn du erfolgreich Asyl beantragen willst. Und besorge dir unbedingt eine Bestätigung, dass dein Bruder und deine Eltern vom Islamischen Staat getötet wurden. Damit wird klar, dass auch du politisch verfolgt wirst. Kurz bevor du dich auf die Flucht begibst, bekommst du von mir noch etwas Geld, US-Dollar und Euro, damit du unvorhergesehene Ausgaben bestreiten kannst, außerdem ein Mobiltelefon. Ich habe alles bereits arrangiert, du gehst nach Deutschland. Auf dem Handy ist eine Nummer abgespeichert. Wenn du an deinem Zielort angekommen bist, rufst du diese Nummer an und meldest dich mit ‚Opa ist angekommen'. Hast du das verstanden?"

Halas wunderte sich zwar ein bisschen über die Geheimnistuerei, nickte aber nur. Dann erhielt er weitere Instruktionen. Ihm ging es nur noch darum, so schnell wie möglich aus dem Irak heraus- und sicher in Deutschland anzukommen. Deutschland! Er hätte es gar nicht besser treffen können. Sein Wunschland. Dann nannte ihm Azad einen Namen. „Merke ihn dir gut. Er ist ein Freund und wird dich auf deinem Fluchtweg begleiten. Du kannst ihm vertrauen. Folge seinen Anweisungen. Und ich werde mal meine Ohren aufsperren, was aus deiner Schwester geworden ist und ob sie überhaupt noch lebt. Vertraue mir, ich melde mich dazu."

Halas Fluchtweg führte ihn über die Türkei und den Balkan. Als er am Bosporus ankam, wurde seine Gruppe getrennt und auf verschiedene weitere Fluchtrouten aufgeteilt. Obwohl die Reise gut organisiert war, mussten er und die anderen Flüchtlinge Zwangspausen hinnehmen. „Wir müssen warten, bis die Grenzstationen vor uns mit den richtigen Leuten besetzt sind", erklärte ihm einer der Schlepper. „Das macht die Sache leichter und weniger risikoreich." Der weitere Weg führte Halas über Bulgarien, Rumänien und Serbien. Von dort ging es weiter nach Kroatien, Slowenien und Österreich. Von dort nachts über die grüne Grenze nach Deutschland. Am nächsten Tag sollte es weiter nach Würzburg gehen.

„Warum gerade Würzburg?", wollte er wissen. „Vertrau uns, wir haben dort Kontakte und wir sind sicher, dass dein Asylantrag dort positiv beschieden wird", erhielt er zur Antwort. Halas war es eigentlich egal, wohin man ihn brachte. Das einzige, was er wollte, war eine Perspektive: In Deutschland bleiben zu dürfen und einen Job zu finden. Insgeheim träumte er von einem Mercedes-Cabrio.

Urlaub
Im August vor einem Jahr

Wie immer war das Ehepaar auch heuer wieder zum Ende der zweiten Augustwoche frühzeitig in Würzburg losgefahren, um in Tirol, im Tannheimer Tal, den Urlaub zu verbringen. Wie immer hatten sie im Hotel „Grauer Adler" Übernachtung mit Halbpension gebucht. Seit Jahren war der Ort so etwas wie ihr zweites Zuhause geworden. Man kannte sich, die unmittelbaren Nachbarn, die Wirtsleute, die im Hotel immer ein so zauberhaft reichliches Frühstücksbüffet anrichten ließen und deren Abendessen so herrlich deftig und wohlschmeckend den Gaumen verwöhnten. Dazu ein gut gekühlter Grüner Veltliner oder ein einheimisches Weißbier mit einer verführerischen Schaumkrone, an dessen Glaswand die kühle Frische in winzigen Wasserperlen kondensierte. Sie kannten das Tannheimer Tal gut, mit seinen saftigen, hügeligen Sommerwiesen, die um diese Jahreszeit in voller Blüte standen. Sie kannten die Berghütten mit den leckeren Brotzeiten und den großzügigen Sonnenterrassen, die allseits entlang der Bergwanderwege lagen, und natürlich kannten sie auch die zahlreichen kleinen Bergbäche, die nach wenigen Kilometern munter in die glasklaren Gewässer der Bergseen mündeten, in denen sich Forellen tummelten und nach Insekten schnappten. Auch mit dem einen oder anderen Einheimischen war das Ehepaar längst per Du. Doch dieses Jahr war vieles anders. Die beiden schwiegen sich bedrückt an. Kaum einer hatte, seit sie Würzburg hinter sich gelassen hatten, das Wort ergriffen. Jeder hing den eigenen trüben Gedanken nach.

Die zwei waren einfach zu müde, um weiter zu diskutieren. Alles, was gesagt werden musste, war in den letzten Wochen zwischen ihnen zur Sprache gekommen, nach dem tragischen Ereignis, das sie aus der Bahn geworfen und welches sie bis heute noch immer nicht voll verstanden, geschweige denn geistig verarbeitet hatten. Immer wieder hatten sie heftig gestritten. Erstaunlich, wie die sonst so bedauernswerte Frau ihrem willensstarken und entschlossenen Ehemann gegenüber aufgetreten war. Ihr war das Wertvollste auf dieser Welt genommen worden. Das Leben war sinnlos geworden. Beide waren sie zunächst völlig konträrer Meinung, wie es weitergehen sollte, hatten gestritten und gelitten und hatten sich am Ende doch zusammengerauft und eine Entscheidung getroffen: „Wie du mir, so ich dir. Auge um Auge, Zahn um Zahn", hatten sie schließlich geschworen und den großen Schlag geplant. Einmal etwas Außerordentliches tun, dann schnell verschwinden. In ein fernes Land. Was hielt sie noch in Würzburg? Etwa so weitermachen? Das kam nicht infrage. Von ihrem Schicksalsschlag würden sie sich für den Rest ihres Lebens nicht mehr erholen, davon waren sie überzeugt. Alles war plötzlich sinnlos geworden. Vielleicht kamen sie in Argentinien oder auf Trinidad auf andere Gedanken. Vielleicht half es, alles Leid zu vergessen. Ihnen war durchaus bewusst, was sie damit auslösen würden. Und wenn sie gefasst werden würden? Auch nicht so schlimm, dann hätten sie die Welt wenigstens auf ihr Schicksal aufmerksam gemacht. Sie, zweiundfünfzig und er drei Jahre älter, würden ihre Bürde mit ins Gefängnis, beziehungsweise mit ins Grab nehmen. Sie hatten einen teuflischen Plan gefasst und beschlossen, diesen in die Tat umzusetzen, auch wenn dabei unschuldige Menschen sterben würden. Das nahmen sie in Kauf. Deshalb waren sie dieses letzte Mal im Tannheimer Tal unterwegs. Dieses Jahr hatten sie an ihrem Urlaubsdomizil nur vier Übernachtungen gebucht, nicht zehn, wie all die Jahre zuvor. Eigentlich hatten sie ursprünglich gar nicht vorgehabt, in den Urlaub zu fahren. Ihnen war überhaupt nicht danach zumute. Aber dann, nach diesen vielen traurigen und wütenden Diskussionen der letzten Wochen, hatten sie sich zu diesem zugegeben bizarren Plan durchgerungen. Das konnte Menschenleben kosten. Das Leben Unschuldiger. Darüber hatten sie lange gestritten, ob sie das mit ihren Gewissen vereinbaren konnten. Aber wer hatte an ihr Leid gedacht, als ihre Tochter starb und ihnen auf einen Schlag jegliche zukünftige Lebensfreude geraubt worden war? Der Schicksalsschlag, von dem sie sich nicht mehr erholten. Dabei wussten sie noch nicht einmal genau, woran ihr geliebtes Kind verstorben war. Herzstillstand, multiples Organversagen, so hieß es. Nichts weiter? Also traf auch die Ärzte eine gewisse Mitschuld.

Am 15. August, dem Tag der Aufnahme Mariens in den Himmel, wollte die Frau auf jeden Fall wieder in Würzburg zurück sein. Am Friedhof wollte sie ihres Kindes gedenken, dessen Seele inzwischen längst im Himmel angekommen sein musste.

Die Route in den Urlaub, die sie dieses Jahr nahmen, war eine andere als sonst. Sie hatten sich vorgenommen, Autobahnen zu meiden und entlang der knapp 500 Kilometer langen Romantischen Straße, der bekanntesten und beliebtesten deutschen Ferienstraße, zu reisen, die jährlich rund fünf Millionen Übernachtungsgäste anlockte und drei- bis viermal so viele Tagestouristen.

In Donauwörth legten sie ihre erste Pause ein und schlenderten die Reichsstraße mit den stolzen Bürgerhäusern entlang. In Landsberg am Lech, wo der Fluss rauschend die Stufen seines Wehrs hinabhüpfte, nahmen sie in einem der stadtseitig gelegenen Cafés einen großen Cappuccino zu sich und bestellten hinterher noch zwei feurige Gulaschsuppen. Als die Sonne dann durch die Wolkendecke brach und ihr gleißendes Licht die schäumende Gischt des Flusses durchflutete, kam doch noch so etwas, wie ein leises Urlaubsgefühl auf. Es war, als würde der Lech ihre trüben Gedanken mit sich reißen und in seinen kleinen Wasserwirbeln auflösen. Der Föhn hatte an diesem Tag den Himmel blank geputzt und so fielen ihre Blicke, kaum dass sie die Stadt wieder verlassen hatten, erstmals auf den fernen Kamm der Allgäuer Alpen, deren Spitzen voller ewigem Schnee und Eis von der Sonne beschienen wurden und einladend glitzerten. Es dauerte nicht lange, bis die beiden das Städtchen Schongau passierten und, wiederum rund 25 Kilometer weiter, in Steingaden nach Osten abbogen. Die nur wenige Kilometer entfernte Wieskirche, von der sie schon so viel gehört, aber die sie noch nie besucht hatten, war ihr nächstes Ziel. Der kurze Weg dorthin zog und wand sich stetig bergauf. Als sie meinten, in naturbelassener Einsamkeit ihr Ziel erreicht zu haben, fiel ihnen der talseitig gelegene, riesige Parkplatz auf, der voller Pkws und Busse stand. Das der Wieskirche gegenüberliegende Gasthaus, wie auch die dortigen Verkaufskioske waren von Menschen aller Nationen umgeben. Die meisten Touristenführer waren von Menschentrauben umlagert. Englische, spanische, chinesische, japanische und andere Wortfetzen drangen an die Ohren des Ehepaares. Endlich, im Inneren der Rokoko-Wallfahrtskirche angekommen, waren sie von der Schönheit des Gotteshauses regelrecht erschlagen und kamen aus dem Staunen nicht mehr heraus. Sie waren erfüllt von den Formen, den Farben und der lichtvollen Schönheit der Kirche. Die Frau erstand eine der vielen ausgelegten Kerzen, entzündete sie und sprach ein leises Gebet. Dabei kullerten ihr ein paar dicke Tränen über die Wangen und verloren sich im Baumwollstoff ihrer hellblauen Bluse. Danach fühlte sie sich innerlich erleichtert. Ihr Gewissen war etwas reiner geworden, obwohl sie und ihr Mann Furchtbares planten.

Die Königsschlösser bei Schwangau ließ das Ehepaar links liegen, ebenso die Stadt Füssen. Sie steuerten direkt den deutschösterreichischen Grenzübergang kurz hinter Füssen an. Es wurde allmählich Zeit, ihr endgültiges Ziel zu erreichen. Für den kommenden Tag hatten sie eine Fahrrad-Tour geplant. Nicht weit, nicht allzu anstrengend, aber wichtig für ihren Plan.

Am nächsten Tag gegen zehn Uhr am Vormittag bestieg das Ehepaar seine E-Bikes, die bis dahin auf dem Fahrradträger ihres Tiguan befestigt gewesen waren. Jeder warf eine große Satteltasche über den Gepäckträger seines Elektrofahrrades. Nachdem sie die Taschen festgezurrt hatten, ging es los. Sie verließen Tannheim in Richtung Süden. Nach rund zweieinhalb Kilometern führte ein

Weg in den Schatten eines Waldes. Bald überquerten sie eine kleine Brücke und radelten weiter entlang der Vils. Es dauerte nicht lange und sie erblickten den Vilsalpsee. Dahinter baute sich ein faszinierendes Bergpanorama auf. Es war ein flacher Wanderweg, der sie auf ihren Rädern nach zwanzig Minuten bis an das Ufer des Sees führte. Begleitet von bunten Wiesen und steil aufragenden Bergen radelten sie bis zur Vilsalpe weiter, die sie nach weiteren dreißig Minuten erreichten. Die Wiesen links und rechts des Weges blühten in voller Pracht. Da standen der Bocksbart, der Storchenschnabel und die Schwarze Teufelskralle dicht nebeneinander. Der Weichhaarige Pippau hatte seine löwenzahnartigen Blüten längst abgelegt, aber noch immer entließ er einige wenige Reste der winzigen Fallschirmchen in die laue Gebirgsluft, die der lauschige Sommerwind davontrug. Irgendwo würden die Samen landen und im nächsten Frühjahr neues zartes Grün aus den kargen Steinböden sprießen lassen. Hoch über den beiden radelnden Feriengästen schaukelten ein paar Kolkraben geschickt im Aufwind und stießen von Zeit zu Zeit ihre typisch krächzenden Schreie aus. Es schien, als hätten auch sie ihre Freude an der naturbelassenen Landschaft mit ihren blühenden Wiesen voller Bergblumen. An der Vielzahl der Großblütigen Braunellen, den Gebirgsflockenblumen, dem Fingerkraut oder der Büscheligen Glockenblume hingen wunderschöne Schmetterlinge und tranken Nektar. Dicke Hummeln umschwirrten die kräftigen Blüten der Gebirgsblumen.

Der Mann und die Frau auf ihren E-Bikes hatten dieses Jahr nicht so die rechte Freude an der herrlichen Natur, sie suchten eine ganz bestimmte Blume. Sie wussten genau, wo sie diese finden konnten. Aber dazu mussten sie noch knapp zwanzig Minuten in die Pedale treten. Der Weg dorthin stieg allmählich steiler an und bald kam der Berggaicht-Wasserfall in Sicht, der sich atemberaubende 400 Meter in die Tiefe stürzte. Je näher sie dem Naturereignis kamen, desto beeindruckender wurde auch der Blick auf das Massiv des 2.240 Meter hohen Rauhorns. Die beiden Radler stoppten, als sie auf einen unscheinbaren Trampelpfad stießen, der in einen nahen Zirbelwald führte. Sie stiegen ab und schoben ihre

Fahrräder in das winzige Wäldchen, in dem sich nach ungefähr zwanzig Metern eine sonnendurchflutete Lichtung auftat. Leise, kaum wahrnehmbar, gurgelte in der Nähe ein winziges, glasklares Rinnsal am Waldrand und die dahinter ansteigende Bergwiese war in ein einzigartig wunderschönes, kräftiges Dunkelblau getaucht. Das Ehepaar war nicht zum ersten Mal hier. Doch nicht die Schönheit dieses Ortes war es, die sie hierher trieb. Es war das Wurzelwerk dieses dunkelblauen Blütenmeers und die Samen der krautartigen Pflanzen, die diese traubigen Blütenstände hervorbrachten. Der Mann und die Frau verloren keine Zeit. Sie lehnten ihre Fahrräder an Baumstämme. Dann machten sie sich an den Satteltaschen ihrer Fahrräder zu schaffen. Der Mann holte eine Sichel und eine handliche, lange spitze Grabschaufel daraus hervor. Seine Ehefrau hatte in ihrer Tasche zwei Paar Gartenhandschuhe und gab das größere Paar davon an ihren Ehemann weiter. Bevor sie sich an die Arbeit machten, vergewisserten sie sich, dass sie allein waren. Kein Mensch war zu sehen. Zu abgelegen lag das blühende Meer des Blauen Eisenhuts. Als sie die Handschuhe übergezogen hatten, machten sich beide schweigsam an die Arbeit. Der Mann hieb die scharfe, halbmondförmig gebogene Sichel mit Elan dicht über dem Erdboden in die hier einen Meter hoch stehenden Stängel. Dann griff er sich die mitgebrachte, spitze Grabschaufel und trieb sie in den weichen, feuchten Mutterboden. Seine Frau häufte die gekappten Blumenstängel auf einen Stoß und sortierte sie. Diejenigen, die schon kräftige Samenstände ausgebildet hatten, legte sie geordnet beiseite. Die anderen Stängel, die noch voll mit dunkelblauen Blüten bestückt waren, warf sie achtlos zur Seite. Während ihrem Mann der Schweiß auf der Stirn stand, als er mit seiner Schaufel mühsam die dunklen, graubraunen bis schwarzbraunen knollenartig verdickten Wurzeln von fünf bis zehn Zentimetern Länge ausgrub, machte sich seine Frau an den Fruchtständen zu schaffen, die bereits die winzigen, pyramidenförmigen Samen ausgebildet hatten. Sie streifte sie ab und sammelte sie in einem mitgebrachten Stoffbeutel. Beide arbeiteten konzentriert und ohne ein Wort zu verlieren. Sie wussten, sie ernteten den Tod. Die ganze Pflanze war hochgiftig, doch am giftigsten waren die Samen und das Wurzelwerk.

Nach dreistündiger, anstrengender Arbeit waren alle mitgebrachten Stoffbeutel mit den Wurzeln und Samen des Blauen Eisenhuts gefüllt. Die Satteltaschen der Fahrräder platzten fast aus den Nähten, als sie ihre Funde darin verstaut hatten. Die Arbeit für heute war getan. Das Ehepaar machte sich auf den Rückweg. Nun stand einer Einkehr in die Vilsalpe nichts mehr im Wege, wo es herzhafte Brotzeiten und deftige Suppen gab. Morgen würden sie sich erneut auf den Weg machen, genauso wie die darauffolgenden Tage bis zu ihrer Abreise. Sie wussten genau, wo weitere große Populationen des Blauen Eisenhuts standen und konnten es gar nicht abwarten, bis sie wieder in Würzburg zurück waren, denn die eigentliche Arbeit stand ja noch bevor.

Die Falle
Montag, 30. April

Der Parkplatz des Discounters war nur schwach belegt. Kein Wunder, in einer halben Stunde war Kassenschluss. Dennoch kamen noch einige wenige Nachzügler, um ihre Einkäufe für den heutigen Abend zu tätigten. So auch die Frau mit dem leichten beigefarbenen Sommermantel, den blonden, halblangen Haaren und der dunklen Sonnenbrille. Nachdem sie ihren Ford B-Max abgestellt hatte, warf sie sich ihre überdimensionale braune Lederhandtasche über die Schulter und steuerte zielbewusst, eine Ein-Euro-Münze in der Hand, auf die Einkaufswägen zu, die ineinander geschoben herumstanden und auf Kunden warteten. Die Frau steckte die Münze in den dafür vorgesehenen Schlitz und stürmte mit ihrem Einkaufswagen durch den Eingang des Discounters. Sie war bereits hier gewesen. Trotzdem orientierte sie sich drinnen zunächst und eilte zuerst auf die Obst- und Gemüseabteilung zu. Danach wanderten Joghurts, Butter, Vollmilch und abgepackte Salami in den Korb des Gefährts, wo schon Gurken, Zwiebeln und ein Sack

Kartoffeln lagen. Niemandem fiel auf, dass sie immer wieder mit verstohlenen Blicken die Überwachungskameras checkte, die an der Decke befestigt waren. Nun schob sie ihren Einkaufswagen in den engen Gang, wo die Nudelwaren auslagen. Scheinbar ziellos griff sie sich Penne und Bandnudeln. Ein Blick zur Decke. Dann öffnete sie den Reißverschluss ihrer Lederhandtasche, griff hinein und stellte einen grünen Bocksbeutel zu den Einkäufen, die bereits im Korb lagen. Diese Weinflasche, den „Würzburger Stein, Silvaner" des Weinguts Juliusspital, hatte sie vor exakt einer Woche hier gekauft. Zusammen mit einem „Iphöfer Kronsberg, Riesling" und einem „Rödelseer Küchenmeister, Silvaner". Alle drei Flaschen waren inzwischen einer Sonderbehandlung unterzogen worden. Doch heute hatte sie nur den „Würzburger Stein" wieder mit dabei. Die Frau wusste genau, welche Weinsorten von welchem Weingut wo in den Regalen des Supermarktes standen. Das hatte sie sich eingeprägt. Sie machte sich auf den Weg dorthin, griff sich zum Schein zwei Bocksbeutel, studierte deren Etiketten und stellte die Flaschen in ihren Einkaufskorb. Dann sah es so aus, als sei sie mit ihrer Auswahl nicht ganz zufrieden, und sie stellte den mitgebrachten „Würzburger Stein, Silvaner" in das Weinregal zurück, genau zwischen die anderen Flaschen dieser Weinsorte, die dort zum Verkauf standen. Sie war fertig. Ihre Arbeit war getan und sie machte sich mit ihren Einkäufen auf den Weg zur Kasse. Vor ihr standen zwei Kundinnen, die nur wenige Artikel auf das Band gelegt hatten. Endlich war sie dran. Fünf Minuten vor acht Uhr verließ sie den Discounter und verstaute ihre Einkäufe im Pkw. Punkt zwanzig Uhr rollte sie vom Parkplatz und begab sich auf den Nachhauseweg. Alles hatte wunderbar geklappt. Sie würde nie mehr hierherkommen.

Das erste Opfer

Mittwoch, 2. Mai

Hans Beimer genoss sein Rentnerdasein, seit er vor ein paar Jahren mit 59 Jahren vorzeitig in Pension gegangen war. Zehn Jahre war das nun schon wieder her. Wie die Zeit verflog. Im Alter von vierzehn Jahren war er in die Dienste der Firma Siemens getreten, hatte eine dreijährige Ausbildung zum Mechaniker absolviert und arbeitete danach zweiundvierzig lange Berufsjahre in den Fertigungshallen, in denen kleine Elektromotoren für Haushaltsgeräte hergestellt wurden. Im Jahr seines Ausscheidens wurde das Werk an die Firma Brose verkauft. Hans Beimer akzeptierte ein Abfindungsangebot der Siemens-Personalabteilung und ging in den verdienten, vorzeitigen Ruhestand. Einen neuen Arbeitgeber wollte er sich nicht mehr antun. Danach lebte er von seinen Ersparnissen, der Abfindung, die er sich über mehrere Jahre verteilt auszahlen ließ, um die Steuerlast erträglicher zu gestalten, und von gelegentlichen Minijobs. Sechs Monate vor seinem fünfundsechzigsten Lebensjahr beantragte er die gesetzliche Rente. Die war zwar nicht allzu hoch, doch Hans Beimer war ein genügsamer Mensch und kam damit Monat für Monat gut über die Runden. Die Siemens-Abfindung und seine Ersparnisse reichten sogar dafür, sich in der Würzburger Altstadt, in der Domerpfarrgasse, eine kleine Eigentumswohnung zu kaufen. Nichts Besonderes, Nachkriegsbau, nicht groß, nur knappe 45 Quadratmeter Wohnfläche, aber mehr als eine Kochgelegenheit, einen Schlafraum und ein kleines Wohnzimmer nebst Bad mit Toilette brauchte er nicht. Seiner Ex-Frau Barbara, im nahen Veitshöchheim geboren und aufgewachsen, genügte sein anspruchsloses Leben dagegen in keinster Weise. Die Ehe hielt nur acht Jahre und blieb kinderlos. Dann brannte Barbara mit einem Architekten durch. Die beiden siedelten nach Australien über und sahen dort in der Bewirtschaftung einer Farm ihre neue, gemeinsame Zukunft. Nur durch Zufall erfuhr Hans drei Jahre später, dass der neue Ehemann seiner Ex in einem abgelegenen Teil Ostaustraliens von einem Inlandtaipan, einer der giftigsten Schlangen der Welt, gebissen worden war. Das Gegengift kam zu spät. Er starb qualvoll. Was danach aus Barbara geworden war, wo sie sich gerade aufhielt und wovon sie lebte, davon hatte Hans Beimer keine Ahnung.

Hans Beimer, dessen Eltern nach dem Zweiten Weltkrieg von Mittelfranken nach Würzburg umgezogen waren, kam gerade vom „Brückenschoppen" nach Hause. Jeden ersten Mittwoch im Monat traf er sich bei schönem Wetter mit Schorsch, Fritz, Karl und Peter auf der Alten Mainbrücke. Die vier waren ehemalige Arbeitskollegen und auch die andern hatten damals vor zehn Jahren die Firma Siemens verlassen. Sie hatten ebenfalls die Schnauze voll. Hans und seine Ex-Kollegen hielten seit vielen Jahren Kontakt und trafen sich mindestens einmal im Monat. Jetzt, da die warme Jahreszeit wieder anstand, war die Alte Mainbrücke ihr bevorzugter Treffpunkt, weil dort in der „Alten Mainmühle" und im „Caféhaus Brückenbäck" süffiger Frankenwein ausgeschenkt wurde. Heute war das Wetter zwar nicht gerade berauschend – der Wetterdienst hatte 17 Grad Celsius vorhergesagt, mit regionalen, kurzen Schauern – aber der hatte mal wieder Unrecht gehabt. Es war vormittags zwar bedeckt, aber um die Mittagszeit brach die Sonne durch die Wolken und entwickelte schnell ihre angenehme, wärmende Kraft. Nach einem eisigen Februar, dessen Auswirkungen sich bis in den März hineinzogen, zeigte sich schon der April mit überraschend angenehmen Temperaturen. Man spürte es, die Menschen drängten nach draußen. Sie hatten die kalte, finstere Jahreszeit satt. Hier, auf der Alten Mainbrücke, trafen sich Einheimische, Studenten und Touristen, um den Würzburger Frankenwein zu genießen, dabei so manchen Blick auf die auf dem Marienberg thronende Festung zu werfen und anregende Gespräche zu führen. Die jungen Leute nannten es Chillen. Es herrschte immer gute Stimmung auf der engen und ältesten Steinbrücke der Stadt, die nur für Fußgänger und den Radverkehr bestimmt war. Außerdem konnte man von hier regelrecht zusehen, wo und wie schnell der Würzburger Wein wuchs. Drei innerstädtische Weinlagen lagen von dort im Blickfeld: Die Lagen „Stein", „Stein-Harfe" und „Schlossberg".

Zwölf steinerne Brückenheilige und ehemalige Herrscher, die im 18. Jahrhundert auf den Brückenbrüstungen ihre Plätze gefunden hatten, konnten den Leuten quasi von oben in die Gläser gucken. Hans Beimer kannte sie alle, die steinernen Kameraden. Da standen auf der Nordseite der Frankenkönig Pippin, der heilige Friedrich, der heilige Joseph, der Brückenheilige Johannes von Nepomuk, der heilige Karl Borromäus, der einst ein glühender Verfechter der katholischen Gegenreformation gewesen war, sowie Kaiser Karl der Große. Ihnen gegenüber, auf der Südseite der Brücke, präsentierten sich die drei Frankenapostel Kilian, Totnan und Kolonat. Wanderapostel aus Irland, die im 7. Jahrhundert das Christentum nach Franken gebracht hatten. Zwischen diese hatte sich die Jungfrau Maria gedrängt. Dann folgten der heilige Burkhard, der erste Bischof von Würzburg, und schließlich der heilige Bruno, ebenfalls Würzburger Bischof und Erbauer des Würzburger Doms.

Seit vier Uhr nachmittags standen die fünf Rentner bereits auf der Brücke. Sie hatten schon ein paar Schoppen intus, redeten über Gott und die Welt und je weiter der Nachmittag voranschritt, desto lauter, lustiger und angeregter wurde ihre Unterhaltung. Hans Beimer sah auf seine Uhr. Der kleine Zeiger näherte sich allmählich der Sieben, als Fritz Neureuther aus Randersacker mit schwerer Zunge wissen wollte: „Genehmigen wir uns noch eine Runde?"

„Nix da", reagierte Hans Beimer energisch, „gnuch is gnuch."

Der Karl, der Schorsch und der Peter sahen sich unentschlossen an und zuckten mit den Schultern.

„Eine Runde tät schon noch gehn", meinte der Schorsch hartnäckig.

„Geh zu, Hans", ließ der Fritz aus Randersacker nicht locker, „hast du gehört, eine Runde tät noch gehn. Auf dich wartet doch niemand. Die Mutter Beimer ist doch nicht daheim", fügte er dann noch scherzhaft hinzu. „Stell dich doch nicht so an!"

Hans Beimer kannte diese versteckten Sticheleien, die auf die bekannte Serie „Lindenstraße" des WDR abzielten. Er mochte die sonntägliche Familienserie nicht. Das lag vielleicht auch daran, dass die Schauspielerin Marie-Luise Marjan seiner Ex-Frau tatsächlich täuschend ähnlich sah. „Nein, Fritz, mir langt's", widerstrebte er der lockenden Versuchung, „außerdem will ich mir heit no den FilmMittwoch im Erschdn oschaua."

„Was kommt denn für ein Film?", wollte der Fritz wissen und schwankte schon bedrohlich hin und her.

„Der Novembermoo", gab Hans Beimer genervt Auskunft. „Da kummt a Fraa bei an Busunfall ums Leben, abber Monate später schreibt's ihrm Moo a Postkartn aus Italien."

„Das wird schon so ein Geschmarri sein", kommentierte der Fritz. „Eine Tote schreibt doch keine Postkarten mehr. Und so einen Schmarrn schaust du dir an? Da würde ich an deiner Stelle lieber noch einen Schoppen mit uns trinken."

„Nix da. Ich trink edz aus und pack's dann. Treff 'mer uns im Juni widder do auf der Bruggn? Gleiche Uhrzeit? Gleicher Tooch? Wenn's net rengt?"

„So machen wir's", antwortete der Schorsch, dann doch stellvertretend für die anderen drei.

Hans Beimer machte sich zu Fuß auf den Weg nach Hause. Ein kurzes Stück lief er auf der Domstraße am Rathaus vorbei, dann marschierte er über den Schenkhof hin zum Unteren Markt, den er diagonal überquerte. Wie immer warf er einen bewundernden Blick auf die spätgotische Marienkapelle aus dem 15. Jahrhundert, die die Grabmäler von Tilman Riemenschneider und Balthasar Neumann in sich barg. Am Falkenhaus mit seiner üppigen Stuckdekoration stand eine Gruppe Chinesen und stürmte, mit ihren Handys wild um sich knipsend, die Räume der Touristeninformation. Hans Beimer musste lächeln. Die meisten der vorwiegend jungen Leute waren zusammengestellt „wie ein böser Finger", wie er zu sagen pflegte. Einige trugen Pandabären-Mützen. Die restliche Bekleidung zeigte eine wilde Mischung denkbar schriller Farbkombinationen. Kaum kam die Sonne wieder mal durch die Wolken gekrochen, spannten sie wie auf Kommando ihre Regenschirme auf. Hans Beimer ließ die Asiaten hinter sich und an der Schönbornstraße eine Straßenbahn passieren, ehe er die Gleise überschritt und in der Eichhornstraße seinen Weg fortsetzte. Wenig später bog er rechts in die Spiegelstraße ab. Kurz darauf stand er bereits in der engen Domerpfarrgasse. Das Haus, in dem er wohnte, war nur noch einen Steinwurf entfernt. Er sah bereits seinen Balkon, auf dem der Wäscheständer stand, den er an diesem Morgen mit Unterwäsche und Hemden bestückt hatte. Er stutzte und stoppte seine Schritte. Noch immer spürte er den fruchtigen Geschmack des Silvaners auf der Zunge, von dem er auf der Alten Mainbrücke drei Schoppen genossen hatte. Nun bereute er doch, dass er sich schon von seinen Freunden verabschiedet hatte. Fritz hatte recht: Eine Runde wäre noch gegangen. Dann fiel ihm der Supermarkt in der Nähe der Eichhornstraße ein. Der war nicht weit und führte, das wusste Beimer ganz genau, ein nicht zu übersehendes Angebot an Frankenweinen. Er brauchte gar nicht mehr lange zu überlegen. Seine Beine hatten das Denken für ihn übernommen und lenkten seine Füße Schritt für Schritt zu dem Discounter. Erst beim Weinregal machten sie Halt und übergaben das weitere Handeln Hans Beimers Händen. Die Rechte griff in das Regal und holte zielsicher einen Bocksbeutel heraus. Erst nachdem die Augen des Würzburger Rentners überprüft hatten, dass es sich beim Inhalt tatsächlich um einen „Würzburger Stein, Silvaner" mit dem Qualitätsstandard „VDP Erste Lage" handelte und sein Erinnerungsvermögen bestätigte hatte, dass der Wein am Gaumen einen geradlinigen Geschmack von gelben Äpfeln und Birnen hinterließ, machten sich die Beine und Füße auf den Weg zur Kasse. Dort angelangt übergaben die Hände die Weinflasche der netten Verkäuferin und Hans Beimer war schnell vierzehn Euro ärmer. Anschließend machten sich die Beine des Rentners auf den kurzen Nachhauseweg.

In einer Plastiktüte, die Beimer immer einstecken hatte, befand sich nun der trockene Silvaner, von dem er erst vor einer knappen Stunde auf der Alten Mainbrücke so geschwärmt hatte. Daheim angekommen öffnete er in der kleinen Küche den Kühlschrank und legte die grüne Flasche ins Eisfach.

Nachdem er ausgiebig geduscht, sich den Staub des Tages aus allen Poren gewaschen und sein Abendessen bestehend aus „Stadtwurst mit Musik" und frischem Bauernbrot zu sich genommen hatte, schaltete er Punkt acht Uhr den Fernseher ein und schon begrüßte ihn Judith Rakers zur Tagesschau.

Die Flasche Silvaner, die er ins Eisfach gelegt hatte, stand inzwischen geöffnet auf dem kleinen Couchtisch und in einem traditionellen, fein geschliffenen, kelchförmigen Römer funkelte goldgelb der Rebensaft vom Würzburger Stein. Vielleicht hätte er die Flasche noch etwas länger im Eisfach lassen sollen, aber sei's drum, er war schließlich kein Weinkritiker. Beimer nahm das am Schaft gerippte Weinglas in die rechte Hand, prostete der blonden Nachrichtensprecherin zu und nahm erwartungsvoll einen kräftigen Schluck, mit dem er mehrmals seine Zunge umspülte und gegen den Gaumen drückte, bevor er ihn langsam seiner Speiseröhre übergab. Beimer stutzte, nahm die Flasche in die Hand und las. Konnte das sein? Was für ein Unterschied zum Wein auf der Brücke. Der Geschmack! Selbst Judith Rakers schien es bemerkt zu haben. So sehr, dass sie sich gerade zweimal verhaspelte. Er griff erneut zum Glas. Wahrscheinlich hatte er noch den Essig- und Zwiebelgeschmack des Wurstsalats auf der Zunge. Erneut füllte er seine Mundhöhle mit dem edlen Getränk. Spülte hier und spülte da, kaute auf dem Wein herum und ließ ihn in winzigen Schlucken durch den Hals rinnen. Auch jetzt schmeckte er eine leichte Süße, die eigentlich nicht zu dem Wein passte. Auch das unangenehme Prickeln auf der Zunge wiederholte sich. Nach gelben Äpfeln und Birnen schmeckte da nichts. Ob der Wein etwas abgekriegt hatte? Falsche Lagerung? Das wäre natürlich ärgerlich, schließlich hatte ihn die Flasche deutlich über zehn Euro gekostet. Hans Beimer wollte es nun genau wissen. Er ging in die Küche und nahm ein, zwei kräftige Züge aus einer Mineralwasserflasche. Dann aß er noch eine kleine Scheibe vom frischen Bauernbrot. Als er damit fertig und sicher war, jeglichen verbliebenen Restgeschmack in seinem Mund neutralisiert zu haben, eilte er wieder ins Wohnzimmer und machte sich erneut über sein Weinglas her. Judith Rakers war schon längst vom Bildschirm verschwunden und der Wetterbericht verkündete für die nächsten Tage Hitze und Gewitter mit ergiebigen Niederschlägen. Hans Beimer interessierte die Wetter-vorhersage nicht. Es kam ja sowieso immer ganz anders. Auch als bereits der Vorspann des FilmMittwoch-Films ablief, sah er nicht wirklich hin. Seine Gedanken kreisten um den Inhalt des Bocks-beutels. Da stand die Flasche nun auf seinem Couchtisch, fast halb leer oder halb voll, je nach Betrachtungsweise, und gab ihm Rätsel auf. Scheiß auf den Film. Er musste herausfinden, ob er die Wein-flasche zurückbringen und wegen Ungenießbarkeit kostenlosen Ersatz einfordern sollte. Blamieren wollte er sich aber auch nicht. Erneut griff er zur Flasche und füllte sein Glas nach. Vielleicht täuschte er sich ja nur, weil der Wein etwas kühler hätte sein müs-sen. Erneut nahm er einen tiefen Schluck. Er wollte sich seiner Sache völlig sicher sein. Und da war er wieder, dieser süßliche Geschmack im Abgang. Verdorben ist verdorben. Da beißt die Maus keinen Faden ab. Das leichte Prickeln auf der Zunge war inzwischen in eine Art Taubheitsgefühl übergegangen, von dem auch seine Lippen betroffen waren. Oder bildete er sich das alles nur ein? Ein allerletztes Mal probierte er den Silvaner. Nein, er mundete ihm nach wie vor nicht. Nun setzte auch in den Zehen- und Fingerspitzen ein Kribbeln ein und verursachte einen selt-samen Juckreiz. Es dauerte nicht lange, dann verspürte er ein anwachsendes Taubheitsgefühl. Was war nur mit ihm los? Lag es an der Stadtwurst? Die lag immerhin schon seit dem letzten Frei-tag im Kühlschrank, war aber geschmacklich noch völlig okay, wie er fand. Beimer war völlig mit sich und seinen Wahrnehmungen beschäftigt. Jetzt breitete sich in seinem ganzen Körper ein unan-genehmes, schmerzhaftes Empfinden aus. Ihm wurde abwech-selnd kalt und heiß. Übelkeit kam hinzu und Ohrensausen stellte sich ein. Dann kamen die Krämpfe in seinen Därmen. Er schaffte es gerade noch zur Toilette. Nun sprach er sein Unwohlsein doch der Stadtwurst zu. Eigentlich konnte nur sie den übelriechenden Durchfall ausgelöst haben. Die Krämpfe im Innern seines Körpers ließen nicht nach. Langsam geriet er in Panik und eilte erneut in die Küche. Dort füllte er den Wasserkocher und schaltete ihn ein. Dann gab er selbst gesammelte und getrocknete Lindenblüten in eine große Porzellantasse und wartete bis das Wasser kochte. Schnell hatte er sich einen Tee gebrüht und ließ ihn ziehen. Er hoffte, dass das Getränk seinen Magen-Darm-Trakt beruhigen würde. Nach den ersten Schlucken vom heißen Getränk legte er sich auf sein Wohnzimmersofa und hoffte, dass die Kraft des Tees bald Wirkung zeigen würde. Er musste eingeschlafen sein. Wilde Träume peinigten ihn. Als er von heftigen Schmerzen geplagt erwachte, hatte sich sein Zustand in keinster Weise gebessert. Im Gegenteil, es ging ihm noch schlechter als vorher. Atemprobleme waren nun auch noch hinzugekommen. Dann beschleunigte sich sein Herzrhythmus. Hans Beimer geriet in Panik. Mit letzter Kraft schleppte er sich zum Telefon und wählte die 112. Die Einsatzleitstelle meldete sich sofort und stellte eine Menge Wer-Wie-Wo-Was-Fragen. „Wir schicken sofort einen Rettungswagen mit Notarzt", versprach der Gesprächspartner am anderen Ende der Leitung. „Halten Sie durch, es wird schon wieder!"

Doch nichts wurde wieder. Als der Notarzt und sein Assistent an Hans Beimers Tür läuteten, rührte sich nichts. Auch Rufen half nicht. Kostbare Zeit verstrich, bis der Hausmeister der Wohnanlage die Tür geöffnet hatte. Für Hans Beimer kam inzwischen jegliche Hilfe zu spät. Er lag tot auf seinem Wohnzimmersofa. Das Fernsehgerät lief noch und auf einem kleinen Couchtisch stand ein fast leerer Bocksbeutel nebst geleertem Römer. Als Dr. Haberkamm, der Notarzt, zweifelsfrei den Tod des Rentners festgestellt hatte, wählte er auf seinem Handy die eingespeicherte Telefonnummer der Würzburger Kripo und gab einen kurzen Bericht. Noch eine halbe Stunde bis Mitternacht. Er würde warten, bis die Kriminalpolizei eintraf.

Aufregung im Juliusspital
Mittwoch, 2. Mai

Es herrschte helle Aufregung im Juliusspital, der stadtbekannten Stiftung an der Juliuspromenade, deren barocker Gebäudekomplex einem Schloss ähnlicher sah als einem Krankenhaus. Die Aufregung gründete in der anonymen Botschaft, die der Oberpflegamtsdirektor erhalten hatte. Allerdings erst spät am Tag, nachdem der unfrankierte Umschlag erst von Abteilung zu Abteilungen gewandert war, bis ihn jemand geöffnet und den gefährlichen Inhalt erkannt hatte. Nachdem der Oberpflegamtsdirektor die Nachricht zum zweiten Mal gelesen hatte, wies er seine Sekretärin Frau Heinzel an, ihn mit dem Polizeipräsidenten Unterfrankens zu verbinden.

Der kam kaum eine halbe Stunde später mit seinem Dienstwagen vorgefahren. Im Schlepptau hatte er Hauptkommissarin Leonie von Brandenstein, Leiterin der Kriminalpolizeiinspektion Würzburg. Die beiden Männer kannten sich. Sie gehörten zu den VIPs der unterfränkischen Mainmetropole. Entsprechend verlief das Begrüßungsritual der beiden Alphamännchen. Leonie von Brandenstein kam sich etwas überflüssig vor. „Wie bestellt und nicht abgeholt", wie sie zu sagen pflegte. „Da hast du ja eine schöne Scheiße an der Backe kleben, Michael", hörte sie ihren obersten Chef sagen.

„Das kannst du laut sagen, Wolf-Dieter, wobei ich gar nicht einschätzen kann, ob ich diese Botschaft überhaupt ernst nehmen soll oder ob es sich nur um den schlechten Scherz eines Spinners handelt." Mit diesen Worten reichte er dem Polizeipräsidenten das DIN-A-4-Blatt mit der bedrohlichen Nachricht. Der las laut vor:

Ihre Organisation, das Juliusspital, hat es nicht geschafft, einen schwer kranken Menschen zu heilen. Dadurch ist uns das Liebste in unserem Leben genommen worden. Wir fordern als minimales Schmerzensgeld eine Million Euro. Damit Sie sehen, dass es uns ernst ist, haben wir eine Flasche aus Ihrem Weingut vergiftet und in einem Würzburger Supermarkt deponiert. Außerdem haben wir auch der Presse eine Kopie dieses Schreibens zukommen lassen.

„Frau von Brandenstein, was meinen Sie dazu?", wollte er von seiner Mitarbeiterin wissen.

„Nach einem Erpresserbrief sieht das jedenfalls aus", urteilte sie. „Und ja, ich würde, was da geschrieben steht, durchaus ernst nehmen. Können Sie mit dem Inhalt etwas anfangen?", wandte sie sich an den Leiter des Juliusspitals.

„Überhaupt nicht", antwortete der, „das sagt mir alles überhaupt nichts. Ich stehe vor einem Rätsel. Insbesondere, was das angebliche Schicksal des oder der Kranken angeht. Ich halte das für einen schlechten Witz."

„Das ist es ganz sicherlich nicht", gab sich von Brandenstein überzeugt. „Wie wurde Ihnen die Botschaft übermittelt?"

„Ein Kuvert lag heute früh in unserem Hauspostkasten. Unfrankiert."

„Haben Sie das Kuvert aufgehoben?"

„Ja, das liegt auf meinem Schreibtisch. Was soll ich jetzt tun?"

„Wie beliefern Sie Ihre Kunden in Würzburg?"

„Mein Gott, eine ganze Menge unseres Weines geht über Zwischenhändler, große Kunden beliefern wir auch direkt. Auswendig weiß ich das jetzt auch nicht."

„Das sieht nach Rache aus", überlegte die Hauptkommissarin laut. „Die sprechen von ‚wir', also handelt es sich um mehr als einen Erpresser. Wenn die Drohung wirklich ernst zu nehmen ist, müssen wir unbedingt alle Verkäufe von Julius Echter-Weinen stoppen."

„Sind Sie verrückt", klagte der Oberamtspflegdirektor, „nur auf so ein einzelnes Schreiben hin? Das können wir nicht machen."

„Jetzt übertreiben Sie aber schon, Frau Kollegin", pflichtete ihm der Polizeipräsident bei.

„Übernehmen Sie die Verantwortung?", reagierte Leonie kühl. „Für mich sieht es nicht danach aus, dass sich beispielsweise ein Wettbewerber einen Spaß machen möchte. Einen gekränkten, vielleicht entlassenen Mitarbeiter kann ich mir ehrlich gesagt auch nicht vorstellen. Hier geht es um was Ernstes. Rache oder Habgier wahrscheinlich. Denken Sie doch mal nach!"

„Mein Gott, was soll ich da nachdenken? Das ist doch Kokolores. Wir produzieren jährlich rund eine Million Flaschen Wein. Die angeblich vergiftete kann überall stehen. Es ist ja noch nicht einmal gesagt, um was für einen Wein es sich dabei handelt. Weißwein oder Rotwein? Silvaner oder Müller-Thurgau? Ein Stopp des Weinverkaufs ist ausgeschlossen. Auf meine Verantwortung. Ohne den Leiter unseres Weinguts brauche ich da gar nicht erst anfangen nachzudenken."

„Gut, dann warnen Sie zumindest alle Supermärkte und Zwischenhändler, die Sie in Würzburg und Umgebung beliefern. Möglichst noch heute. Die Verantwortlichen sollen so schnell wie möglich Flasche um Flasche in Augenschein nehmen und prüfen, ob sie Auffälligkeiten feststellen. Ich nehme dieses Schreiben und das Briefkuvert jedenfalls mit und lasse beides in unserem Labor von Spezialisten untersuchen."

Leonie von Brandenstein hatte ihren Satz kaum ausgesprochen, als der Kopf der Sekretärin aus dem Vorzimmer erschien: „Entschuldigen Sie die Störung, Herr Direktor. Der leitende Redakteur der Main-Zeitung, Heiner Schmalfuß, ist am Telefon und will Sie unbedingt sprechen. Ich habe ihm gesagt, dass Sie im Moment Besuch haben, aber er lässt sich einfach nicht abwimmeln. Er ist sogar unverschämt mir gegenüber geworden, dieser Lümmel", schmollte sie. „Wenn ich meinen Arsch nicht sofort in Bewegung setze, dann würde er mir diesen persönlich aufreißen, und zwar so weit, dass Hannibals Elefanten durchmarschieren könnten, hat er gedroht. Also, das muss ich mir doch wirklich nicht bieten lassen", fügte sie noch aufgebracht hinzu.

„Stellen Sie ihn bitte durch, Frau Heinzel", wies ihr Chef sie an. Er nahm den Telefonhörer in die Hand und schaltete den Lautsprecher ein. „Was gibt es, Heiner, dass du meine Sekretärin so beleidigen musst?", stieß er in den Hörer. Er hatte ein mulmiges Gefühl und ahnte bereits, was er gleich zu hören bekommen würde.

„Eine unmögliche Xanthippe", urteilte der Anrufer, „ich frage mich, wie du mit so einer altmodischen Kratzbürste überhaupt zurechtkommst." Dann kam er zur Sache: „Michael, stimmt das, dass ihr einen Drohbrief erhalten habt? Ein Verrückter will euch bestrafen, indem er angibt, eine vergiftete Weinflasche des Juliusspitals in einem städtischen Supermarkt deponiert zu haben?"

„Es stimmt, Heiner. Leider. Die Kriminalpolizei ist gerade bei mir und wir besprechen die Angelegenheit. Ich habe übrigens gerade den Lautsprecher zugeschaltet, wenn du erlaubst. Augenblick, Frau Hauptkommissarin von Brandenstein deutet mir gerade an, dass sie mit dir sprechen will. Bleib dran, ich übergebe den Hörer."

„Grüß Gott, Herr Schmalfuß, hier spricht Hauptkommissarin von Brandenstein. Sie wissen, mit was für einer Botschaft das Juliusspital konfrontiert wurde. Ich gehe davon aus, dass die Redaktion der Main-Zeitung eine Kopie des Drohbriefes erhalten hat?"

„So ist es", bestätigte Heiner Schmalfuß.

„Wie wollen Sie mit dieser Information umgehen?", wollte von Brandenstein wissen.

„Na, wir müssen die Bürger der Stadt doch warnen", erhielt sie zur Antwort.

„Das werden Sie schön mit uns abstimmen!" Ihre Stimme klang scharf. „Oder wollen Sie unter der Bevölkerung eine Panik auslösen? Noch wissen wir überhaupt nichts. Wie hat Ihre Redaktion den Drohbrief erhalten?"

„Der lag in unserem Briefkasten. Kann aber auch schon gestern dort gelegen haben, war ja Feiertag"

„Unfrankiert?"

„Genau."

„Gut, verwahren Sie ihn. Ich komme auf dem Rückweg ins Kommissariat in der nächsten halben Stunde bei Ihnen vorbei. Dann besprechen wir die Situation. Aber bis dahin behalten Sie den Inhalt der Botschaft bitte für sich. Haben Sie das verstanden?"

„Ich habe verstanden", bestätigte der Chef-Redakteur der Main-Zeitung, „aber überzeugt haben Sie mich noch nicht. Ich erwarte also Ihren Besuch in den nächsten dreißig Minuten."

In der Redaktion der Main-Zeitung
Mittwoch, 2. Mai, Spätnachmittag

„Und was, wenn an dieser Botschaft tatsächlich etwas dran sein sollte?", wollte der Chef-Redakteur der Main-Zeitung von der Beamtin wissen, die ihn mit durchdringenden Blicken bedachte.

„Kann sein, kann aber auch nicht sein", antwortete diese. „Ich kann Ihnen dazu keine verbindliche Antwort geben. Wann bringen Sie die Nachricht?"

„Morgen. Das schieben wir noch rein. Hoffentlich ist es nicht schon zu spät."

„Ja, hoffentlich, und vergessen Sie bitte nicht, Ihre Leser darauf hinzuweisen, dass sie in den letzten Tagen gekaufte Weine des Julius-Echter-Weinguts nicht konsumieren sollen. Selbst beim geringsten Verdachtsmoment sollen sie uns kontaktieren. Überhaupt sollen sie keine Weine dieses Weinguts mehr kaufen, bis wir Entwarnung geben. Und nun brauche ich für die kriminaltechnische Untersuchung noch das Kuvert und die Botschaft, die in Ihrem Briefkasten lag."

Kriminalinspektion Würzburg, Weißenburgstraße
Mittwoch, 2. Mai, schon gegen Abend

Als Leonie von Brandenstein wieder im Büro war, trommelte sie ihren engsten Mitarbeiterstab zusammen und berichtete von dem Treffen mit dem Polizeipräsidenten, dem Direktor des Juliusspitals und dem Chef-Redakteur der Main-Zeitung.

„Das ist alles, was wir haben?", stöhnte ihre Vertreterin, Kriminalkommissarin Stefanie Volland. „Wie wollen wir denn damit die Verfasser dieses Drohbriefes ausfindig machen?"

„Das weiß ich auch noch nicht, Steffi. Jedenfalls müssen wir uns so schnell wie möglich mit dem Leiter des Juliusspital-Weinguts zusammensetzen. Irgendetwas muss in der Vergangenheit vorgefallen sein, etwas Schwerwiegendes. Etwas, das Grund genug ist, dass jemand so etwas plant, ankündigt und möglicherweise auch ausführt. Das einzige, was wir momentan haben, ist das Original und die Kopie der Botschaft an das Juliusspital und die Main-Zeitung." Mit diesen Worten hob sie zwei Plastiktüten hoch. „Paul, die gebe ich in deine bewährten Hände. Vielleicht kannst du damit etwas anfangen. Papiertyp, Speichelreste am Klebeverschluss des Kuverts und so weiter und so fort. Ach, was erzähle ich dir das? Du weißt besser als ich, was zu tun ist."

„Gib schon her, wir machen uns gleich an die Arbeit", knurrte Paul Galster, Chef der Würzburger KTU.

Als das kurze Meeting vorüber war und alle Mitarbeiter der KPI wieder ihren Arbeitsplätzen zuströmten, richtete die Hauptkommissarin das Wort nochmal an ihre engste Kollegin und Mitarbeiterin: „Steffi, morgen früh um elf Uhr kommt Dr. Hartmut Kießling bei uns vorbei. Das habe ich mit dem Direktor der Stiftung so vereinbart. Kießling ist der Leiter des Juliusspital-Weinguts. Überlege dir doch bitte schon einmal, welche Fragen wir ihm stellen wollen."

„Na, hoffentlich ist das der richtige Ansatzpunkt! Bloß, weil irgendwo angeblich eine vergiftete Flasche Wein aus dem Juliusspital deponiert wurde. Die Stiftung Juliusspital des Fürstbischofs Julius von Echter ist ein komplexes Gebilde. Da gibt es neben dem Weingut ein Hospiz, Krankenhäuser, eine große Landwirtschaftsabteilung, einen Forstbetrieb und vieles andere mehr. Sogar eine Immobilienabteilung gehört dazu. Auch die Vogelsburg bei Volkach gehört denen. Da kann an allen möglichen Ecken und Enden in der Vergangenheit etwas passiert sein. Eigentlich müssten wir an allen Ecken und Enden es Juliusspitals die Fäden aufnehmen. Fragt sich nur, ob wir dann nicht mit Kanonen auf Spatzen schießen. Noch ist ja nichts passiert."

„Ich glaube dir", seufzte Leonie, „aber der Direktor des Juliusspitals und unser Chef sind alte Schulfreunde. Muss ich noch mehr sagen? Außerdem wurde in dem Drohbrief eindeutig auf einen Wein aus dem Juliusspital hingewiesen."

„Ach du liebe Scheiße, stimmt ja, auch das noch", seufzte Kommissarin Volland. „Das hat uns gerade noch gefehlt. Warum bin ich nur zur Polizei gegangen?"

„Weil wir in dieser beschissenen, frauenfeindlichen Welt das Recht aufrechterhalten, Stefanie. Und das machen wir richtig gut. Und nun mach Feierabend. Kümmere dich um deine Familie. Ich bleib noch zwei Stündchen. Zu viel unerledigter Papierkram, der hier noch rumliegt."

„Tu nicht so edelmütig", entgegnete ihre Kollegin und Mitarbeiterin gereizt. „Wenn ich jetzt nach Hause komme, kann ich nicht die Beine hochlegen, mir ein Buch schnappen oder einfach die Flimmerkiste einschalten. Bei mir daheim geht es jetzt volle Pulle weiter. Erst muss ich meine Tochter Mia abholen, die mir dann alle Erlebnisse ihres Tages berichten will. Dann soll ich noch etwas Leckeres auf den Tisch zaubern, bis mein Mann Markus völlig erschlagen aus dem Büro kommt und sich mal wieder über seinen Chef auskotzt. Wenn die Kleine dann endlich im Bett ist, geht es mit Aufräumen und der Wäsche weiter. Und wenn Markus und ich schließlich ins Bett taumeln, soll ich auch noch verführerisch, zärtlich und sexy sein. Manchmal kotzt mich das alles an. Manchmal möchte ich einfach ausbrechen."

„Moment mal", hakte Stefanies Chefin ein, „was willst du damit sagen?"

„Ach komm Leonie, jeder weiß doch, dass du aus einer betuchten Adelsfamilie kommst. Altes thüringisches Adelsgeschlecht. Eine große Vergangenheit. Eine Burganlage im hessischen Schlüchtern und verwandt mit der Familie des Luftschiffbauers Ferdinand Graf von Zeppelin. Deine Verwandtschaft ist in der Würzburger Siebold-Gesellschaft vertreten und Mitglied bei den Malteserrittern, genau wie der Münchner Kardinal Marx. Das sind doch elitäre Kreise, zu denen du Zugang hast." „Wenn du willst", ergänzte sie. „Ich weiß, dass du ungern über deine adelige Verwandtschaft sprichst, aber du bist eine von Brandenstein – etwas Besonderes eben. Da ist zum einen deine adelige Herkunft. Aber ich weiß natürlich auch, du bist alleinstehend, brauchst auf niemanden Rücksicht nehmen, kannst heimkommen wann du willst und machen was du willst. Das ist es eigentlich, worum ich dich beneide. Und jetzt höre ich auf zu lamentieren und hole Mia von meiner Mutter ab. Bis morgen. Bleib nicht mehr allzu lange im Büro. Ich wünsche dir einen schönen Abend." Stefanie Volland flötete noch ein neutrales Tschüss, dann war sie weg.

Leonie war für einige Minuten regelrecht perplex. Überrascht und unbeweglich saß sie in ihrem Bürosessel und dachte über die Worte ihrer Mitarbeiterin nach. War das die Meinung aller Kollegen der Kriminalpolizeiinspektion? Eine Chefin, in deren Adern blaues Blut floss? Eine Von-und-zu, die es vielleicht nur deshalb zur Hauptkommissarin geschafft hatte? Eine Frau, die sich um ihre finanzielle Situation keine Sorgen machen musste. Die Verwandtschaft würde es schon richten? Oder war es ihre persönliche Situation, die Neid erzeugte? Die Tatsache, dass sie eben nicht in ein Familienleben eingebunden war wie die anderen. Insbesondere Steffi, die als berufstätige Frau und Mutter ganz sicher mehrfach belastet war? Aber kam denn niemand auf den Gedanken, wie einsam sie sich manchmal fühlte, wenn sie die Abende allein verbrachte, nur in Gesellschaft einer Flasche Rotwein? Ja, sie nannte eine wunderschöne Penthouse-Wohnung direkt am Mainufer ihr Eigentum, mit direktem Blick auf die Festung Marienberg. Andererseits, wenn sie selbst ihr Leben und ihre Zukunft betrachtete, dann befürchtete sie, dass auch keine großen Sprünge mehr zu erwarten waren. Sie war eine schöne, attraktive Frau von Mitte vierzig. Groß und schlank, mit einer weiblichen Figur und einem hübschen, ebenmäßigen Gesicht. Das sah sie selbst auch. Die regelmäßigen Thai-Massagen, das morgendliche Jogging und die gesunde Ernährung mussten ja für etwas gut sein. Aber wie lange noch? Natürlich gab es Veränderungen ihres Körpers. Die kleinen Fältchen um die Augen herum. Auch die ersten grauen Haare in ihrer Kurzhaarfrisur hatte sie bereits entdeckt. Sie zupfte sie immer gleich aus, wenn sie ihr auffielen. Aber irgendwann würde auch das nicht mehr helfen. Irgendwann würden sie sich schneller verfärben, als sie mit dem Auszupfen nachkam. Wenn sie sich nach der

Dusche nackt im Spiegel betrachtete, musste sie sich eingestehen, dass ihr Busen schon mal straffer gewesen war.

Leonie verfiel ins Grübeln. War sie mit ihrem bisherigen Leben zufrieden? Nicht wirklich, gestand sie sich ein. Aber wer ist das schon? Das ist die Natur des Menschen. Andererseits, man konnte nicht alles haben. Wenn sie so nachdachte, war das „von Brandenstein" der größte Klotz, der ihr am Hals hing. Als sie am Ulrich-von-Hutten-Gymnasium in Schlüchtern ihr Abi bestanden hatte, hatte sie lange über ihre berufliche Zukunft nachgedacht. Im weitverzweigten Familienclan wollte sie auf keinen Fall einen Job annehmen. Sie hasste die adelige Borniertheit von vielen, die Vetternwirtschaft bei gleichzeitigem Misstrauen und all diese Heuchelei. Als sie nach einiger Zeit des Überlegens verlauten ließ, dass sie sich für den gehobenen Polizeidienst interessiere, heulten ihre Eltern und die ganze bucklige Verwandtschaft laut auf. Zur Polizei? Was konnte man denn da erreichen? Was für ein schlecht bezahlter Job! Doch Leonie ließ sich nicht beirren und begann an der Adolphs-Universität in Fulda einen Studiengang in Soziologie und Politikwissenschaften. Als sie ihr Diplom in der Tasche hatte, ging sie ein Jahr nach Malta, um ihr Englisch zu perfektionieren. Doch auch das genügte ihr noch nicht. Sie hängte an der Uni Frankfurt noch vier Semester in Kommunikations- und Kulturwissenschaften dran. Dann bewarb sie sich in Frankfurt am Main für den gehobenen Polizeivollzugsdienst. Obwohl bereits überqualifiziert, folgte eine ergänzende Weiterbildung an der Hochschule für Wissenschaft und Recht in Berlin, bevor sie als Kommissarsanwärterin eingestellt wurde. Leonie nahm weitere Praktika in verschiedenen Städten auf sich, beispielsweise beim Landeskriminalamt in Wiesbaden, bevor sie letztlich eine Stelle in der Mordkommission in Frankfurt am Main antrat. Viele Jahre waren seitdem vergangen. Mit ihren Familienbanden und -traditionen hatte sie längst gebrochen. Vor vier Jahren war sie in die mehr als 1.300 Jahre alte unterfränkische Stadt am Main gekommen und fühlte sich inmitten der vielen Kulturangebote, der Weinberge rings um die Stadt und den vielen Sehenswürdigkeiten auf Anhieb sehr wohl. Einzig die Einheimischen waren ein etwas gewöhnungsbedürftiges Völkchen. Fremden standen sie eher misstrauisch und zurückhaltend gegenüber. Kommunikativ begabt waren sie nicht gerade, alles musste man ihnen aus der Nase ziehen. Sie schwiegen lieber, als dass sie redeten. Irgendwie fehlte ihnen eine gewisse Lockerheit. Sehr eigenartig war der Dialekt. Wer konnte schon ahnen, dass Würzburg in „Mee-Frangn" liegt, was so viel wie „Mainfranken" bedeuten sollte. So schön die Stadt war, hatte sie sich doch hin und wieder gefragt, ob sie dort wirklich angekommen war. Eigentlich wusste sie über Franken und Würzburg immer noch so gut wie nichts. Das hatte ihr Steffi heute wieder einmal klar gemacht, als sie ihr ein paar Brocken über das Juliusspital hinwarf. Außer dass dort Wein hergestellt wurde, hatte Leonie keine Ahnung von dieser Einrichtung, offensichtlich eine Stiftung mit langer Tradition. Von Julius Echter hatte sie schon einmal gehört. Sie wusste, dass er einer der mächtigen Fürstbischöfe Würzburgs gewesen war. Aber wann genau er gelebt hatte, woher er kam, welche Verdienste er sich um die Stadt erworben hatte – keine Ahnung. Wie sollte sie so das Vertrauen der Einheimischen gewinnen, wenn sie nicht einmal über das banalste Wissen, die Region betreffend, verfügte? „Was weißt du über den Würzburger Dom St. Kilian?", hatte Steffi erst kürzlich gefragt. Keine Ahnung. Dann hatte sie erfahren, dass der Dom mit den beiden schlanken Doppeltürmen die Würzburger Bischofskirche ist und seit dem 11./12. Jahrhundert eines der Hauptwerke deutscher Baukunst, wie ihr Stefanie voller Stolz berichtet hatte. Und die viertgrößte romanische Kirche Deutschlands. „Was sagt dir die romanische Basilika Neumünster mit dem mächtigen Kuppelbau, die gleich neben dem Dom steht?", wollte Steffi gleich darauf wissen. Wieder nichts. „Hier fanden die drei Frankenapostel im Jahr 689 den Märtyrertod", klärte Stefanie sie auf. Wer diese drei Frankenapostel waren, wagte Leonie gar nicht mehr zu fragen. „Was glaubst du, warum sollten die Franken auf dich zugehen oder sich für dich öffnen, wenn sie merken, dass du dich für ihre Kultur und ihre Geschichte überhaupt nicht interessierst? Das merken die doch sofort", setzte Steffi hinzu. Sie musste noch einiges dazulernen, über die Stadt und die Franken. Doch das änderte nichts an der Tatsache, dass sie sich ihren Beruf und ihren Lebensstil selbst ausgesucht hatte. Worüber sollte sie sich also beklagen? Ganz Deutschland lebte in einer Leistungsgesellschaft. Die meisten Menschen hatten sich selbst dafür entschieden, wie sie ihr Leben gestalten wollten. Klar, nicht alle, aber viele eben. Anders als die Tausende von Flüchtlingen, die in den letzten Jahren nach Deutschland gekommen waren. Aber: Jedes Ziel hatte seinen Preis. Ob man dabei immer glücklich und zufrieden wurde, konnte niemand voraussehen. Sie kam zu dem Schluss, dass sie keinen Grund zum Klagen hatte, auch wenn nicht alles so lief, wie sie sich es manchmal wünschte.

Durch Zufall hatte sie herausgefunden, dass einige Kollegen ihr einen Spitznamen verpasst hatten. Sie nannten sie „die Gräfin". Nicht schön, aber auch nicht dramatisch. Anderen Kollegen wurden auch skurrile Spitznamen verpasst, Dr. Fliege, der Rechtsmediziner an der Uni Würzburg war so ein Kandidat. Man nannte ihn hinter vorgehaltener Hand auch „Mücke" oder auf fränkisch einfach die „Muggn".

Einige Zeit war vergangen, als Leonie von Brandenstein das Büro verließ und sich auf den Heimweg machte. Im Kühlschrank wartete noch eine Portion Gulasch auf sie, die sie sich nur aufwärmen musste. Frische Nudeln waren schnell zubereitet und die Flasche Burgunder schlummerte gut temperiert in einem Weinkühlschrank, den sie sich letztes Weihnachten selbst geschenkt hatte.

Als sie mit ihrem Wagen aus der Tiefgarage fuhr, hatte Hans Beimer gerade seinen Bocksbeutel geöffnet. Noch war er guten Mutes, dass ihm der Silvaner aus dem Juliusspital munden würde. Noch freute er sich auf das zarte Bukett von gelben Äpfeln und Birnen.

In der Domerpfarrgasse
Donnerstag, 3. Mai, kurz nach Mitternacht

Sie wollte gerade zu Bett gehen, als sich ihr Handy meldete. Auf dem Display erkannte sie Stefanies Mobilnummer. „Steffi, noch so spät oder besser gesagt, so früh am Morgen? Wenige Minuten nach Mitternacht! Was gibt's?"

„Leonie, eine Leiche in der Domerpfarrgasse."

„Mord?"

„Keine Ahnung. Der Notarzt schließt Fremdverschulden jedenfalls nicht aus."

„Okay, ich komme sofort. Ich nehme mir ein Taxi. Wer ist vor Ort?"

„Der vom Opfer gerufene Notarzt, der unsere Zentrale informiert hat, die Spurensicherung und die Mücke. Ich sitze gerade im Auto und bin auch dorthin unterwegs. In rund fünf Minuten bin ich da. Und noch etwas, Leonie."

„Ja?"

„Entschuldige bitte, was ich heute, beziehungsweise gestern Nachmittag gesagt habe. Es war nicht so gemeint. Ich habe viel um die Ohren und da komme ich manchmal an meine Grenzen."

„Ist schon okay, Steffi. Ich verstehe das. Geht mir manchmal genauso. Ist schon vergessen. Ehrlich. Wir müssen zusammenhalten. Bis gleich."

Stefanie Volland plagten Gewissensbisse. Sie war genervt gewesen und war ihre Chefin und Freundin verbal zu schroff angegangen. Das tat ihr im Nachhinein aufrichtig leid. Manchmal hasste sie sich dafür, dass sie ihre scharfe Zunge einfach nicht im Griff hatte. Aber so war sie eben einmal. Sie war schon gereizt, als sie von Markus gehört hatte, dass sich ihre Schwiegereltern zu ihrem alljährlichen Besuch angemeldet hatten. Vor allem ihr Schwiegervater Alois war für sie ein rotes Tuch. Immer wenn er nach Franken kam, machte er klar, dass er seinen Sohn lieber mit einer Berchtesgadenerin im traditionellen Dirndl verheiratet gesehen hätte. Dieser oberbayerische Depp! Er sprach es nicht offen aus, aber seine Andeutungen waren klar genug: „Kennts ihr da herobn in Frankn koan Kaiserschmarrn? Wie hältstn du des aus, Markus? Woaßt no, wie dir die Vroni immer a extra Portion gmacht hot?" Stefanie hatte die Vroni, eine frühere Freundin von Markus, einmal kennengelernt, als sie mit ihm seine Eltern besuchte. Sie standen kurz vor der Verlobung, Markus und Vroni. Ein Trampel, wie er im Buche steht: dicke, rosige Backen, zwei listige Schweinsäuglein, ein Genick wie Franz Josef Strauß, ein Busen wie eine Milchkuh und „Haxn" wie Baumstämme. Naja, vielleicht übertrieb sie etwas, aber wirklich nur ein bisschen. Dafür verschlang Alois, der Schönauer Weihnachtsschütze, der Franken so verachtete, ein Schäufele nach dem anderen, wenn er hierherkam, dazu mindestens drei rohe Klöße und eine Portion Sauerkraut, so groß wie ein Misthaufen.

Stefanie hatte sich vorgenommen, ihrer Chefin Leonie zu erklären, warum sie sich in ihrer Wortwahl so vergriffen hatte. Leonie war im Grunde ein Pfundskerl, eine gute Chefin, jemand, auf den man sich absolut verlassen konnte. Stefanie, die 35-jährige Unterfränkin, die sich in ihrer Heimat so wohl fühlte, sich im örtlichen Spital-Sportverein engagierte, indem sie mit Behinderten Aquafitness und Nordic Walking betrieb – trotz ihrer beruflichen und häuslichen Belastung – kam ins Grübeln. Sie liebte ihren Mann, die 5-jährige Tochter Mia und ihren Beruf über alles. Auch Leonie. Ihre Chefin zeigte viel Verständnis für ihre persönlichen Ambitionen. Der Sport lag Stefanie am Herzen. Sie wollte fit und attraktiv bleiben für ihren Beruf, ihren Markus und für sich selbst natürlich. Vroni kam ihr wieder in den Sinn und sie war froh, dass sie mit ihrer sportlich-schlanken Figur gegenüber der oberbayerischen Dampfwalze deutlich punkten konnte. Dann empfing sie rotierendes Blaulicht . Steffi war in der Domerpfarrgasse angekommen.

*

Leonie brauchte mit dem Taxi keine zehn Minuten von ihrer Wohnung bis in die Domerpfarrgasse, in der vier Polizeieinsatzfahrzeuge standen. Kollegen von der Verkehrspolizei wuselten hin und her und hatten die enge Gasse von der Spiegelstraße bis zum Kardinal-Döpfner-Platz mit ihren rot-weißen Absperrbändern abgeriegelt. Neugierige, lästige Lokalreporter plagten die Beamten mit ihrer Fragerei. Die Blitzlichter der Presseleute vermischten sich mit dem rotierenden Blau der Einsatzfahrzeuge.

„Was da wohl scho widder bassiert is?", knurrte der Taxifahrer kopfschüttelnd und bedankte sich für das ordentliche Trinkgeld. „An scheen Abend no. Wenn's ned scho Morgn wär."

„Schön wird der ganz bestimmt nicht mehr", antwortete die hochgewachsene Frau in dem eleganten dunkelblauen Hosenanzug. Dann schlug sie von außen die rechte Fond-Türe ins Schloss. Im Innern des Wagens blieb ein Hauch von „Black Opium" von Yves Saint Laurent hängen.

Stefanie Volland erwartete ihre Chefin an der Haustür. Bevor die beiden die Beimersche Wohnung betraten, zogen sie sich Plastiküberzieher über ihre Straßenschuhe. Dr. Fliege hatte seine Untersuchungen anscheinend schon abgeschlossen, denn er unterhielt sich mit dem immer noch anwesenden Notarzt, der nun offensichtlich am Gehen war. Die Mitarbeiter der Spurensicherung waren zu fünft. Sie wuselten durch die Wohnung, hielten Fiberglaspinsel, Fingerabdruckpulver sowie Stäbchen für DNA-Material bereit und waren hochkonzentriert bei der Arbeit.

„Schon was gefunden?", wollte die Hauptkommissarin wissen.

„Jede Menge Fingerabdrücke", gab einer der Ermittler zur Antwort, „dürften aber alle von dem Toten stammen. Eingebrochen wurde jedenfalls nicht."

„Handy, Laptop?", hakte Leonie nach.

„Haben wir schon alles sichergestellt."

„Ja, die Frau von Brandenstein und die Frau Volland, schön Sie zu sehen." Dr. Fliege war nähergetreten, nachdem er den Notarzt verabschiedet hatte.

„Können Sie schon etwas sagen, Doc?", versuchte es Kommissarin Volland.

„Dazu ist es noch zu früh, meine Beste. Jedenfalls besteht keinerlei Verdacht auf Gewalteinwirkung. Details kann ich Ihnen wirklich erst nach der Totenschau geben. So wie ich es einschätze, ist der Wohnungseigentümer, um den handelt es sich zweifelsohne, erst kürzlich verstorben. Eine halbe Stunde vor Mitternacht hat er selbst noch die 112 angerufen und um Hilfe gebeten. Als der Notarzt fünfzehn Minuten später eintraf, stand er vor verschlossener Tür und musste sich erst Einlass mit Hilfe des Hausmeisters der Wohnungsanlage verschaffen. Es dauerte weitere zehn Minuten, bis er endlich die Wohnung betreten konnte. Da war Herr Beimer – der Wohnungseigentümer – bereits verstorben. So hat es mir Dr. Haberkamm jedenfalls geschildert."

„Und die Flasche Wein auf dem Couchtisch?"

„Juliusspital, Silvaner, trocken", steuerte ein Mitarbeiter der Spurensicherung bei, der in der Nähe stand und die Unterhaltung zwischen der Mücke und den beiden Polizistinnen mitbekommen hatte. „Wir haben Proben von der Flasche und vom Glas sichergestellt."

Dann berichtete Leonie dem Rechtsmediziner von der Botschaft, die der Direktor des Juliusspitals erhalten hatte. „Wenn der Wein vergiftet war, werden wir das auf jeden Fall feststellen", versicherte ihr Dr. Fliege. Ich werde mir gleich heute früh bei der Staatsanwaltschaft die Genehmigung für die Leichenschau einholen."

„Sehr gut", kommentierte die Hauptkommissarin. „Wann glauben Sie, dass Sie uns was sagen können?"

„Wenn ich den Staatsanwalt frühzeitig erwische, so gegen elf. Reicht Ihnen das?"

„Auf jeden Fall. Das wäre prima und schon mal vielen Dank für Ihre Kooperationsbereitschaft."

„Keine Ursache, immer zu Diensten", knurrte die Mücke. „Wenn es ein gewaltsamer Tod war, finden wir das heraus. Bei Mord haben wir in Deutschland eine Aufklärungsquote von 93 Prozent, habe ich neulich gelesen."

„Ja, Sie wissen aber hoffentlich auch, dass in Deutschland jeder zweite Mord komplett unentdeckt bleibt", schränkte Leonie ein.

„Nicht bei mir. Das kann ich Ihnen versichern. Gut, aber jetzt mache ich mich mal vom Acker und wünsche allseits noch eine angenehme Ruhe, zumindest für den Rest der Nacht."

Drehverschlüsse und Blauer Eisenhut

Donnerstag, 3. Mai, Vormittag

Am Morgen nach diesem nächtlichen Einsatz erschienen Stefanie Volland und ihre Chefin erst gegen zehn Uhr im Kommissariat. Das hatten die beiden so vereinbart. Jede sollte etwas Schlaf nachholen. Pünktlich um elf Uhr wurde den beiden der Besuch eines Dr. Hartmut Kießling gemeldet. Pia Haberlander, die Team-Assistentin aus dem oberbayerischen Wolfratshausen, führte den Besucher in das Besprechungszimmer I und versorgte ihn mit einer Tasse Kaffee. Draußen in den Straßen ergoss sich ein überfallartiger Platzregen und schmiss seine Wassermassen wütend gegen die Oberlichtfenster. Im Nu war es finster geworden. Kommissarin Volland schaltete die Deckenbeleuchtung ein. Ihr war der Mann auf Anhieb unsympathisch. Unter seiner dicken Knollennase trug er einen pechschwarzen, dichten Schnauzbart. War sein Oberlippenbart ein mächtiges Gewächs, so war sein Haupthaar dagegen nur noch ein lichtes Gehölz mit viel Durchblick auf die wachsende Glatze. Doch es war sein Blick, der Steffi irritierte. Hartmut Kießling wirkte auf Anhieb arrogant. Jemand, der seiner Umwelt signalisierte: Ich bin der Größte und ihr seid die Idioten. Auf seinem Nasenrücken thronte eine Brille mit gelbem Rahmen und getönten Gläsern. Über Geschmack lässt sich bekanntlich streiten, aber auf die Kommissarin wirkte er jedenfalls lächerlich overdressed. Sein heller Sommeranzug war ganz bestimmt keine Stangenware und die roten Büffelleder-Slipper hatten wahrscheinlich ein Vermögen gekostet. Ein arroganter, eingebildeter Fatzke. So gab er sich auch.

„Unser Oberpflegamtsdirektor hat mich angewiesen, mich bei Ihnen zu melden", lispelte er mit leiser, monotoner Stimme, die so gar nicht zu ihm passte. „Viel Zeit habe ich nicht, das möchte ich gleich klarstellen. Also, es geht um diesen albernen Drohbrief, von dem mir mein Chef erzählt hat? Ich soll Ihnen da weiterhelfen? Wenn die Damen mich mal aufklären könnten?"

Bevor Hauptkommissarin von Brandenstein das Gespräch eröffnete, betrat Pia Haberlander das Zimmer und reichte ihrer Chefin

44

ein zusammengefaltetes DIN-A5-Blatt. Leonie öffnete es, las und gab es an Kommissarin Volland weiter. „Telefonnachricht von Dr. Fliege", stand darauf. „Herr Beimer wurde vergiftet. In seinem Körper befand sich eine hohe Konzentration von Aconitin. Das ist das Gift des Blauen Eisenhuts. Rufen Sie bitte zurück, wenn Sie mit Ihrer Besprechung fertig sind".

„Sehr geehrter Herr Dr. Kießling", begann Leonie mit deutlicher Schärfe in der Stimme, „auch ich möchte gerne gleich etwas klarstellen: Wie lange Sie sich für uns Zeit nehmen, bestimmen nicht Sie, sondern wir. Und was Sie als albernen Drohbrief bezeichnen, hat mit Albernheit, Jux oder Tollerei nicht das Geringste zu tun! Letzte Nacht wurde ein Mann vergiftet. Auf seinem Couchtisch stand ein halb geleerter Bocksbeutel aus dem Weingut Juliusspital. Um noch genauer zu sein, ein „Würzburger Stein, Silvaner". So wie es aussieht, ist das Opfer an einer Überdosis Aconitin, dem Gift des Blauen Eisenhuts gestorben. Das Gift befand sich in Ihrem Wein, das steht zweifelsfrei fest. Und jetzt sind Sie dran, mir das zu erklären. Unsere Beamten haben in den Hosentaschen des Verstorbenen eine Kassenquittung sichergestellt, die bezeugt, dass der Wein gestern bei einem Discounter in der Nähe der Eichhornstraße gekauft wurde. Was glauben Sie, wird die Presse berichten? Und was erst, wenn wir der Main-Zeitung stecken, dass Sie den Drohbrief nicht ernst nehmen und sich wenig kooperativ zeigen?"

Die deutlichen Worte der Hauptkommissarin verfehlten ihre Wirkung nicht. „Moment mal, wer spricht denn davon, dass ich nicht kooperativ bin? Natürlich unterstütze ich Sie in allen Belangen. Was ich mit meinen Worten soeben nur zum Ausdruck bringen wollte, war, dass wir in unserem Weingut einen so hohen Qualitätsstandard haben, dass ich mir absolut nicht vorstellen kann, wie Gift in die Flasche gekommen sein soll."

„Dann verraten Sie uns doch, wie das anscheinend trotzdem passiert sein kann", forderte nun Steffi den unsympathischen Fatzke auf.

„Haben Sie die Flasche sichergestellt?", wollte der wissen. „Kann ich die mal sehen?"

„Steffi, bist du bitte so lieb?"

„Klar. Ich hole sie. Bin gleich wieder zurück."

Es dauerte keine zwei Minuten, dann stellte die Kommissarin den leeren Bocksbeutel auf den Besprechungstisch. „Hier ist die Flasche", setzte sie hinzu und forderte mit ihren Augen den Besucher auf, aktiv zu werden.

Dr. Kießling nahm die grüne Flasche in die Hand, roch am Flaschenhals und betrachtete sie von allen Seiten. „Diese Flasche wurde nicht im Juliusspital abgefüllt", behauptete er und lächelte die beiden Polizistinnen maliziös an. „Wir haben also mit der Sache absolut nichts zu tun. In was für einem Ton reden Sie eigentlich mit mir?", wurde er gleich wieder frech. „Ich werde mich über Sie beim Polizeipräsidenten beschweren."

Die beiden Polizistinnen überhörten seine Aussage. „Und was macht Sie da so sicher?"

„Die Stelvin-Cap ist nicht vom Juliusspital."

„Die was, bitte?"

„Die Stelvin-Cap. Das ist der Drehverschluss und alles, was damit zu tun hat."

„Können Sie uns da mal bitte etwas aufklären, damit wir die Sache verstehen?"

„Also, ich habe wirklich keine Zeit, aber damit Sie mir nicht wieder das Wort im Mund umdrehen, erkläre ich Ihnen, was Sie dazu wissen müssen. Dazu muss ich leider etwas ausholen."

„Tun Sie sich keinen Zwang an. Wir hören gerne zu."

„Also gut. Die Sache hat etwas mit dem Verschließen der Weinflasche zu tun. Viele Leute meinen auch heutzutage noch, dass ein guter Wein einen Korken braucht. Aber das ist Quatsch. Mehr als 80 Prozent der Weinflaschen, die jährlich in Franken abgefüllt werden, werden mit einem Schraubverschluss verschlossen. Das hat nicht nur wirtschaftliche Gründe. Ein guter Schraubverschluss lässt so gut wie keinen Sauerstoff durch. Das ist gut für die Lagerung und gut für die Frische und Haltbarkeit des Weins. Weil, man muss wissen, dass rund fünf bis zehn Prozent der Naturkorken schadhaft und mit Trichloranisol infiziert sind. Das nimmt dem

Wein das Aroma und ersetzt es durch einen dumpfen, unangenehmen Geruch. Ich spreche von Korkschmecker-Weinen. Durch den Korkgeschmack entstehen den Winzern in der EU Jahr für Jahr Schäden in Höhe von circa 500 Millionen Euro. Auch für die Flaschenreifung ist der Drehverschluss die bessere Lösung. Der Wein reift schneller. Das liegt am größeren Leerraum im Flaschenhals zwischen dem eingefüllten Wein und dem Verschluss, weil kein Korken diesen Raum mehr einnimmt. Ein guter Korken kostet zudem im Durchschnitt einen Euro, ein Schraubverschluss dagegen nur zwei bis höchstens fünfzig Cent. Viele Weinliebhaber wollen aber trotzdem nicht auf den Korken verzichten. Das ist aber reine Gefühlsduselei. Unterschwellig lieben sie einfach dieses Ploppen, wenn die Weinflasche geöffnet wird. Die australischen und neuseeländischen Winzer haben es uns vorgemacht. Seit Jahren experimentieren sie mit dem Schraubverschluss herum, mit sehr guten Erfahrungen. Die Flaschen sind dicht, leicht zu öffnen, wiederverschließbar und – wie gesagt – der Verschluss ist kostengünstig. Heute verwenden wir den Stelvin-Cap-Verschluss. Das ist ein aromabewahrendes Produkt aus Aluminium. Zuerst wird eine Dichtscheibe auf den oberen Rand des Flaschenhalses gepresst. In der glatten Metallhülle sitzt dann ein Kunststoffeinsatz mit einem Innengewinde, das dann verschlossen wird. Daraufhin wird die Metall-Schraubverschlusskappe, die noch ohne Gewinde ist, gebördelt. Dadurch wird eine Kopie des Gewindes in der Weinflasche erzeugt. Der Schraubverschluss selbst besteht aus mehreren Schichten. Durch das Bördeln werden sie fachgerecht miteinander und mit der Flasche verbunden und verschlossen. Das hört sich jetzt alles furchtbar kompliziert an, erfolgt aber voll maschinell. Und jetzt komme ich nochmal auf die Schraubverschlüsse, die Stelvin-Caps zurück, die wir verwenden. Unsere Caps werden in verschiedenen Farben hergestellt und wir lassen sie von unseren Zulieferern bedrucken. Das geschieht am unteren Rand und ganz oben auf der Flasche. Für unsere Weine wird der Schriftzug ‚Juliusspital' aufgebracht, dazu ein stilisierter Adler, in dessen Bauch eine simplifizierte Traubendolde ruht. Die goldene Farbe dieses

Schraubverschlusses", dabei deutete er auf die Flasche, die er gerade in Händen hielt, „ähnelt zwar der Farbe, die wir für den ‚Würzburger Stein' verwendet haben, aber sehen Sie irgendeinen Schriftzug hier auf diesem Verschluss? Nein, diese Flasche haben nicht wir verschlossen!", schloss er triumphierend.

„Und was sagen Sie zu den Etiketten auf der Vorder- und Rückseite der Flasche?", wollte Leonie wissen.

„Das sind zweifelsohne unsere Originaletiketten", bestätigte der Weingutleiter. „Das erkenne ich an dem Strich- und dem quadratischen QR-Code."

„Wenn diese Flasche nicht im Juliusspital verschlossen wurde, von wem dann?", gab sich Leonie noch nicht zufrieden.

„Das Verschließen ist nicht das Problem. Sehen Sie, Franken verfügt über knapp 6.000 Hektar Weinanbaufläche, die von großen, mittelgroßen und kleinen Nebenerwerbswinzern bewirtschaftet wird. Letztere bilden eine Gruppe von circa 3.000 Kleinbetrieben, meist genossenschaftlich organisiert. Und da leistet sich der eine oder andere auch eine eigene Handabfüllanlage oder eine kleine Verschließmaschine. Die schaffen in der Stunde vielleicht bis zu 700 Flaschen. Unsere Anlage dagegen füllt pro Stunde knapp 50.000 Flaschen ab. Und verschließt sie natürlich auch", setzte er hinzu.

„Das sind viele", gestand die Hauptkommissarin. „Knapp 3.000 Nebenerwerbswinzer, sagten Sie?"

„Ungefähr", bestätigte der Weingutleiter des Juliusspitals, „die Zahl kann über die Zeit natürlich auch variieren."

„Sagen Sie, Herr Dr. Kießling, ist Ihnen aus den letzten Monaten oder gar Jahren irgendein außergewöhnliches Ereignis in Erinnerung, das Anlass sein könnte, dass jemand dem Juliusspital so sehr grollt, dass er oder sie den Tod unschuldiger Menschen in Kauf nimmt, nur um dem Spital zu schaden?"

„Wie krank muss jemand sein, der so etwas tun würde?", kommentierte der Gefragte. „Nein, da fällt mir wirklich nichts dazu ein. Da muss ich passen."

*

Dr. Fliege war sofort am Telefon, gerade so, als hätte er auf den Rückruf der Hauptkommissarin gewartet. „Ich habe den Lautsprecher eingeschaltet", informierte sie ihn, „Frau Volland hört mit."

„Schön", meinte der Mediziner, „dann lege ich mal los."

„Wir bitten darum", meinten die beiden Kriminalbeamtinnen.

„Aconitum napellus ist eine der giftigsten Pflanzen Europas und trotzdem wächst dieses Hahnenfußgewächs seiner Schönheit wegen in vielen einheimischen Gärten", begann die Mücke. „Unser Opfer hatte eine sehr hohe Konzentration des Giftes in seinem Körper. Sogar fein pürierte Wurzelreste haben wir in seinem Magen gefunden. Kaum zu glauben, wenn man weiß, dass bereits zwei Gramm tödlich sind."

„Wie ist so etwas möglich?", wollte Steffi wissen.

„Nun, da kann ich natürlich nur Vermutungen anstellen", setzte der Rechtsmediziner seine Erläuterungen fort. Ich denke, der oder die Täter haben große Mengen der giftigen Pflanzen verarbeitet. Ich fantasiere mal: Wenn ich jemanden mit dem Gift des Blauen Eisenhuts umbringen möchte, würde ich die Wurzeln und die Samen der Pflanze sammeln und in Wasser auskochen. Ein elektrischer Pürierstab verwandelt die Masse der weichgekochten Wurzeln in feinstes Mus. Im richtigen Verhältnis mit der aufgekochten Flüssigkeit vermischt ergibt das, in eine annähernd volle Weinflasche gegeben, eine hochwirksame tödliche Mischung."

„Die sich im menschlichen Körper wie auswirkt?", hakte Leonie nach.

„Nach der Einnahme stellt sich bald ein Taubheitsgefühl in den Extremitäten ein, das sich schnell ausbreitet. Dann folgen Kältegefühl, Übelkeit und Schmerzen im Magen-Darm-Trakt. Dadurch macht sich im menschlichen Körper eine nervöse Erregung breit. Manche Vergiftungsopfer verspüren auch einen seltsamen Juckreiz, Ohrensausen und Schwindel. Schließlich beschleunigt sich der Herzrhythmus und es folgt eine Lähmung der oberen Atemmuskulatur. Dies alles wird durch das Alkaloid Aconitin hervorgerufen. Im Endstadium blockiert das Gift die Muskelendplatten. Sie müssen sich das vereinfacht so vorstellen, dass die Befehle, die vom Hirn kommen und normalerweise am Ende von Nervenfasern an die Muskelfasern von Skelettmuskeln weitergegeben werden, einfach unterbrochen werden. Das heißt, nichts funktioniert mehr. Die Befehle werden nicht an die Muskulatur weitergegeben. Der Körper stellt daraufhin die Atmung ein und das Opfer erstickt."

„Mein Gott, was für ein grausamer Tod", stellte Steffi fest.

„Das kann man wohl sagen", pflichtete ihr die Mücke bei.

„Und diese tödliche Pflanze wächst bei uns so einfach im Garten?", interessierte sich Leonie.

„Nein, nicht wirklich. Nur vereinzelt ist er bei uns zu finden. In der Natur kommt der Blaue Eisenhut hauptsächlich in höher gelegenen Bergregionen der Alpen vor und dort vorzugsweise in der Nähe von Bachläufen. Was allerdings nicht heißt, dass er nasse Füße mag. Seine Blütezeit beginnt so im Juni herum und dauert bis in den Oktober hinein."

„Das heißt, dass das Gift in der Flasche nicht aus diesem Jahr stammen kann", kombinierte Steffi.

„Da haben Sie recht", bestätigte die Mücke, „heuer blüht der Blaue Eisenhut noch nicht. Es gibt übrigens eine schöne Sage um die Pflanze. Die ist kurz erzählt: Als Herakles, der Sohn des Zeus, den Höllenhund Kerberos aus der Unterwelt verschleppte, tropfte dem Tier Speichel aus dem Maul. An den Stellen, wo der Speichel zu Boden fiel, wuchs Eisenhut." Dr. Fliege machte sich einen Jux.

Die Main-Zeitung berichtet
Donnerstag, 3. Mai

An dem Tag, an dem Hans Beimer tot in seiner Wohnung gefunden worden war, berichtete die Zeitung über den Erpressungsversuch.

Rache am Juliusspital?

Wer will der bekannten Stiftung des ehemaligen Würzburger Fürst-bischofs Julius Echter ans Leder? Die Leitung der Stiftung und die Kriminalpolizei stehen vor einem Rätsel.

Es war gestern, als der Oberpflegamtsdirektor des Juliusspitals eine furchtbare anonyme Nachricht erhielt. Unbekannte kündigten an, in einem Würzburger Supermarkt eine vergiftete Weinflasche deponiert zu haben und forderten eine Million Euro. Mögliches Motiv: Dem Juliusspital sei es nicht gelungen, einen kranken Menschen zu heilen. Ist da ein Verrückter am Werk, der sich einen Spaß machen will, oder handelt es sich um skrupellose Verbrecher, die den Tod Unschuldiger in Kauf nehmen?

Die Polizei rät, vorläufig keine Weine des Juliusspitals zu kaufen und bereits erstandene Weinflaschen des Weinguts nicht zu öffnen. Hinweise nimmt die Kriminalpolizeiinspektion (KPI) Würzburg, Weißenburgstraße 2, entgegen.

*

Am Freitag, dem 4. Mai, berichtete die Zeitung vom Tode Hans Beimers:

Der Mord war angekündigt

Das Schicksal traf einen Würzburger Rentner. Hans B. starb in der Nacht von Mittwoch auf Donnerstag nach dem Genuss von vergiftetem Frankenwein.

Die Flasche Wein hatte er am 2. Mai in der Filiale eines örtlichen Discounters erworben. Der Mord war angekündigt (wir berichteten darüber). Der Leiter des Juliusspitals erhielt am gleichen Tag einen Drohbrief, in dem Unbekannte darüber informierten, dass in einem Würzburger Supermarkt eine vergiftete Flasche Wein aus dem Weingut Juliusspital deponiert sei. Ahnungslos erstand das Mordopfer am Mittwochspätnachmittag ausgerechnet diese Weinflasche und konsumierte einen Großteil des Inhalts noch am gleichen Abend. Nach den uns vorliegenden Informationen war der Wein mit Aconitin versetzt. Dabei handelt es sich um das Gift des Blauen Eisenhuts, einer der giftigsten Pflanzen Europas. Natürlich stellt sich die Frage, was jemanden dazu treibt, den Inhalt einer Weinflasche zu vergiften und damit den Tod unschuldiger Menschen

bewusst herbeizuführen? Nun, im Moment gibt es keine konkreten Hin-
weise. Die Kriminalpolizei will aus ermittlungstaktischen Gründen keine
näheren Angaben dazu machen. Wir fragen uns, ob die Gefahr mit dem
Tod eines Menschen vorbei ist oder ob es weitergeht? Wir wissen es nicht.
Ob der perfide Mörder sich dazu nochmals äußern wird?

Der angekratzte Ruf des Stifters

Freitag, 4. Mai

„Stefanie, du hattest übrigens recht."

„Womit hatte ich recht?", wollte die Angesprochene wissen.

„Als du mir sagtest, dass wir nicht davon ausgehen können, dass der Anschlag mit dem vergifteten Wein zwangsweise dem Weingut des Juliusspitals gilt", antwortete Leonie.

„Das denke ich auch, das ist nur Mittel zum Zweck, weil halt so eine Weinflasche leicht zugänglich ist und, wenn man es geschickt anstellt, auch schnell vergiftet. Im Mittelpunkt stehen die Krankenstationen, wenn ich den Erpresserbrief richtig deute,"

„Stimmt", gab Leonie von sich, „aber dennoch, ich habe mir im Internet angesehen, womit sich die Stiftung Juliusspital alles beschäftigt. Das ist ja ein regelrechter Mischkonzern mit mehr als 1.300 Mitarbeitern und zwölf Geschäftsbereichen."

Die beiden Kriminalbeamtinnen saßen an ihren Arbeitsplätzen in der Weißenburgstraße und diskutierten den aktuellen Mordfall. Wie das Gift in die Flasche gekommen war, darüber waren sich die beiden Frauen inzwischen einig. Sowohl Dr. Kießling, als auch die Mücke hatten die Erklärung bereits gegeben: Nachdem der Wein von den Erpressern gekauft worden war, wurde er mit dem Gift versetzt, die Flasche mit einer Stelvin-Cap wieder professionell verschlossen und zum Discounter zurückgebracht. Und die Täter mussten sich mit der Herstellung und dem Abfüllen von Weinen auskennen. Winzer. Laut Dr. Kießling gab es also rund 3.000 potentielle Täter. Wer als Kunde nicht wusste, dass das Juliusspital seine Weinverschlüsse stets mit dem eigenen Logo versah, konnte keinen Verdacht schöpfen. Weitere Fragen: Wurde gefilmt, als der Täter den vergifteten Wein in das Regal zurückstellte? Im Supermarkt gab es bestimmt Videokameras. Was gaben der Strich- und der quadratische QR-Code auf dem Etikett her? Konnte ein- und dieselbe Weinflasche vom Kassensystem des Supermarktes zweimal verkauft werden? Musste das nicht auffallen? Die beiden Frauen hofften, diese Themen am Nachmittag mit dem Leiter des Supermarktes klären zu können. Offen blieb auch, wo der oder die Täter den Blauen Eisenhut herhatten. Aus dem eigenen Garten? Wohl kaum. Wer hatte schon so eine riesige Population dieser Pflanzen im Garten stehen, genug um daraus ein hochkonzentriertes Gift zu gewinnen? Viel zu auffällig. Wo in der Natur kam die Pflanze vor? Gab es den Blauen Eisenhut überhaupt in Franken? In oder um Würzburg waren jedenfalls keine größeren Vorkommnisse bekannt. Ein Rätsel blieb auch die Stelvin-Cap, ein Fremdprodukt der Winzerzulieferindustrie. Festzustellen, welcher Produzent die in Frage kommende Verschlusskappe hergestellt und diese an wen verkauft hatte, käme der Suche nach der berühmten Nadel im Heuhaufen gleich. Die Zeit hatten sie nicht. Der Polizeipräsident, der sich regelmäßig informieren ließ, drängte bereits. Er saß ihnen im Nacken. Die Frauen waren sich auch darüber einig, dass sie den Fall nur lösen konnten, wenn es ihnen gelang, herauszufinden, was in der Vergangenheit geschehen war, von welchem kranken Menschen war in dem Erpresserbrief die Rede? Immer wieder ging Leonie der Satz „Dadurch ist uns das Liebste in unserem Leben genommen worden" durch den Kopf. Es hieß „uns" und nicht „mir" und es hieß „das Liebste". Wer war das? Ein naher Angehöriger, ein Kind? Hatte das Juliusspital Schuld auf sich geladen? Es musste einen Anlass gegeben haben, einen schwerwiegenden Grund, um auf die Idee zu kommen, deswegen einen unschuldigen Menschen zu vergiften. Welche Verbindungen gab es zu diesem Ereignis aus der Vergangenheit? Wie weit lag es zurück? Nur wenn sie Antworten auf diese Fragen erhielten, kämen sie dem Motiv des oder der Mörder näher. Leonie hatte sich zwar ein Bild von den Aktivitäten der Stiftung machen können, in die

Geschichte der Stiftung war sie jedoch noch nicht eingetaucht. Dazu hatte sie bisher einfach keine Zeit gefunden.

„Steffi, du bist doch Würzburgerin und weißt sicherlich einiges über die Geschichte deiner Stadt. Kannst du mir erzählen, wie es zu der Stiftung Juliusspital gekommen ist? Klar könnte ich mir die Informationen auch aus dem Netz holen, aber da stehen auch nicht immer alle Feinheiten und Geschichten zur Verfügung, die für uns interessant sein könnten."

„Jetzt?", fragte Steffi.

„Nur, wenn du Lust dazu hast. Bis zu unserem Termin beim Supermarkt haben wir ja noch etwas Zeit."

„Okay, wenn du meinst."

„Holen wir unsere oberbayerische Kollegin dazu. Der schadet es auch nicht, wenn Sie etwas fränkische Geschichte inhaliert", schlug die Hauptkommissarin vor.

„Also fangen wir an", schlug Steffi vor, nachdem auch Pia Haberlander mit am Tisch saß. „Ich erzähle euch, was ich noch von meiner Schulzeit her weiß und selbst noch hinzugelernt habe: Stifter des Juliusspitals war der frühere Fürstbischof von Würzburg, Julius Echter von Mespelbrunn. Mespelbrunn ist eine Ortschaft mit einem verträumt liegenden Wasserschloss im Spessart. Dort wurde übrigens Ende der fünfziger Jahre der Film ‚Das Wirtshaus im Spessart' mit Liselotte Pulver in einer der Hauptrollen gedreht. In diesem Schloss wurde Julius Echter im März des Jahres 1545 geboren und verbrachte dort auch seine Jugend. Er hatte vier Brüder und vier Schwestern. Schon sehr früh schlug er eine kirchliche Laufbahn ein und war in Würzburg, Mainz und Bamberg tätig. Ab dem Jahr 1573 bis zu seinem Tod war er Fürstbischof von Würzburg und damit auch Herzog von Franken. Ganze vierundvierzig lange Jahre leitete er die Geschicke des Hochstifts Würzburg. Ein mächtiger Herrscher der damaligen Zeit, als Reformation und Gegenreformation Unruhe in die Region brachten. Julius Echter war ein überzeugter Anhänger der katholischen Kirche und ein durchsetzungsstarker Fürstbischof. Dies dürfte auch der Hauptgrund gewesen sein, warum er bis zum Fürstbischof aufstieg. Seine

Hauptaufgabe, die Gegenreformation, vollzog er mit aller Konsequenz und Härte. Der Großteil der fränkischen Bevölkerung war damals zum Protestantismus übergetreten. Echter verfolgte das Ziel, diese Gebiete wieder zu rekatholisieren. Er selbst war tief im Dämonen- und Hexenglauben verwurzelt und fühlte sich selbst ständig von Teufeln umgeben, sah die katholische Kirche von Hexen bedroht. Wer trotz aller Drohungen nicht bereit war, zum katholischen Glauben zurückzukehren, musste damit rechnen, als Hexe oder Dämon denunziert zu werden. Und wer einmal als Verdächtiger in die Mühlen der Hexenverfolgung des Julius Echter geraten war, hatte kaum noch eine Chance auf Rehabilitation. Der Fürstbischof duldete keine Freilassungen. Er ließ Gefangene foltern, bis diese die Hexerei zugaben. Hunderte von Menschen landeten während Echters Regierungszeit auf dem Scheiterhaufen. Am schlimmsten waren seine beiden letzten Regierungsjahre. In den Jahren 1616 und 1617 loderten im gesamten Gebiet des Hochstifts Würzburg die Scheiterhaufen. Das sind die Schattenseiten des Julius Echter von Mespelbrunn. Natürlich erntete er deswegen auch harsche Kritik. Andererseits bewirkte der Fürstbischof auch viel Gutes für die Stadt Würzburg. So gründete er im Jahr 1582 die Universität, drei Jahre vorher hatte er die Stiftung Juliusspital eingerichtet, ein Hospital für Arme und Waisen. Julius hatte erkannt, dass es in der Stadt viel zu wenig Pflegeplätze für Arme und Kranke gab. Die mehr oder weniger einzige ähnliche Einrichtung, die damals bereits existierte, war das Bürgerspital, das bereits im Jahr 1316 von einem Würzburger Patrizier ins Leben gerufen worden war. Im Rahmen der Rekatholisierung wollte Echter Zeichen setzen und gründete die Stiftung aus seinem Privatvermögen, indem er Grundstücke wie Gärten und Lagerplätze aufkaufte, auf denen das Spital entstehen sollte. Heute weiß man jedoch, dass der Nachlass von verbrannten Hexen und Zauberern an die Kirche fiel. Was davon wiederum in Julius Echters Privatvermögen überging, darüber gibt es leider keine Zahlen. Aber auch die von ihm ins Leben gerufene Stiftung blieb nicht ohne Kritik. Für den Bau des Spitals musste ein jüdischer Friedhof weichen. Julius Echter enteignete die jüdische Gemeinde und beging mit der Aufhebung der Grabsteine nicht nur ein Sakrileg, sondern machte die Weiterexistenz von Juden in der Stadt so gut wie unmöglich. So entstand das Spital auf jüdischen Gräbern. Zur Sicherung des Unterhalts der Stiftung ließ er ihr Äcker, Wälder und Weinberge überschreiben. Die Idee dahinter war einfach und doch genial: Damit die entstehenden Kosten gedeckt werden konnten, mussten der landwirtschaftliche und der Winzerbetrieb ordentliche Gewinne erwirtschaften. Dieses Prinzip hat sich bis heute erhalten. Aber warum wurde er überhaupt zum Stifter? Man sagt, er wollte Buße tun, sich Ablass erkaufen, sein Gewissen erleichtern, um am Tag des Jüngsten Gerichts dem Fegefeuer zu entgehen. Ihm war also offensichtlich schon bewusst, dass er mit seinen Hexenverbrennungen möglicherweise nicht unbedingt auf Gottes reine Gnade stoßen würde. Na, jedenfalls gehören der Stiftung Juliusspital heute rund 33.000 Hektar Wald, 1.100 Hektar landwirtschaftliche Fläche und 177 Hektar Weinberge. Das Weingut der Stiftung ist heute das zweitgrößte in Deutschland. Im Laufe der Jahrhunderte kamen weitere Unternehmungen hinzu. Heute unterhält die Stiftung ein Seniorenstift, eine Berufsfachschule für Altenpflege, ist Gesellschafter an Kliniken, unterhält eine Palliativakademie, ein Hospiz, ein Tagungszentrum und betreibt neben der Landwirtschaft das Weingut sowie Forstwirtschaft. Außerdem sind da noch ein Immobilienbüro, eine Weinstube, die Vogelsburg bei Volkach mit ihren touristischen Aktivitäten sowie eine Firma, die Treppen verkauft. Das ist alles, was ich über die Stiftung und ihren Gründer weiß", endete Steffi.

„Das ist gehörig viel", bewunderte die Hauptkommissarin ihre Mitarbeiterin.

„Licht und Schatten, wie meistens, wenn es um die katholische Kirche geht", merkte Pia Haberlander an, „eine interessante Geschichte."

Die Mörder machen weiter

Freitag, 4. Mai

Während Leonie und Steffi auf dem Weg zum Supermarkt in der Nähe der Eichhornstraße unterwegs waren, stand der Oberpflegamtsdirektor der Stiftung Juliusspital kurz vor einem Herzanfall. Er hing in seinem schweren Bürosessel und schwitzte. Seine Hände zitterten wie Espenlaub und machten ein Lesen der neuen Botschaft, die er in Händen hielt, fast unmöglich. Er ließ das Blatt Papier auf seine Schreibtischplatte gleiten.

Wir bedauern, dass ein unschuldiger Mensch sterben musste. Dieses Risiko war uns bewusst. Bald wird ihm der nächste folgen. Die Stiftung hat noch immer nicht reagiert. Wo bleibt die eine Million Schmerzensgeld? Wir machen keine Späßchen. Wir werden Ihnen Beine machen. Auge um Auge, Zahn um Zahn ... Wenn Sie nichts unternehmen, werden noch mehr Menschen sterben.

Dem Chef des Juliusspitals lief der Schweiß in kleinen Bächen in seinen Hemdkragen. Er stöhnte leidvoll auf. Der Mörder war verdammt schnell. Dass ein Unschuldiger Opfer seines Gifts geworden war, stand erst heute Morgen in den Zeitungen. Die Nachricht, die vor ihm lag, konnte erst in der letzten halben Stunde in den hauseigenen Briefkasten geworfen worden sein. Vor einer Stunde war der erst geleert worden. Es wurde Zeit, dort eine Überwachungskamera anzubringen. Er hob den Hörer seiner Telefonanlage und drückte einen Knopf. „Frau Heinzel, verbinden Sie mich bitte mit dem Chef-Redakteur der Main-Zeitung." Es dauerte keine zwei Minuten, dann hatte er Heiner Schmalfuß in der Leitung. „Habt ihr auch wieder eine Kopie erhalten?", wollte er wissen.

Der Redakteur wusste sofort, was gemeint war. „Ich bin gerade am Lesen", bestätigte er. „Mensch Michael, was ist da los?"

„Ich weiß es nicht", klagte der. „Aber wenn das so weiter geht, kauft keine Sau mehr Wein aus unserem Spital. Die Geschichte ist ja schon landesweit in den Medien."

„Da steckt Methode dahinter, Michael. Was auch immer der Erpresser vorhat, er will das Geld von euch unbedingt haben. Michael, du musst der Sache auf den Grund gehen. Was heißt das, dass ein kranker Mensch nicht geheilt werden konnte? Und stimme dich mit der Polizei wegen des Geldes ab. Irgendetwas Großes, etwas Schlimmes muss da in der Vergangenheit passiert sein."

„Ich weiß es nicht. Ich kann mich innerhalb der letzten fünf Jahre an keine einzige Negativschlagzeile erinnern, die wir verursacht hätten."

„Hast du die Kripo schon informiert?", wollte Schmalfuß wissen.

„Noch nicht, ich habe die Nachricht des Mörders ja auch erst gerade erhalten und gelesen. Ich wollte mich nur vergewissern, ob ihr auch wieder eine Kopie bekommen habt."

„Haben wir und werden in der morgigen Wochenendausgabe darüber berichten."

„Was rätst du mir?", fragte der Direktor des Spitals verzweifelt.

„Das habe ich dir bereits gesagt. Informiere sofort die Hauptkommissarin. Kläre sie über den aktuellen Stand auf. Die scheint mir ganz clever und kompetent zu sein. Dann ruf deine Abteilungsleiter zusammen und versucht, gemeinsam herauszufinden, was der Anlass der Drohbriefe sein könnte. Am besten du lädst die Kripo zu der Veranstaltung gleich mit ein. Im ersten Drohbrief war von einem kranken Menschen die Rede, der nicht geheilt werden konnte. Vielleicht ist ja etwas passiert, von dem du selbst nichts weißt. Wird da vielleicht etwas vertuscht?"

„Jetzt gehen dir aber die Pferde durch", erregte sich der Oberpflegamtsdirektor, „wir sind eine wohltätige, gemeinnützige Organisation, für die ich meine Hand ins Feuer lege. Bei uns wird nichts vertuscht."

„Michael, trotzdem ..." Aber der Direktor des Juliusspitals hatte bereits aufgelegt.

„Frau Heinzel, laden Sie für morgen, zehn Uhr Vormittag, alle Abteilungsleiter in das große Besprechungszimmer ein. Kommen ist Pflicht."

„Morgen ist Samstag, Herr Direktor!"

„Das ist mir scheißegal, Frau Heinzel. Und bitten Sie auch die Hauptkommissarin von Brandenstein dazu."

„Was soll ich sagen, worum es geht, wenn Fragen gestellt werden", wollte Heinzel wissen, „ich meine, wenn unsere Leute fragen?"

„Wir wollen versuchen, die Ursache für die Drohung ausfindig zu machen."

Ermittlungen im Supermarkt
Freitag, 4. Mai

Frau Volland und Frau von Brandenstein waren nur noch wenige Minuten von ihrem Ziel entfernt, als sich das Handy der Hauptkommissarin meldete.

„Brandenstein ... Sie sind es, Herr Oberpflegamtsdirektor. Sie haben was? ... Schon wieder eine Drohbotschaft erhalten? Ich verstehe. So eine Scheiße. Entschuldigen Sie meine Ausdrucksweise. ... Die Main-Zeitung auch? ... Was steht drin? ... Verflucht noch einmal. ... Nein, Kommissarin Volland und ich sind gerade zu einer Befragung unterwegs. Wir kommen sofort danach zu Ihnen. ... Ja, ich rufe Sie vorher an. ... Ja, bis dann."

„Was ist los? Hoffentlich nicht das, was ich vermute", wollte Volland wissen.

„Doch Steffi, genau das ist geschehen. Das Juliusspital hat eine weitere Drohbotschaft erhalten. Eine Kopie ging wieder an die Main-Zeitung"

„Ach, du heiligs Blechle, hört das denn nicht auf?", ärgerte sich die Kommissarin. „Wieder eine Ankündigung mit vergiftetem Wein?"

„Nicht konkret. Nur, dass der Mörder weitermacht und dass es bald wieder ein Opfer geben wird. Der Fall ist heißer als dem Teufel sein Arsch, wenn ich das mal so sagen darf. Außerdem hat uns der Oberpflegamtsdirektor zu einer morgigen Veranstaltung in das

Juliusspital eingeladen. Er hat alle seine Abteilungsleiter zu sich bestellt, um gemeinsam herauszufinden, was möglicherweise der Anlass für diese Drohbriefe sein könnte."

„Verdammt", schimpfte Steffi, „morgen ist Samstag."

Dann steuerte sie den VW Passat auf den Kundenparkplatz des Supermarkts. Am westlichen Horizont zogen sich gewaltige Wolkenberge zusammen und bauten sich zu einer drohenden Kulisse auf. Das erste Frühjahrsgewitter. Als die beiden den Discounter betraten, zuckte in der Ferne der erste Blitz. Das Donnern ließ auf sich warten. Das Gewitter war noch weit weg, aber aus Richtung Veitshöchheim waren schon die ersten grauen Regenschleier zu erkennen, die aus dem immer dunkler werdenden Himmel herabstürzten.

*

Nikolaus Kohl, der Supermarkt-Filialleiter war überaus nervös, als er die beiden Frauen in sein Büro führte. Er war Mitte vierzig und gab sich als Mann von Welt. Schwarzer Anzug, blütenweißes Hemd, sogar ein Einstecktuch. Schwarze Swarovski-Manschettenknöpfe lugten aus den Hemdsärmeln hervor. Die Gläser der schlichten Hornbrille waren blank geputzt, die Frisur konservativ, der Linksscheitel wie mit einem Lineal gezogen. „Nehmen Sie doch Platz, meine Damen", forderte Nikolaus Kohl die beiden Polizistinnen großzügig auf. „Kaffee, Tee oder ein Glas Mineralwasser?" fragte er nach.

„Danke, nichts", antwortete Leonie, während sie sich in den bequemen Bürostuhl sinken ließ, „wir haben gerade erst im Büro etwas getrunken, ich glaube, wir kommen besser direkt zur Sache."

„Aber natürlich", willigte der Filialleiter ein. „Ich kann es noch immer nicht glauben, dass Herr Beimer durch einen Wein aus unserem Sortiment sterben musste. Ich kannte ihn, den Beimer. Er kaufte oft bei uns ein. Ein Stammkunde. Seine Wohnung liegt ganz in der Nähe. Am Mittwoch, seinem Todestag, huschte er kurz vor Feierabend noch schnell bei uns herein. ‚Ich will mir nur noch eine Flasche Wein holen‘, rief er mir freundlich zu. „Mein Gott, was für eine Tragödie."

„Könnten wir auf den Punkt kommen, Herr Kohl?"

„Ja, natürlich. Entschuldigen Sie meine Abschweifung. Wie kann ich Ihnen weiterhelfen?"

„Ich nehme an", fuhr die Hauptkommissarin fort, „Sie überwachen Ihre Verkaufsflächen mit Videokameras?"

„Ja, selbstverständlich", antwortete der Filialleiter stolz.

„Auch draußen auf den Parkplätzen?"

„Nein, dort nicht, nur im Inneren unseres Marktes."

„Wie lange heben Sie die Daten auf?"

„Eine Woche, dann löschen wir sie wieder."

„Gut, dann können Sie uns sicherlich die Aufnahmen überlassen, und zwar alle, die noch verfügbar sind."

„Natürlich, das ist kein Problem", zeigte sich Kohl kooperativ.

„Was wir auch noch gerne wüssten: Wozu nutzen Sie den Barcode auf den Weinflaschen genau? Mit anderen Worten, welche Informationen sind darauf gespeichert? Auf den Etiketten der Weinflaschen befinden sich ja Strich- und QR-Codes."

„Nun, eine der wichtigsten Informationen ist für uns natürlich der Verkaufspreis. Außerdem sagt uns der Code auch, um was für ein Produkt es sich handelt. Bei den Weinen, ob es ein Silvaner ist, ein Burgunder oder ein Müller-Thurgau. Weiterhin, ob es sich um eine 0,75er-Flasche oder um eine Literflasche handelt. Auch die Erzeuger sind erfasst. Also Juliusspital, Bürgerspital oder eben auch andere. Und natürlich verwenden wir die Codes auch für die Disposition, also unsere Lagerhaltung."

„Wie funktioniert das mit der Lagerhaltung?", interessierte sich die Hauptkommissarin.

„Das ist ganz einfach. Wenn wir beispielsweise zwanzig Kartons, sagen wir mal ‚Iphöfer Kalb, Riesling, trocken‘ auf Lager nehmen, lesen wir das über die Codes in unser Bestandssystem ein. Jedes Mal, wenn eine dieser Flaschen verkauft wird, wird der Code über unsere Kassen registriert und mindert den Lagerbestand elektronisch. So können wir rechtzeitig nachbestellen, wenn die kritische Bestandsgrenze erreicht ist."

„Dann müssten Sie das für den ‚Würzburger Stein, Silvaner, trocken' vom Juliusspital auch tun können?

„Richtig", bestätigte Kohl.

„Können wir das mal nachvollziehen?", wollte die Hauptkommissarin wissen.

„Wann?", fiel dem Filialleiter dazu ein.

„Na jetzt", erhielt er zur Antwort.

„Das ist der Wein, an dem Hans Beimer verstorben ist, richtig?"

„Richtig!"

„Den haben wir aber inzwischen aus unserem Angebot genommen."

„Deswegen müssen die Flaschen aber trotzdem noch körperlich vorhanden sein. Oder haben Sie die Flaschen nebst Inhalt vernichtet?"

„Nein, natürlich nicht", gab Nikolaus Kohl zu.

„Wo liegt dann das Problem?"

„Es gibt kein Problem, ich wollte es nur erwähnt haben."

Es dauerte eine Weile, bis das Ergebnis vorlag und der elektronisch geführte Lagerbestand mit der tatsächlich vorhandenen und von Hand nachgezählten Anzahl von Flaschen verglichen werden konnte. Es zeigte sich, dass eine Flasche zu viel auf Lager war.

„Das bestätigt unseren Verdacht", bemerkte die Hauptkommissarin.

Obdachlos

Freitag, 4. Mai, Nachmittag

Der Regen hatte nachgelassen und dann ganz aufgehört. Die Gewitterwolken waren nach Nordosten abgetrieben und milchig trübes Licht lag über der Stadt. Dann bohrten die Sonnenstrahlen ein Loch durch den dunstigen Schleierhimmel und begannen, die Feuchtigkeit und die Wasserpfützen auf den Straßen und Wegen aufzulecken. Die Stadt dampfte vor sich hin. Wachswetter, wie die fränkischen Winzer zu sagen pflegten. Die Touristen schwärmten wieder aus und eroberten die Sehenswürdigkeiten Würzburgs. Viele zogen über die Alte Mainbrücke und machten sich an den Aufstieg zur Festung Marienberg. Andere blieben auf der Brücke bei einem Aperol Spritz, einem Hugo oder einem Schoppen Frankenwein hängen. Wieder andere strömten über den Marktplatz oder hin zum Kranenkai, wo die Ausflugsschiffe an- und ablegten, um bis Lohr, Karlstadt oder flussaufwärts nach Volkach zu fahren. Auch Martin Bachnick war am alten Hafenkran mit seinen Doppelauslegern angelangt. Die alte Krananlage, ein Industrie- und Wirtschaftsdenkmal aus der Barockzeit, erinnerte an den einst florierenden Mainhandel. Martin Bachnik saß auf einer seiner Lieblingsbänke, die hier direkt am mächtigen Steingemäuer der einer Bastion ähnelnden Anlage aufgestellt waren, und beobachtete das muntere Treiben. Er kam gerne hierher, wenn er auf dem Weg zur Würzburger Tafel war, die drüben auf der anderen Mainseite, ihren „Laden" betrieb. Eine kleine Rast konnte nie schaden. Beim Alten Kranen, genauer gesagt an dem rot-gelben Kiosk ganz in seiner Nähe, stand eine Menschenschlange an, um Tickets für einen Ausflug auf dem Fluss zu kaufen. Es war Freitagnachmittag und wie üblich strömten etliche auswärtige Besucher in die Stadt. Viele von ihnen würden über das Wochenende bleiben. Gerade legte die „MS Astoria" an. Bachnick war nicht gekommen, um einen Schiffsausflug zu unternehmen. Den konnte er sich nicht leisten. Er war ein „Loser", ein Ausgestoßener der Gesellschaft. Wann immer das Wetter es erlaubte, machte er sich auf den Weg, einfach nur um die Zeit totzuschlagen. Das war das Einzige, was er im Überfluss hatte: Zeit, jede Menge Zeit. Am Mainufer tat sich immer etwas. Und wenn nicht, von hier aus hatte man einen wunderbaren Blick auf die Festung und die Alte Mainbrücke. Drüben, jenseits des Flusses, zog sich das Mainviertel zwischen Ludwigs- und Friedensbrücke hin. Dort streckten die Don-Bosco-Kirche, die Deutschhauskirche und die romanische Basilika St. Burkard ihre Türme in den warmen Maihimmel.

Martin Bachnick war kein gebürtiger Würzburger. Vor zwei Jahren war er aus Iphofen zugezogen, was allerdings nicht bedeutete, dass er in Würzburg in einer Wohnung oder gar in einem eigenen Haus lebte. Bachnick war obdachlos. Vor einigen Jahren war er von ziemlich weit oben nach ganz unten abgestürzt. Noch vor sechs Jahren war er leitender Angestellter und Verkaufsleiter für den Mittleren Osten bei der Firma Knaup gewesen, dem Gips verarbeitenden Spezialisten und Systemanbieter für Fassadenschutz, Trockenbau und Böden. Die Firma hatte weltweit knapp neunzig Auslandsniederlassungen, war aber nicht unumstritten. Natürliche Gipsvorkommen der Regionen wurden ausgebeutet, was die Naturschützer auf den Plan rief. Außerdem war im Jahr 2002 das sogenannte Gipskartell aufgedeckt worden. Vier Baustoffkonzerne hatten bis 1997 im Bereich der Gipskartonplattenherstellung untereinander unerlaubte Absprachen getroffen. Martin Bachnick hatte nichts mit diesem Skandal zu tun gehabt. Damals war er ein Workaholic, dachte nicht über Freizeit, Urlaub oder andere, angenehmere Seiten des Lebens nach. Damals wohnte er noch in Iphofen, außerhalb der Altstadt. In der Valentin-Arnold-Straße, unweit des Schwanbergweges, der bergauf in Iphofens Weinlagen führt, hatte er eine Dreizimmerwohnung gemietet, die er allerdings nur dazu benutzte, um darin durchschnittlich rund fünf Stunden pro Tag zu schlafen. Den Rest seiner Zeit verbrachte er im Büro oder auf Dienstreisen. Das ging jahrelang gut. Für eine Beziehung zu einer Frau hatte Bachnick keine Zeit. Wenn es doch einmal danach aussah, waren es die Damen bald leid und suchten schnell wieder das Weite. Sein Arbeitspensum wie sein Verantwortungsbereich wuchsen. Das galt dann auch für den Burnout. Der kam schleichend, dann aber mit überraschender Heftigkeit. Der psychovegetative Erschöpfungszustand hielt lange Zeit an und löste Depressionen aus. Martin Bachnick war wie gelähmt. Er fühlte sich als Versager, der seinen Arbeitgeber jäh in Stich gelassen hatte. Zu keinerlei Eigeninitiative war er mehr fähig. Schließlich musste er seinen Arbeitsplatz aufgeben. Ein Jahr lang lebte er von Arbeitslosengeld und Erspartem. Seine psychische Lähmung führte dazu, dass er weder ein Jobcenter besuchte, noch sich um Hartz IV bemühte. Auch Wohngeld beantragte er nicht. Dann kam die Räumungsklage und er stand auf der Straße. Freunde erlaubten ihm, in ihrer Gartenlaube zu nächtigen. Doch als der Winter kam, war auch das keine Lösung mehr. Es kam, wie es kommen musste: Er war in Armut und Obdachlosigkeit abgestürzt, gehörte nicht mehr zur normalen Gesellschaft. Am schlimmsten war für ihn, dass er kein Zuhause mehr hatte, keinen Schutzraum, in den er sich zurückziehen konnte. Seine Privatsphäre ging völlig über den Jordan. Selbst Kleinigkeiten wie eine Tageszeitung oder ein spannendes Buch konnte er sich nicht mehr leisten. Dazu kam dann der Alkohol, in den er sich flüchtete, indem er in so manchem Supermarkt eine Flasche Wodka mitgehen ließ, die er dann in trauter Einsamkeit auf irgendeiner Parkbank in sich hineinsoff.

Vor zwei Jahren war er nach Würzburg gekommen, weil ihm zu Ohren gekommen war, dass die Stadt im Umgang mit Obdachlosen ein mustergültiges Verhalten an den Tag legte. Insbesondere die Christophoros-Gesellschaft tat sich positiv hervor. Sie versuchte Wohnungslosigkeit zu verhindern, besaß über neunzig Verfügungswohnungen, bot Kurzzeitübernachtungen an und unterhielt Wärmestuben. Die Gesellschaft war ein ökumenischer Zusammenschluss und ihre Mitglieder leisteten hervorragende diakonisch-caritative Hilfe. Rund 250 Menschen nahmen in Würzburg die Dienste der Christopohoros-Gesellschaft in Anspruch. Auch auf das Angebot der Würzburger Tafel griff Martin Bachnick regelmäßig und gerne zurück. So wie heute. Dreimal die Woche öffneten sie ihren „Laden" in der Weißenburgstraße 46, wie sie ihre Ausgabestelle nannten.

Doch wie sein Leben weitergehen sollte, davon hatte Martin Bachnick keine Vorstellung mehr. Er wusste nur, dass er es ohne Hilfe nicht schaffen würde. In letzter Zeit hatte er öfter an Suizid gedacht. Dann erschrak er und verwarf den Gedanken sofort wieder. Martin Bachnick war gerade mal 52 Jahre alt.

Fündig

Auf dem Weg zurück in ihr Büro waren Leonie und Stefanie schnell noch beim Juliusspital vorbeigefahren. Das Gespräch mit dem Direktor der Stiftung war nur kurz. Man sah sich ja schon wieder am nächsten Tag. Leonie nahm den neuen Drohbrief mit. Mal sehen, was die KTU herausfinden konnte.

Im Kommissariat machten sich die beiden Polizistinnen sofort über die Video-Daten aus dem Supermarkt her. Sie wurden schnell fündig. Zeitlich mussten sie nicht weit zurückgehen. Sie sahen, wie sich Hans Beimer am 2. Mai die tödliche Flasche aus dem Verkaufsregal griff. „Stefanie, kannst du bitte noch einmal zurückspulen und die Filmaufnahme genau da stoppen, wo der Beimer ins Regal greift? Dann bitte das Bild zoomen."

„Hast du was entdeckt?", wollte Steffi wissen und spulte das Band zurück. Dann stoppte sie und betätigte die Zoom-Funktion.

„Schau mal", meinte ihre Chefin, „der Beimer greift zwar in die erste Reihe der Weine, nimmt sich aber eine Flasche aus der Mitte. Kann man das Standbild noch weiter vergrößern? Ich möchte gerne den Flaschenhals mit der goldenen Stelvin-Cap sehen."

„Jetzt wird's aber deutlich unscharf", bemerkte Stefanie, „und der Beimer umfasst die Flasche voll am Hals. Da kannst du nichts erkennen."

Danach sahen sich die beiden Kriminalbeamtinnen die Aufnahmen vom Montag im Schnelldurchlauf an. Bis eine halbe Stunde vor Feierabend war ihnen nichts aufgefallen. Dann betrat eine blonde Frau mit beigefarbenem Sommermantel und dunkler Sonnenbrille den Discounter. Eine bauchige Handtasche hing schwer von ihrer linken Schulter herab. Sie schob einen noch leeren Einkaufswagen vor sich her. Was den beiden Betrachterinnen auffiel, war, dass die Frau ungewöhnlich oft in die diversen Kameras an der Decke blickte, dabei aber jedes Mal eine ihrer Hände vors Gesicht hielt, als hätte sie etwas zu verbergen. Dann begann sie mit ihren Einkäufen. Zuerst steuerte sie ihren Wagen in die Obst- und Gemüseabteilung. Zwischendurch verschwand sie im Regal, in dem die Nudeln auslagen. Dort machte sie sich an ihrer riesigen braunen Umhängetasche zu schaffen. „Was macht sie da?", wollte Leonie wissen. „Keine Ahnung", antwortete ihre Kollegin. „Die Verkaufsregale stehen dort zu eng und erlauben der Kamera keinen Einblick." Als die Frau weiterging und ihren Einkaufswagen wieder aus dem Gang mit dem Nudelregal herausschob, war es die Hauptkommissarin, die „Stopp!" schrie. „Schnell, zoome auf den Wagen. Wo kommt denn plötzlich der Bocksbeutel her? Beim Getränkeregal war sie doch noch gar nicht!"

„Dann hat sie die Flasche aus ihrer Handtasche in den Einkaufswagen gezaubert", folgerte Stefanie. Die Polizistinnen verfolgten den weiteren Weg der Frau.

„Was macht sie denn da?" Leonie konnte kaum glauben, was gerade am Bildschirm zu sehen war.

„Sie nimmt sich zwei Weinflaschen aus dem Regal, legt sie in ihren Einkaufskorb und stellt eine Flasche zurück", kommentierte Steffi. „Ganz schön raffiniert." Als die Kundin schließlich am Ende ihres Einkaufs zur Kasse eilte, war die Sache klar: „Wir haben sie", waren sich Leonie und Steffi einig. „Am besten, wir fahren gleich nochmal zum Supermarkt zurück und sprechen mit der Kassiererin und dem Filialleiter. Vielleicht kennen sie die Frau."

„Das wäre allerdings zu schön um wahr zu sein", meinte Steffi skeptisch.

*

Die Hauptkommissarin und ihre Mitarbeiterin waren dennoch voller Hoffnung und Adrenalin. Das Jagdfieber und die Aussicht auf Erfolg hatten die beiden gepackt. Als Leonie und Steffi wenig später, das zweite Mal an diesem Tag, auf den Discounter-Parkplatz fuhren, lief ihnen Nikolaus Kohl über den Weg, der gerade einer älteren Frau half, ihre Einkäufe zum Auto zu bringen. „Die Damen, schon wieder zurück? Schon fündig geworden?", begrüßte er sie erneut.

„Ja und nein", antwortete Leonie. „Wir müssen unbedingt mit einer Ihrer Kassiererinnen sprechen."

„Ich komme gleich", rief ihnen der Filialleiter zu, „bin in drei Minuten bei Ihnen."

*

„Sorry, ich kenne die Frau nicht", meinte Gabi Grimm, als sie sich die Videoaufnahmen zum zweiten Mal angesehen hatte. „Das ist keine Stammkundin von uns. Aber ich kann mich dunkel an sie erinnern, weil sie an diesem Tag eine der letzten Kundinnen war und ich mich schon auf den Feierabend freute."

„Ist Ihnen etwas an ihr aufgefallen? Können Sie sie beschreiben?", drängte Kommissarin Volland.

„Ja schon", überlegte Frau Grimm und legte ihre Stirn in Falten. „Die Frisur. Sie hatte einen exakten Pagenschnitt, der ihr rundum bis auf die Höhe des Kinns beziehungsweise bis in den Nacken fiel. Ich weiß noch, dass sie richtig kräftige, blonde Haare hatte – fast unnatürlich. Ich war deswegen sogar ein bisschen neidisch, weil ich meine dünnen Strähnen mit ihrer Haarpracht verglich."

„Sehr gut beobachtet", lobte Leonie die Kassiererin, „sonst noch etwas?"

„Naja, die Kundin war schon eine etwas auffällige Erscheinung. Elegant gekleidet. Deswegen fielen mir auch ihre Hände auf. Das waren Arbeitshände. Etwas rissig und die Fingernägel kurz geschnitten und unlackiert. Die Hände passten so gar nicht zum sonstigen Erscheinungsbild der Frau. An der rechten Hand trug sie einen Ehering, in den ein blauer Stein eingearbeitet war."

„Können Sie sich an weitere Einzelheiten erinnern?"

„Schlank. Sehr schlank. Man könnte schon fast sagen, dünn. Vielleicht einssiebzig groß. Von ihrem Gesicht konnte ich fast nichts sehen. Das war hinter der riesengroßen Sonnenbrille versteckt. Aber von ihren Nasenflügeln verliefen tiefe Falten bis zu den Mundwinkeln. Wenn Sie mich nach dem Alter fragen, würde ich sagen, so Anfang fünfzig, vielleicht. Aber da bin ich mir doch recht unsicher. Wie gesagt, die Sonnenbrille ..."

*

„Das war nicht allzu viel. Ich hatte mir mehr erwartet", drückte Steffi ihre Enttäuschung aus, als sie in ihrem VW Passat wieder ins Kommissariat zurückfuhren.

„Sag das nicht", meinte Leonie, „die Verkäuferin ist jedenfalls eine gute Beobachterin. Immerhin wissen wir nun, dass die Frau auf der Videoaufzeichnung in den Fall verwickelt ist, vermutlich gemeinsam mit ihrem Ehemann."

„Na schön, eine blonde, verheiratete Frau mit Pagenschnitt und Arbeitshänden, wie hilft uns das weiter?"

„Wobei ich hinter die Haarfarbe und den Pagenschnitt ein dickes Fragezeichen setzen möchte", merkte die Hauptkommissarin an. „Du hast gehört, dass Frau Grimm gesagt hat ‚fast unnatürlich'. Es könnte auch sein, dass die Unbekannte eine Perücke trug."

„Na, Prost Mahlzeit. Wenn wenigsten die Videoaufnahmen mehr hergäben", setzte Steffi ihre Klage fort. „Nicht mal ihr Gesicht haben wir voll auf dem Film. Die hat genau gewusst, wo an der Decke die Kameras angebracht sind, und hat jedes Mal ihre Visage weggedreht oder die Hände vors Gesicht gehalten, einmal sogar diese blöde Cornflakes-Schachtel. Die war vorher schon dort, um den Laden auszuspähen."

„Da stimme ich dir zu. Irgendwann muss sie ja auch den Wein gekauft haben, den sie vergiftet hat. Oder ihr Mann", setzte Leonie hinzu. „Aber wann? Leider haben wir keine früheren Videoaufzeichnungen. Schauen wir mal im Büro von Paul Galster vorbei? Vielleicht hat er oder sein Team etwas Neues für uns."

Aber die Erkenntnisse der KTU waren nicht sehr ergiebig: „Bei dem Papier der Erpresserbriefe", berichtete Paul Galster, „handelt es sich um ganz normales Druckerpapier mit matter Oberfläche und einem Papiergewicht von 80 Gramm je Quadratmeter. Das Papier ist für Inkjet- wie auch für Laser-Druck geeignet. Ein Allerweltsprodukt gewissermaßen. Und bevor Sie fragen: Nein, Fingerabdrücke haben wir darauf auch nicht gefunden. Mit Ausnahme von denen, die der Oberpflegamtsdirektor hinterlassen hat. Auch Ihre sind darauf", teilte er Leonie mit. „Gleiches gilt für die Briefkuverts und die Fotokopien, die beim Chef-Redakteur der Main-Zeitung eingingen. Keine verwertbaren Spuren. Nichts, nada."

„Das Handy und der Laptop von Hans Beimer?", erinnerte Steffi den Kollegen.

„Niente, was uns wirklich weiterhelfen könnte. Auf dem Mobil-telefon des Ermordeten, ein Uralt-Modell der Marke Nokia aus dem Jahr 2004, sind ganze vier Kontakte abgespeichert. Ein Fritz, ein Karl, ein Peter und ein Schorsch. Die vier finden sich auch im E-Mail-Account seines Laptops. Anscheinend haben sich die fünf regelmäßig getroffen. Das letzte Treffen muss am 2. Mai stattge-funden haben, auf der Alten Mainbrücke."

„In welchem Verhältnis standen die Männer zu Hans Beimer?", wollte die Hauptkommissarin noch wissen.

„Soweit wir das aus dem Schriftwechsel entnehmen konnten, handelt es sich bei den vier Rentnern um ehemalige Arbeitskolle-gen, die sich regelmäßig einmal im Monat trafen. Wir werden uns die vier zwar noch vornehmen, aber es würde mich gewaltig wun-dern, wenn die uns Informationen geben könnten, die uns in dem Fall weiterbringen würden. Andere E-Mail-Eingänge beschränken sich auf Werbung, hauptsächlich von Booking.com und dem HRS-Hotelportal. Auch einige Phishing-Mails sind darunter. Aber dar-auf hat Hans Beimer nie reagiert."

„Okay, schaut euch die vier Rentner trotzdem mal an und sagt uns Bescheid, falls sich wider Erwarten doch etwas Interessantes ergeben sollte."

Das nächste Opfer
Samstag, 5. Mai

Der Samstag war angebrochen. Wochenende in Würzburg. Neben den Übernachtungsgästen strömten, wie an jedem Wochenende, wieder viele Tagestouristen in die Stadt. Das Wetter hatte sich beruhigt und versprach Sonne pur. Auf dem Marktplatz freuten sich die Budenbesitzer über den anhaltenden Besucherstrom. Der Duft gebratener fränkischer Bratwürste wehte hie und da über den Platz und machte Appetit auf ein zweites Frühstück aus der Hand. Auch die Landesgartenschau droben am Hubland lockte viele Besucher von nah und fern. Am Hauptbahnhof schaufelten die Busse der neuen Linie 29 im Halbstundentakt Besucher der LGS zu den Eingängen Magdalena-Schoch-Straße oder „Belvedere". Martin Bachnick war an diesem Samstagmorgen früh aufgestanden. Seine Verfügungswohnung lag im Stadtteil Zellerau. Fürs Frühstück hatte er sich zwei Äpfel aufgehoben, die er gestern bei der Würzburger Tafel ergattert hatte. Er hatte keinen Plan für diesen Tag. So hatte er sich vorgenommen, wieder zu seiner Lieblingsbank am Mainkai zu spazieren. Oft ließen Touristen dort ihre Tageszeitungen zurück, wenn sie sie gelesen hatten. Martin Bachnick hatte deshalb auch immer einen Bleistiftstummel einstecken. Wegen der Kreuzworträtsel und der Sudokus. Der Obdachlose ließ sich Zeit. Er hatte keine Eile.

*

Die Frau mit dem dunklen Bob trug einen Tirolerhut mit langer Fasanenfeder. Dazu passten das bunte Dirndl und die Trachtenschuhe. Man hätte sie für eine Touristin aus Oberbayern halten können. Sie sah ihn schon von weitem. Er kam aus Richtung der Alten Mainbrücke und schlenderte die Uferpromenade an der Kaimauer des Mains entlang. Sie kannte ihn nicht persönlich, wusste aber, dass er obdachlos war. Ein armer Teufel, der seine Zeit gerne hier am Mainufer verbrachte. Oft saß er auf einer der Bänke, die den Blick auf die Schiffsanlegestelle erlaubten. Meist schaute er von dort den Touristen zu, die auf die Ausflugsschiffe strömten, oder beobachtete die Schwäne und Stockenten auf dem Main. Sie und ihr Mann hatten ihn bewusst als nächsten Todeskandidaten auserkoren. Die Masche mit dem Supermarkt wollten sie nicht wiederholen. Das Risiko, von einer der vielen

Überwachungskameras aufgenommen und trotz Perücke und Sonnenbrille doch identifiziert zu werden, erschien ihnen für einen zweiten Mordanschlag zu hoch. Etwas nervös ruckelte die Frau an ihrer mächtigen, dunklen Sonnenbrille. Der Obdachlose kam langsam näher. Immer wieder legte er einen kurzen Stopp ein und sah sich um. Viele junge Leute, sie vermutete Studenten, genossen auf der Kaimauer die wärmende Sonne. Einige hatten ihre Nasen in Bücher gesteckt und schienen zu lernen. Als der Obdachlose immer näherkam, rutschte sie mit Schwung von der Kaimauer herunter und huschte zu der Bank hin, auf der der Bedauernswerte gerne Platz nahm. Über ihr, aus dem Biergarten des fränkischen Brauerei-Gasthofs „Alter Kranen" drang trotz der frühen Stunde munteres Gelächter zu ihr herunter. „Zweimal Blaue Zipfl und einmal den Grupften und drei Brezn", hörte sie einen Gast, der lautstark seine Bestellung aufgab. „Und zum Trinken ein Hefeweizen, einmal Schorle und einmal den Bacchus", setzte er hinzu. Sie nahm auf der Bank Platz und griff schnell in ihren Trachtenbeutel. Daraus holte sie eine volle Flasche Wein im Bocksbeutel hervor, einen „Iphöfer Kronsberg, Riesling, trocken" und legte diesen mit ruhiger Hand auf die Sitzfläche neben sich. Anschließend bedeckte sie den Bocksbeutel wie zufällig mit der dicken Wochenendausgabe der Main-Zeitung. Gerade noch rechtzeitig. Martin Bachnick schien enttäuscht, dass auf seiner Lieblingsbank schon jemand saß. Doch die Frau in Dirndl und Federhut war gerade am Aufstehen. „Jetzt haben Sie die Bank ganz alleine für sich", sprach sie ihn an und ermunterte ihn Platz zu nehmen. „Ich muss zum Schiff", setzte sie hinzu. „Muss mir aber erst noch eine Fahrkarte kaufen." Dann ruckelte sie nervös an ihrer großen Sonnenbrille, drehte sich um und lief mit eiligen Schritten hinüber zu dem rot-gelben Kiosk, wo schon wieder eine lange Menschenschlange anstand, um Tickets für die Ausflugsschiffe zu erwerben. Sie stellte sich hinten an. Der Obdachlose sah ihr nach, bevor er Platz nahm. Schnell entschwand sie in der Menge der Touristen seinen Blicken. Die Frau hatte eine Fahrkarte für eines der Ausflugsschiffe erstanden und stand nun auf der anderen Seite des Kiosks. Sie tat so, als studiere sie die Routen und Abfahrtszeiten der Würzburger Ausflugsschiffe. Nervös steckte sie sich eine Marlboro an. Im Schutz diverser Touristengrüppchen, die auf die Ankunft ihrer Schiffe warteten, linste sie hinüber zur Bank am Kranen und beobachtete das dortige Geschehen. Sie wollte sicher gehen, dass der Obdachlose ihr „Geschenk" entdeckt und angenommen hatte. Das gehörte noch zu ihren Aufgaben, bevor sie sich auf das Schiff flüchtete.

*

Bachnick hatte die liegengelassene Zeitung erfreut bemerkt, schon bevor die Frau weggestürmt war. Erst ein paar Minuten später registrierte er, dass unter der Tageszeitung noch etwas anderes lag. Überrascht sah er sich um. Hatte sie die Flasche vergessen? Sollte er versuchen, ihr nachzulaufen? Die Frau war aber weg. Er konnte sie nirgendwo entdecken. Ob sie schon auf ihrem Schiff war? Keine Ahnung. Die grüne Weinflasche schien ihn anzulachen. Sonnenstrahlen brachen sich in ihrem dunklen Grün. Bachnick beherrschte sich und wollte sichergehen. Er wartete ab und holte sich einen seiner Äpfel aus der Hosentasche. Herzhaft biss er hinein. Schon wieder legte ein Schiff ab. Kauend wagte er erneut einen Rundumblick. Niemand interessierte sich für ihn. Er zog die Zeitung und die Weinflasche näher an sich heran. „Iphöfer Kronsberg", las er. „Riesling, trocken". Er kannte den Wein und die Rebsorte aus seinem früheren Leben. Wirklich, ein wahrer Luxus. Mein Gott, auf welchen Schatz war er da gestoßen? Wein und Zeitung! Ein Tag, als würden Ostern und Pfingsten zusammenfallen. Schnell verschlang er den Rest seines ersten Apfels. Er nahm die Flasche in die Hand und las die Etiketten auf der Vorder- und der Rückseite. Sollte er es schon wagen? Was, wenn die Frau unerwartet zurückkam? Schnell legte er den Bocksbeutel wieder auf die Bank zurück und holte den zweiten Apfel aus den Tiefen seiner Hosentasche. Mein Gott, wie lange hatte er keinen guten Frankenwein mehr getrunken? Bachnick ließ der Gedanke an den Wein nicht mehr los. Sein Adamsapfel hüpfte auf und ab. Nicht nur, weil er gerade den zweiten Teil seines Frühstücks zu sich nahm. Als er damit fertig war, widmete er sich konzentriert dem Sportteil der Zeitung und ließ den Wein unberührt. Das war schwer. Die Fußball-Bundesliga-Saison ging allmählich ihrem Ende zu und mit dem HSV sah es gar nicht gut aus. Er sah sich die Spielpläne des Tages an. Der HSV spielte gegen den Abstieg und die Bayern waren mal wieder auf dem Weg zur Meisterschaft. Bachnick las zwar, aber irgendwie konnte er sich nicht so recht auf die Buchstaben in der Zeitung konzentrieren. Das lag an seinem Schluckknorpel, der immer noch im Hals auf und ab hüpfte. Seit der wusste, dass auf der Bank ein ungeöffneter Bocksbeutel lag, gab er keine Ruhe mehr und bettelte um Ölung. Der Obdachlose ließ alle Vorsicht fahren und griff nach der Weinflasche. Ein knackiges Klacken und der Metalldrehverschluss war offen. Bachnick hatte schon nicht mehr gewusst, wie Frankenwein schmeckte. Fürstlich schmeckte er, wenn auch mit einem überaschenden, leicht süßlichen Beigeschmack. Er hatte den Wein trockener, herber in Erinnerung. Aber das war Martin Bachnick jetzt egal. Er spürte dieses zarte Prickeln auf der Zunge. Typisch für den lebhaften Riesling.

*

Die Frau mit der großen Sonnenbrille und dem Tirolerhut hatte den Obdachlosen nicht aus ihrem Blickfeld gelassen, obwohl sie inzwischen am Heck des Schiffsoberdecks stand. Es dauerte länger als gedacht, bis der Mann die Flasche endlich öffnete und den Flaschenhals an den Mund setzte. Der Bann war gebrochen. Nun würde der Trinker nicht mehr aufhören, bis er den Wein leergetrunken hatte. Sie konnte endlich verschwinden. Es wurde auch Zeit. In wenigen Minuten würde das 46 Meter lange Restaurantschiff „Alte Liebe" nach Lohr am Main auslaufen. Sie kramte nach ihrem Mobiltelefon und zündete sich erneut eine Marlboro an. Dann nahm sie ihr Handy zur Hand und wählte eine einge-speicherte Nummer. Als sich ihr Ehemann mit einem kurzen „Ja" meldete, sprach sie in das Mikrofon: „Alles Paletti. Er hat die Flasche genommen und vor wenigen Minuten geöffnet. Ich denke, um die Mittagszeit wird es hier ein prächtiges Szenario geben. Wann beginnt deine außerordentliche Sitzung? Ich bin ja gespannt, ob sich bei euch endlich etwas bewegt. Naja, du wirst mir ja später berichten. Jedenfalls bin ich jetzt, wie besprochen, mit dem Schiff nach Lohr unterwegs. Wir sind gerade beim Able-gen. Heute Nachmittag fahre ich dann mit der Bahn nach Würz-burg zurück."

„In fünf Minuten soll es losgehen", ging er auf ihre Frage ein. „Ich bin auf dem Weg in den Besprechungsraum. Gib auf die Scheiß-Videokameras auf dem Schiff acht", riet er ihr noch.

„Keine Sorge, ich mache mich gleich auf den Weg zur Schiffs-toilette und lege meine Verkleidung ab. Die Verwandlung des schö-nen Schmetterlings in die hässliche Raupe."

„Sei nicht albern. Du bist nicht hässlich", schmeichelte er ihr, „sondern natürlich schön und einmalig. Ich muss jetzt Schluss machen." Dann beendete er das Telefonat. Er war im Bespre-chungsraum angekommen.

Ein heftiges Zittern ging durch den Schiffsleib der „Alten Liebe", als im Maschinenraum die Dieselmotoren angelassen wurden. Fast gleichzeitig durchwühlte die Schiffsschraube die trüben Wasser des Mains. Die Frau im Dirndl stand immer noch am Heck des Ausflugsschiffes, als sich der Schiffskörper bis in die Flussmitte vorgearbeitet hatte und langsam Fahrt aufnahm. Schnell warf sie einen letzten Blick zurück zur Bank am Mainkai. Sie konnte ihn sehen. Der Obdachlose hatte die Flasche wieder an den Mund gesetzt und genoss einen weiteren kräftigen Schluck.

*

Jammerschade, dass Martin Bachnick sich zuerst der Lektüre des Sportteils gewidmet hatte. Vielleicht hätte er überlebt, wenn er zuerst den Lokalteil gelesen hätte. Denn nach dem Sport interessierten ihn die internationalen Nachrichten der Main-Zeitung-Wochenendausgabe und die Wirtschaftsnachrichten mehr als die Neuigkeiten im Regionalteil. Dann griff er sich seinen Bleistiftstummel und begann das Sudoku zu lösen. Als er etwas später bei der wiederaufgenommenen Lektüre doch noch auf die Schlagzeile „Neue Morde angekündigt" stieß, war es bereits zu spät. Das Aconitin des Blauen Eisenhuts wütete bereits. Und er fühlte es. Seine Finger waren taub geworden. Kaum konnte er mehr die Zeitung halten. Er hatte kein Gefühl mehr. In seinen Füßen hatte sich ein starkes, unangenehmes Prickeln breitgemacht und auch seine Zunge und die Lippen waren davon betroffen. Kalter Schweiß brach ihm aus, als er den Artikel las:

Neue Morde angekündigt

Schon wieder ging gestern ein Drohbrief im Juliusspital und der Redaktion der Main-Zeitung ein.

Der oder die Mörder, die in der Nacht vom 2. auf den 3. Mai einen Würzburger Rentner vergiftet hatten (wir berichteten), haben weitere Morde angekündigt. Wie sie das bewerkstelligen wollen, haben sie allerdings nicht verraten. Die Angst geht um in Würzburg. Vertreter des Juliusspitals und der Kripo Würzburg kommen heute zu einer außerordentlichen Sitzung zusammen, um zu beraten, welche Gegenmaßnahmen man ergreifen kann. Doch das wird schwierig. Denn die Mörder geben sich keine Blöße und halten sich in ihren Äußerungen sehr bedeckt.

Lesen Sie weiter auf den Seiten 22 und 23, was sich hinter den Mordanschlägen verbergen könnte, die sich anscheinend gegen das Juliusspital richten.

Als Bachnick mit hämmerndem Herzen auch die Seiten 22 und 23 gelesen und verstanden hatte, was gerade in Würzburg abging, begriff er, dass er als nächstes Opfer ausgewählt worden war. Die Zeitung, der Bocksbeutel, die Frau im Tirolerhut ... Das war kein Zufall. Wer vergaß schon eine Flasche Wein auf einer Parkbank, sorgfältig mit einer Zeitung bedeckt? Dahinter steckte doch ein Plan! Die Frau hatte den Wein bewusst für ihn hinterlassen. Aber warum ausgerechnet er? Oder bildete er sich das alles nur ein? Sah er schon weiße Mäuse? Aber woher kam dann plötzlich dieses Taubheitsgefühl? Bachnick wusste nicht, was er tun sollte. So schnell wie möglich einen Arzt aufsuchen oder noch abwarten? Würde man ihm glauben? Ihm, einem Obdachlosen und stadtbekannten Trinker? Er entschied sich fürs Abwarten. Vielleicht ginge es ihm bald wieder besser. Bestimmt! Seine Fantasie war mit ihm durchgegangen. Aber dass er die Frau, die ihm die Weinflasche hinterlassen hatte, noch ganz kurz auf dem Oberdeck der „Alten Liebe" gesehen hatte, da war er sich sicher. Auf seine Augen konnte er sich immer noch verlassen.

Tohuwabohu
Samstag, 5. Mai

Zu der Zeit, als die Schiffsmotoren der „Alten Liebe" aufheulten, ein Beben durch den Schiffsleib ging und das Ausflugsschiff beladen mit Gästen langsam vom Kai ablegte, kamen im großen Besprechungszimmer des Juliusspitals gerade der Oberpflegamtsdirektor, weitere fünf Frauen und sechzehn Männer zusammen. Alle waren pünktlich und nahmen auf den Stühlen Platz, vor denen sie auf der Tischplatte ihre Namensschilder fanden. Die meisten kannten sich und so gab es unter den Anwesenden ein lautes, großes Hallo, aber auch ein stilleres „So ein Scheiß, ausgerechnet am Samstag".

Der Direktor der Stiftung hatte alle seine Abteilungsleiter sowie die beiden Kriminalbeamtinnen Leonie von Brandenstein und Stefanie Volland zu der Sitzung gebeten. Die Stimmung unter den meisten Teilnehmern war angespannt. Es war schließlich ein arbeitsfreier Tag und sie ärgerten sich, dass ihnen ihr oberster Chef die Hälfte des Wochenendes verdorben hatte. So eine Sitzung hatte es noch nie gegeben, nicht an einem Samstag. Doch keiner der Geladenen hatte es gewagt, der Einladung des Oberpflegamtsdirektors fernzubleiben. Zu diesem Zeitpunkt begannen Martin Bachnicks Finger, Hände, Zehen und Füße intensiv zu bitzeln.

Außerdem hatte ihn starkes Unwohlsein überfallen und er spürte, wie sich in seinem Verdauungstrakt unangenehme Schmerzen breitmachten.

„Meine Damen und Herren, ich habe Sie gebeten an dieser außerordentlichen Sitzung teilzunehmen, auch wenn heute normalerweise ein arbeitsfreier Tag wäre. Aber ungewöhnliche Umstände erfordern außergewöhnliche Maßnahmen. Der Anlass für unser heutiges Zusammenkommen ist von ernsthafter Natur, ich gehe sogar so weit, zu behaupten, dass das Fortbestehen des Juliusspitals gefährdet ist. Wie Sie sicherlich alle in der Presse gelesen haben, wird unsere Stiftung durch perfide Mörder bedroht, die bereit sind, in unserer Stadt unschuldige Menschen zu töten, und sich dabei vergifteter Weine unseres Hauses bedienen." Ein kurzer, ernster Blick in die Runde .

„Als ob das nicht schon schlimm genug wäre, werfen sie uns vor, das vermuten wir zumindest stark, dass eine unserer Krankenstationen einen Menschen nicht heilen konnte und wir ihnen damit das Liebste in ihrem Leben genommen haben. Als Ersatz dafür fordern sie eine Million Euro Schmerzensgeld. Das klingt so, als trüge das Juliusspital eine Mitschuld am Tod des von den Verbrechern vergifteten Menschen. Bisher gibt es ein Todesopfer, doch sie haben aktuell angekündigt, weiterzumachen, falls unsere Stiftung nicht bereit ist, das Geld zu berappen. Nun, die Million ist die eine Sache, aber wir müssen vor allem verstehen, was da in der Vergangenheit passiert ist, um den Tätern auf die Spur zu kommen. Dies ist der Grund, warum wir heute zusammengekommen sind und warum Frau von Brandenstein und Frau Volland von der Kripo hier sind. Um ehrlich zu sein, ich persönlich stehe vor einem Rätsel. Ich habe mir den Kopf zerbrochen, was uns zur Last gelegt wird, bin aber zu keiner Lösung gekommen. Ich brauche Ihre Unterstützung und die Ihrer Mitarbeiter. Unsere Situation ist, wie ich schon sagte, sehr kritisch. Unsere Weine sind in Verruf gekommen. Die Polizei rät den Bürgern der Stadt, keine Juliusspitalweine mehr zu konsumieren, bis der Fall geklärt ist. Die Medien berichten bundesweit darüber. Wenn es nicht gelingt, den Fall schnell aufzuklären, sind unsere Existenz und unser aller Arbeitsplätze bedroht. Die gesamte Stiftung ist auf die Einnahmen aus dem Weingut angewiesen! Sonst können wir unsere sozialen Leistungen nicht mehr finanzieren. Die bisherigen Botschaften der Mörder, die in die Öffentlichkeit gelangten, beinhalten raffinierte Unterstellungen. So erscheint es mir jedenfalls. Sie behaupten quasi, das Juliusspital arbeite schlampig. Auch wenn wir uns keiner Schuld bewusst sind, geschweige denn Schuld haben, bleibt die Frage offen, was davon in der öffentlichen Meinung hängenbleibt. Schlimmstenfalls kann so etwas dazu führen, dass unsere Produkte und Einrichtungen boykottiert werden. Nicht nur die von uns hergestellten Weine. Die Einnahmeverluste wären verheerend. Die Konsequenzen daraus habe ich schon erklärt. Das könnte das Ende des Juliusspitals bedeuten. Schon aus diesen Gründen müssen wir unbedingt etwas unternehmen und die Polizei dabei unterstützen, den oder die Täter schnellstens dingfest zu machen. Nochmals, das sind die Gründe, warum ich Sie zu dieser Sitzung gebeten habe. Aus diesem Grund weilen heute auch Hauptkommissarin Leonie von Brandenstein und ihre Kollegin, Kommissarin Stefanie Volland, unter uns. Frau von Brandenstein wird Ihnen nun eine kurze Einführung geben, wie die Kripo die Situation sieht und uns anschließend dazu auffordern, aktiv an der Lösung des Falls mitzuarbeiten. Ich habe den beiden Damen unsere volle Unterstützung zugesagt und erwarte auch von Ihnen, dass Sie sich mit vollem Einsatz daran beteiligen. Wer sich dem widersetzt oder entzieht, bekommt es mit mir zu tun. Das sollten Sie wissen. Bitteschön, Frau von Brandenstein, der Worte sind nun meinerseits genug gefallen. Ich erteile Ihnen hiermit das Wort."

Leonie sah sich in dem riesigen Besprechungszimmer um. Dann wanderten ihre Blicke von Teilnehmer zu Teilnehmer. Sie wartete weitere Sekunden ab. Erst als sie sich ganz sicher war, dass sie die ungeteilte Aufmerksamkeit aller hatte, ergriff sie das Wort. „Für diese Besprechung sind keine Laptops notwendig", begann sie. „Diejenigen, die ihre Computer eingeschaltet haben, bitte ich um Verständnis, wenn ich Sie nun auffordere, diese auszuschalten. Für diese Besprechung benötigen wir Ihre volle Konzentration und Mitarbeit. E-Mails beantworten oder im Internet surfen würde uns dabei nur ablenken."

Mit einem auffordernden „Meine Damen, meine Herren!" unterstützte der Oberpflegamtsdirektor Leonies Ansage und klappte mit einem leicht pikierten Gesichtsausdruck den Deckel seines eigenen Laptops zu.

*

Der Blick der Hauptkommissarin ging ein letztes Mal reihum. Der Oberpflegamtsdirektor hatte sein oberes Management vorgeladen. Sie hatte die Namensliste der Anwesenden bereits im Vorfeld studiert. Nur der Leiter der Landwirtschaftsabteilung und des Tagungszentrums waren entschuldigt, waren aber durch ihre Stellvertreter repräsentiert. Der einzige aus der Runde, den sie bereits kannte, war der aalglatte Dr. Kießling. „Meine Damen und Herren", begrüßte sie die Anwesenden nochmals, „ich wünsche Ihnen einen angenehmen Morgen, auch wenn, wie ich weiß, Sie jetzt sicherlich lieber zuhause bei Ihren Familien wären. Das geht mir und meiner Kollegin, Kommissarin Volland, ebenso. Andererseits haben Sie sicherlich alle die Artikel in der Main-Zeitung aufmerksam gelesen und soeben die Worte Ihres Oberpflegamtsdirektors gehört. Der von den Tätern erhobene Vorwurf, dass das Juliusspital einen oder eine Kranke nicht heilen konnte, ist nach Aussage der Erpresser der Hauptgrund, warum sie bereit sind, unschuldige Menschen durch vergifteten Wein zu töten. Also müssen wir die Sache ernst nehmen, so unwahrscheinlich das alles auch klingen mag. Das Ganze kann natürlich auch nur eine Behauptung sein. Vielleicht geht es ihnen auch nur um die geforderte eine Million."

„Was soll das dann alles?", grummelte jemand aus der Reihe rechts von der Hauptkommissarin.

„Lassen Sie uns an Ihren Erkenntnissen teilhaben, Herr Dr. Kießling", sprach Leonie den Zwischenrufer scharf an.

„Ich meine ja nur", argumentierte der, „warum sitzen wir dann alle hier, heute an diesem wunderschönen Samstag, warum nicht nur die Kollegen von der Klinik? Warum nennen die Verbrecher nicht Ross und Reiter, wenn sie uns so etwas vorwerfen? Ich glaube die Geschichte nicht."

„Jetzt lass die Hauptkommissarin doch erst einmal zu Ende reden", rief einer von der anderen Seite des Tisches dazwischen. „Sie ist doch noch gar nicht fertig." Leonie sah auf das Namensschild des Mannes. Burkhard Bammes, Stellvertretender Leiter der Landwirtschaftsabteilung, las sie.

„Vielen Dank", bedankte sie sich. Und in Richtung des Weingutleiters: „Das dürfen Sie mich nicht fragen, warum Sie heute hier sitzen. Ich habe die Einladung nicht ausgesprochen."

Der Oberpflegamtsdirektor bekam einen roten Kopf, schwieg aber.

„Leider", fuhr Leonie fort, „wissen wir nicht, wie lange das angebliche Ereignis zurückliegt und worum es sich dabei handelt. Jede und jeder von Ihnen könnte etwas dazu beizutragen haben. Nicht nur die Mediziner. Ein auffälliges Ereignis, das kann auch schon länger zurückliegen. Außerdem dürfen Sie Ihre Palliativabteilung, das Seniorenstift und Ihr Hospiz nicht außer Acht lassen, Herr Dr. Kießling", meinte sie.

„Das wird ja immer spaßiger", kommentierte Dr. Kießling. „Wo bleibt denn da die Logik? Ein auffälliges Ereignis, das schon länger zurückliegt?", maulte er. Auf von Brandensteins letzten Satz ging er nicht ein.

„Können Sie uns ein Beispiel geben, Frau von Brandenstein", forderte sie Günther Baumüller, der Leiter der Forstbetriebe auf. „Woran müssen wir da denken?"

„Sie sind für mehr als 3.000 Hektar Wald verantwortlich, Herr Baumüller, richtig?"

„Richtig!", bestätigte der Angesprochene.

„Ich habe keine Ahnung, wie viele Bäume Sie das Jahr über fällen lassen, Herr Baumüller. Sicherlich eine ganze Menge. Trotz aller moderner Technik, kein ganz ungefährlicher Job. Zumindest sind solche Arbeiten, bei aller Vorsicht, immer noch unfallträchtig. Kann es da nicht passieren, dass einer Ihrer Mitarbeiter bei der Arbeit verunglückt? Ein bisschen weniger Aufmerksamkeit, vielleicht Alkohol im Spiel oder nachlassende Konzentration und schon ist es passiert? Was, wenn derjenige in das Krankenhaus eingeliefert wird, es ihm, obwohl schwer verletzt, zunächst gut geht, er in Folge des erlittenen Schocks dann aber doch stirbt? Das ist nur ein Beispiel, von dem ich spreche. Ich gebe Ihnen noch ein anderes Beispiel", fuhr von Brandenstein fort. „Denken Sie an das Seniorenstift der Stiftung. Wie oft ist es schon vorgekommen, dass Pflegepersonal über einen längeren Zeitraum unentdeckt pflegebedürftige, alte Menschen aus Versehen oder bewusst durch Falschbehandlung ermordete?"

„Das geht mir zu weit mit Ihren Unterstellungen!", erboste sich Isolde Wucherer. „Für unsere Pfleger und Pflegerinnen lege ich meine Hände ins Feuer", begehrte die Leiterin des Seniorenstifts auf und warf der Hauptkommissarin feindselige Blicke zu.

„Das war doch nur ein Beispiel zur Veranschaulichung, Frau Wucherer", stöhnte Leonie auf. „Niemand behauptet, dass Ihr Pflegepersonal unzuverlässig ist oder gar Patienten umbringt."

„Über meine Mitarbeiter lasse ich aber nichts kommen", fing Frau Wucherer erneut an, ihren Unmut zu unterstreichen. „Damit das für alle Fälle klar ist!"

„Isolde, um Himmels Willen", griff nun Bettina Wilms, Leiterin des Touristikzentrums Vogelsburg, in die Diskussion ein, „kein Mensch hat gesagt, dass dein Pflegepersonal jemanden umgebracht hat oder umbringen wird. Aber bist du dir wirklich absolut sicher, dass du deine Hände für alle ins Feuer legen würdest? Ich meine, da wäre ich schon ein wenig vorsichtiger mit meiner Aussage."

„Was soll das jetzt heißen?", ätzte die Wucherer erneut zurück, „fängst du jetzt auch noch damit an? An deiner Stelle würde ich mein Maul halten. Du mit deinem rumänischen Personal. Das sind doch sowieso alles Halbkriminelle."

„Also unsere Rumänen aus Siebenbürgen sind absolut zuverlässig", brüllte Hajko Wunderlich von den Weinstuben dazwischen.

„Mit denen habe ich nur gute Erfahrungen gemacht. Die sind bereit, schnell Deutsch zu lernen und verstehen auch etwas von Weinkunde. Unsere Gäste beraten sie jedenfalls zur vollsten Zufriedenheit. Und als ob ihr nur deutschstämmiges Personal in der Pflege hättet ..."

„Ja, redet nur so weiter", wehrte Frau Wucherer mit einer wegwerfenden Handbewegung ab, „die sind alle mit dem Dracula verwandt."

„Kollegen! Kollegen!", griff nun Professor Dr. Gernot Walter, Chef des Juliusspitals und der Missionsärztlichen Klinik, lautstark in die allgemeine Diskussion ein. „Macht euch doch nicht lächerlich. So bringt das doch nichts. Es scheint, dass einige von euch den Ernst der Lage noch nicht begriffen haben. Da draußen bringen Mörder unschuldige Menschen um, weil unsere Stiftung angeblich nicht korrekt gehandelt hat. Was immer auch damit gemeint sein mag. So lauten jedenfalls die Vorwürfe. Niemand von uns hier am Besprechungstisch hat die geringste Ahnung, was damit gemeint sein könnte. Wir sind nicht allwissend, bloß weil wir eine leitende Funktion innehaben. Vielleicht weiß ja einer unserer Mitarbeiter etwas. Ein Vorfall, der möglicherweise schon länger zurückliegt, wie Hauptkommissarin von Brandenstein sagt. Also müssen wir die gegen das Juliusspital erhobenen Vorwürfe bis in die Reihen unserer Mitarbeiter tragen, wenn uns selbst nichts dazu einfällt. wir müssen dem nachgehen. Oder wollt ihr Gefahr laufen, euren Arbeitsplatz zu verlieren?" Dann wandte er sich an den Oberpflegamtsdirektor. „Chef, ich schlage vor, Sie schreiben eine E-Mail an alle Mitarbeiter, worin die momentane Sachlage glasklar zum Ausdruck kommt, und bitten alle Julius-Echterianer um Mithilfe bei der Aufklärung der Vorwürfe. Jeder, der etwas zu sagen hat, soll sich melden. Am besten gleich in Kopie an die Kriminalpolizei."

Der Direktor der Juliusstiftung hob den Kopf. „Frau von Brandenstein?"

„Ein ausgezeichneter Vorschlag, den ich voll befürworte", meinte Leonie. „Wir würden auch eine telefonische Hotline einrichten", fiel ihr dazu ein. „Alle Juliusspital-Mitarbeiter können sich direkt an uns wenden. Alle Nachrichten werden von uns selbstverständlich vertraulich behandelt."

„So machen wir es", entschied der Oberpflegamtsdirektor.

An den Tischen wurde heftig diskutiert. „Das wird ein Tohuwabohu geben", prophezeite Guido Schmidt, Leiter der Immobilienabteilung.

„Als ob unsere Mitarbeiter auch dafür noch Zeit hätten", zweifelte Gottfried Seeliger vom Hospiz.

„Bringt doch alles nichts", stimmte ihm Christian Sparl, Direktor der Berufsfachschule für Altenpflege zu.

„Seid doch nicht alle so negativ eingestellt", widersprach Lutz Waigel von der Palliativakademie. „Wenn wir es nicht probieren ...?"

„Was meinst du?", wollte Hans Müller von der Epilepsieberatung von Theo Klement, dem stellvertretenden Leiter des Tagungszentrums, wissen.

„Keine Ahnung. Ich denke, da weiß mal wieder die linke Hand nicht, was die rechte macht. Das wird schon wieder so ein rechtes Kuddelmuddel geben. Und der Mörder wird weiterhin Leute umbringen. Denke an meine Worte. Wenn du meine Meinung hören willst, dann würde ich sagen: Außer Spesen nix gewesen."

Bevor die Manager der Stiftung Juliusspital wieder auseinandergingen und sich auf die Freizeit des restlichen Samstags freuten, erhob der Oberpflegamtsdirektor erneut seine Stimme: „Leute, ich hoffe, dass die Kommunikation mit euren Mitarbeitern etwas bringt. Ich darf euch nochmals daran erinnern, dass die Lage ernst ist. Wer von euch die Polizeiarbeit nicht unterstützt oder gar behindern sollte, der kriegt es mit mir zu tun. Aber das habe ich bereits eingangs gesagt. Und noch eins: Ich bin mir sicher, dass die Medien den einen oder die andere von euch kontaktieren werden. Diese Geier der gehörten und verfälscht dargestellten Worte lechzen nur danach, mit Hilfe von Halbinformationen ihre eigene Politik zu machen und die Öffentlichkeit zu beeinflussen. Wer auch immer von euch, aus was für Gründen auch immer, den Medien ein Interview gibt, kann sich schon jetzt als gefeuert betrachten. Und nun wünsche ich allen noch ein schönes Wochenende! Ich schätze es sehr, dass ihr alle gekommen seid."

*

Während im Besprechungszimmer des Juliusspitals die Meinungen diametral auseinandergingen und die leitenden Angestellten allmählich den Raum verließen, ging es Martin Bachnick auf seiner Bank am Main richtig dreckig. Sein Frühstück, die zwei Äpfel, hatte er längst herausgekotzt. Der wässrige, stinkende Durchfall ging dagegen voll in die Hose. Seit mehr als einer Stunde wälzte er sich unter Schmerzen, im eigenen Dreck liegend, auf der Bank. Touristen und Einheimische machten einen großen Bogen um den offensichtlich schwer Betrunkenen und schüttelten die Köpfe. Als der arme Kerl offensichtlich zu ersticken drohte und deutlich nach Luft japste, nahmen zwei Migranten aus Afghanistan all ihren Mut zusammen und riefen die 112 an. Dann verschwanden sie in Richtung Alte Mainbrücke. Mit der Polizei wollten sie lieber nichts zu tun haben.

Mit der Ankunft des Notarztes begann es. Zehn Minuten später wurde Leonie auf ihrem Handy angerufen. Sie hörte nur zu. „Er ist tot? Wir kommen gleich", meinte sie, „... sind eh ganz in der Nähe. Sind die SpuSi und die Mücke schon informiert? ... Sehr gut! Gibt es schon einen Namen? ... Ein Obdachloser? ... Armer Kerl! ... Wieder aus dem Juliusspital? ... Habe ich mir fast gedacht."

Kathrin Burmester
Im Sommer vor zwei Jahren

Dass die Ehe mit Lars nichts für die Ewigkeit sein würde, war Kathrin bereits nach wenigen Monaten des Zusammenlebens klar. Nach einem halben Jahr hingen ihr die Eskapaden ihres Ehemannes zum Hals heraus. Dass er mit Sinologie und Ökonomie wenig am Hut hatte, stellte sie ebenfalls sehr schnell fest. Lars feierte lieber Partys und kiffte dabei wie der Industrieschlot eines Chemieunternehmens. Der elterliche Geldbeutel schien unermesslich. Als sie auch noch herausfand, dass sich Lars für den medizinisch vergrößerten Busen und den Unterleib einer Kommilitonin interessierte und diese sein sexuelles Interesse erwiderte, zog sie einen Schlussstrich und reichte die Scheidung ein. Fast zeitgleich absolvierte sie ihre Prüfung zur MTA als Jahrgangsbeste und fand in der Fachabteilung Radiologie der Missionsärztlichen Klinik sofort einen festen Job. Ein Anfangsgehalt von 2.250 Euro im Monat war mehr, als sie erwartet hatte. Ihr neuer Arbeitgeber bot ihr übergangsweise eine firmeneigene, möblierte Zweizimmerwohnung an, ganz in der Nähe ihres neuen Arbeitsplatzes. Nun hatte sie ein Jahr Zeit, sich eine eigene Wohnung zu suchen. Sparen war nun angesagt. In einem knappen Jahr brauchte sie eigene Möbel. Kathrin war nun völlig auf sich allein gestellt. Sie hatte es endlich geschafft, unabhängig zu sein. Doch irgendwie vermisste sie nach einiger Zeit des Alleinlebens dennoch ihr Elternhaus, vor allem ihre Mutter, die sich, wenn auch permanent übertrieben, um sie gekümmert hatte. Ihren Vater, den alten Kotzbrocken, wünschte sie dagegen in die Hölle. Auf ihn konnte sie wirklich verzichten. Eines Tages fasste sie sich ein Herz und rief ihre Mutter an. Die meldete sich sofort. „Ich bin es, Mama, Kathrin", hauchte sie ins Telefon.

„Kathrin, mein Kind", tönte es aus dem Hörer. Ihre Mutter weinte am Telefon und Kathrin kam sich ganz schlecht vor. „Wie geht es dir?", war zu vernehmen, begleitet von Schluchzen.

„Danke Mama, mir geht es gut, aber du fehlst mir so sehr." Das Heulen und Schluchzen am anderen Ende der Leitung wurde lauter. Nun traten Kathrin selbst die Tränen in die Augen. Und ein Gefühl der Erleichterung machte sich in ihr breit, es fühlte sich einfach gut an, wieder mit ihrer Mutter zu sprechen. Und sie schwor sich, nie wieder eine so lange Pause des Schweigens eintreten zu lassen. Als Kathrins Mutter sich wieder etwas beruhigt hatte, erzählte Kathrin, was sie seit ihrem Auszug aus dem Elternhaus alles erlebt hatte. Nein, sie brauche keine finanzielle Unterstützung, sie könne ihr Leben nun selbst meistern. Natürlich war die Heirat mit Lars ein Fehler gewesen. Aber aus Fehlern lerne man, teilte sie ihrer Mutter mit. Nun gelte es im beruflichen Alltag zu bestehen. Dafür wolle sie alles tun. Nein, mit Vater wolle sie nicht sprechen. „Vater hat zu viel in mir kaputtgemacht", waren Kathrins letzte Worte am Telefon, bevor sie sich mit ihrer Mutter zu einem baldigen Treffen in der Stadt verabredete.

Schwierige Ermittlungen
Samstag, 5. Mai

Der Tod Martin Bachnicks ähnelte dem von Hans Beimer. Dr. Timo Fliege war einer der ersten, die vor Ort ankamen. Das Team der SpuSi und der KTU trafen zeitgleich ein und wiesen die Kollegen von der Verkehrspolizei an, das Gebiet um die Bank, auf der Martin Bachnick noch immer lag, weiträumig abzusperren. Die Szene wirkte grotesk: Die alte Krananlage ähnelte einem steinernen Kraken, der seine stählernen Tentakel, elf und vierzehn Meter lang, steif in den Würzburger Himmel streckte. Die Kollegen von der Verkehrspolizei hatten sowohl den Zugang von der schmalen Uferpromenade, als auch den Raum zwischen dem Verkaufskiosk für Schiffstickets und dem Alten Kranen mit weiß-rotem Absperrband abgeriegelt. Trotzdem versammelten sich neugierige Gaffer beidseits der Plastikabsperrbänder und versuchten mitzubekommen, was die polizeilichen Aktivitäten bedeuteten. Manche von ihnen hatten schwere Zoomkameras um den Hals hängen und stritten sich um die beste Stelle, um die Szenerie und alles, was dort passierte, auf ihren Speicherchips festhalten zu können. Erste Pressefotografen waren ebenfalls eingetroffen und meinten Heimrecht zu haben. Einer von ihnen war gleich neben der Schiffsanlegestelle unter dem rot-weißen Absperrband durchgekrochen und lief rasch auf die Sitzbank zu. Bevor der Pressegeier allerdings auf den Auslöser drücken konnte, packten ihn zwei kräftige Hände im Genick und am rechten Oberarm und schleiften ihn dorthin zurück, wo er unter dem

Absperrband durchgekrochen war. Dass dem Pressemann dabei seine wertvolle Kameraausrüstung mit dem Objektiv voran auf das Pflaster knallte, störte den Ordnungshüter nicht. „Versuch das nochmal, Freundchen", raunzte der Polizist ihn an, „dann kriegst du eine Anzeige wegen Behinderung der Ordnungskräfte im Einsatz."

„Und was ist mit dem kaputten Objektiv meiner Kamera?", wollte der Fotograf wissen. „Wer bezahlt mir den Schaden?"

„Woher soll ich das wissen?", knurrte der Polizist zurück, „ich bin doch nicht der liebe Gott."

Erst als die polizeilichen Einsatzkräfte ein weißes Plastikzelt über der Bank errichtet hatten, auf der noch immer die Leiche von Martin Bachnick lag, verliefen sich die Neugierigen allmählich. Es gab nichts mehr zu sehen.

„Als ich mit meinem Assistenten eintraf, hat er noch wenige Minuten gelebt", berichtete der Notarzt. „Er war aber bereits in einem sehr kritischen Zustand. Die Atmung hat praktisch nicht mehr funktioniert. Irgendwas mit ‚Zeitung' waren seine letzten Worte. Dabei hat er auf die Ausgabe der Main-Zeitung gedeutet, die dort am Boden liegt." Der Notarzt deutete mit der Rechten auf das Kopfsteinpflaster.

„Haben Sie irgendetwas berührt?", wollte Leonie wissen.

„Nur den Verstorbenen, um Erste Hilfe zu leisten. Aber, wie gesagt, da kam jede Hilfe zu spät. Zudem hatten wir Gummihandschuhe an. Von uns sollten Ihre Leute also keine Spuren finden."

„Was ist mit der Weinflasche?", bohrte die Kriminalbeamtin weiter.

„Die lag schon in tausend Scherben zerdeppert auf dem Pflaster, als wir ankamen."

„Was haben Sie gemacht, nachdem Sie den Tod des Mannes festgestellt hatten?"

„Zuerst habe ich den Kollegen Dr. Fliege angerufen. Wir kennen uns seit vielen Jahren. Der hat dann alles weitere veranlasst. Da kommt er ja gerade."

„Sie machen auch kein Wochenende?", begrüßte Leonie die hagere Gestalt des Rechtsmediziners.

„Man lässt mich nicht", antwortete er. Und dann, nach einer kleinen Atempause: „Da kommst du erhitzt von einem Waldlauf zurück, schwitzt wie eine Sau und freust dich auf eine erfrischende Dusche. Doch was passiert? Dieses Scheiß-Handy klingelt und am anderen Ende berichtet dir ein nerviger Notarzt" – dabei sah die Mücke seinem Kollegen breit grinsend ins Gesicht – „dass er da eine Leiche für dich hätte, die gerade mit Sicherheit keines natürlichen Todes gestorben sei."

„Und ist dem so?", wollte die Hauptkommissarin wissen.

„Ich habe es vorhin schon einmal zu Dr. Hartenstein gesagt."

„Das bin ich", warf der Notarzt ein.

„Der Tod dieses bedauernswerten Mannes", fuhr die Mücke fort und wies mit seinem kantigen Kinn in Richtung Bank, „erinnert mich 1:1 an den Tod von diesem Hans Beimer, den ich am Donnerstag auf meinem Tisch liegen hatte. Und ich prophezeie Ihnen schon jetzt – was ich normalerweise nicht tue – dass dieser Tote da drüben auf der Bank an dem gleichen Gift gestorben ist wie der Beimer, Aconitin vom Blauen Eisenhut."

„Vermischt mit einem Wein aus dem Juliusspital", ergänzte Steffi, die die ganze Zeit den Dialog zwischen ihrer Chefin und den beiden Ärzten mitverfolgt hatte.

„Das wird wohl das Ergebnis sein, zu dem wir kommen werden", mutmaßte der Rechtsmediziner. „Ich habe jedenfalls meine Untersuchungen hier abgeschlossen und der SpuSi das Feld überlassen. Jetzt sind die mit ihren Pinselchen dran. Die Leiche kann übrigens abtransportiert werden. Wie üblich, in die Versbacher Straße. Wenn ich morgen am Sonntag nichts Besseres vorhabe, mal sehen, vielleicht mache ich mich noch an die Arbeit. Das offizielle Ergebnis der Obduktion, das Sie ja bereits inoffiziell kennen, kriegen Sie auf jeden Fall im Laufe des Montags. Was meinen Sie, wird es noch mehr Tote geben?"

„Lieber Herr Dr. Fliege, können Sie mich nicht etwas Leichteres fragen? Die Ermittlungen sind eh schon schwierig genug."

Resümee

Am Montagmorgen kamen sie alle zusammen: Leonie von Brandenstein, Stefanie Volland, Paul Galster von der KTU mit zwei seiner Leute und Kommissar Siggi Bohnensack, Chef der Spurensicherung. Selbst Dr. Timo Fliege, die Mücke von der Versbacher Straße 3, war vom Institut für Rechtsmedizin an die Weißenburgstraße 2 herübergekommen. In seiner abgegriffenen Aktentasche aus Büffelleder hatte er den Obduktionsbericht des letzten Giftopfers mitgebracht. Auch der Polizeipräsident Unterfrankens war überraschenderweise erschienen und harrte neugierig der Dinge.

Punkt neun Uhr ergriff die Hauptkommissarin das Wort. „Liebe Kolleginnen, liebe Kollegen, ich danke allen, dass Sie der kurzfristigen Einladung folgen konnten. Sinn und Zweck des Meetings ist es, dass wir uns gegenseitig austauschen und uns auf den letzten Stand unserer Ermittlungen bringen. Ganz besonders begrüßen möchte ich unseren Kollegen vom Institut für Rechtsmedizin, Herrn Dr. Fliege, sowie unseren obersten Chef, Herrn Polizeipräsidenten Dr. Wolf-Dieter Herrenhäuser, der zeitweise an unserer Besprechung teilnehmen wird. Sie alle kennen die Entwicklungen vom Wochenende. Einige von Ihnen habe ich am Samstag am Kranenkai gesehen. Ich schlage vor, dass ich beginne und Ihnen das Wesentliche berichte, was das Opfer Martin Bachnick angeht. Anschließend möchte ich Siggi Bohnensack bitten, zusammenzufassen, was die bisherigen Erkenntnisse der SpuSi sind. Paul, machst du dann aus Sicht der KTU weiter?", schlug sie vor, „und am Ende wird uns Dr. Mü... , Dr. Fliege die wesentlichen Erkenntnisse seiner Totenschau mitteilen. Danach machen wir eine fünfminütige Zigarettenpause, kommen aber nochmals zusammen, um zu beraten, wie wir weiter vorgehen wollen. Davor berichtet Kommissarin Volland aber noch, was sie und ich am Samstagvormittag erlebt haben, als wir auf Einladung des Oberpflegamtsleiters an einer internen Sitzung des Juliusspitals teilnehmen durften."

*

„Dieses Mal haben wir einen konkreten Hinweis auf den Täter, genauer gesagt, auf die Täterin, bekommen", begann Siggi Bohnensack seine Rede. „Um es kurz zu machen: Der mutmaßlich Vergiftete", dabei sah Siggi Bohnensack fragend die Mücke an, „hat auf einer Wochenendausgabe der Main-Zeitung folgende handschriftliche Nachricht hinterlassen: ,Wein und Zeitung stammen von Frau mit Tirolerhut und Dirndl. Alte Liebe', der Rest ist unleserlich. Daraus schließen wir, dass der Ermordete seine Mörderin gesehen haben muss. Wir gehen davon aus, dass sich die Frau ebenfalls in der Nähe der Bank aufgehalten oder gar auf der Bank gesessen hat. Mit dem Veranstalter der Schiffsausflüge, der Schiffstouristik Würzburg haben wir bereits gesprochen. Die ,Alte Liebe' legte am Samstag gegen zehn Uhr ab. Ziel war Lohr am Main, mit etlichen Zwischenstationen. Die einfache Fahrtzeit, inklusive der Zwischenaufenthalte, betrug fünf Stunden. Um halb neun Uhr abends war das Schiff wieder zurück in Würzburg. Leider gibt es an Bord nur Kameras im Außenbereich, also hauptsächlich für Anlege- und Wendemanöver, Schleuseneinfahrten sowie im Maschinenraum. Wir schauen uns die Aufnahmen erst noch an, aber ich mache mir wenig Hoffnungen, dass wir darauf die Mörderin wiederfinden werden. Auf der Weinflasche und der Zeitung gibt es nur Fingerabdrücke vom Opfer. Die Täterin muss Handschuhe getragen haben", endete der Chef der Spurensicherung.

„Von unserer Seite gibt es auch nichts Neues zu berichten", fuhr Paul Galster ohne Unterbrechung fort. „Auch wenn die Weinflasche, vermutlich durch das Opfer selbst verursacht, zu Bruch ging, gab es noch genügend winzige Weinreste in den Winkeln des Flaschenbodens, dass wir zweifelsfrei feststellen konnten, dass der Wein wieder mit Aconitin versetzt war, und das nicht zu schwach."

„Passt zu den Vergiftungserscheinungen", rief die Mücke dazwischen.

„Also müssen wir davon ausgehen, dass bei Martin Bachnick, einem stadtbekannten Obdachlosen, der oder dieselben Mörder am Werk waren wie schon bei Hans Beimer", gab sich Paul Galster überzeugt. „Dennoch, es gibt einen wesentlichen Unterschied zwischen den beiden Morden. Hat es Hans Beimer noch per Zufall erwischt, scheint der oder die Mörder Martin Bachnick gezielt ausgesucht zu haben. Was heißen würde, dass man das Opfer über eine gewisse Zeit ausgespäht hat und mit seinen Gewohnheiten vertraut war."

„Ein guter Ansatz, Paul", lobte die Hauptkommissarin den Leiter der KTU, „den merken wir uns für später, wenn wir über unser weiteres Vorgehen diskutieren. Hast du noch etwas?"

„Das war es vorläufig von meiner Seite", meinte Galster.

„Okay, Herr Dr. Fliege, nochmals vielen Dank für Ihr Kommen. Sie haben das Wort."

Die Mücke konnte nicht mehr viel Neues beitragen, außer, dass das Opfer anscheinend die gesamte Flasche geleert haben musste. Darauf wies jedenfalls der Mageninhalt hin, selbst wenn man berücksichtigte, dass er sich zwischendurch übergeben hatte. Ansonsten konnte der Rechtsmediziner nur noch offiziell bestätigen, dass wieder Aconitin, das Gift des Blauen Eisenhuts, im Spiel gewesen war.

*

Nach einer zehnminütigen Pause berichtete Steffi von ihren Eindrücken, die sie während der Sitzung vom Samstag im Juliusspital gewonnen hatte. „Die Hälfte von denen sind komplette Egomanen", urteilte sie. „Die haben überhaupt noch nicht begriffen, worum es geht. Da werden Befindlichkeiten an die Oberfläche gespült, wo du dich fragst: ‚Hallo, habt ihr sie noch alle?'" Dann berichtete sie von den Gesprächsinhalten und dem Beschluss, eine Hotline einzurichten.

Leonie übernahm wieder das Wort, als ihre Kollegin geendet hatte. „Kommen wir nun zum Wesentlichen. Wer von euch hat eine zündende Idee, wie wir weiter vorgehen wollen?", richtete sie ihre Botschaft an die Anwesenden.

Als erste meldete sich Steffi. „Ich denke, Dreh- und Angelpunkt der ganzen Geschichte ist das von den Tätern zitierte – und in der Öffentlichkeit offensichtlich völlig unbekannte – angebliche Fehlverhalten der Stiftung. Wir fragen uns, warum das auch in dem zweiten Brief so vage blieb und warum nicht gesagt wurde, wer nicht geheilt werden konnte. Ich teile die Ansicht von Leonie: Die Mörder kennen sich nicht aus. Sie haben nur Halbwissen. Warum der oder die Liebste starb, wissen sie nicht. Dass sie sich mit ihren Erpresserbriefen ins kriminelle Milieu begeben, ist für sie nur Nebensache. Warum fordern sie nur eine Million Euro, warum nicht drei oder fünf? Das Juliusspital überlegt übrigens, ob man das Geld zur Verfügung stellt und auf die Forderung eingeht. Diese Information stammt von heute Morgen. Das Ganze zieht mindestens zwei Fragen nach sich. Die erste lautet, wer konnte nicht geheilt werden? Die zweite, wem wurde dadurch das Liebste genommen? Wenn wir diese beiden Fragen beantworten könnten, hätten wir die Erpresser, denke ich. Ich frage mich darüber hinaus, ob diesem ominösen Nichtheilungsprozess vielleicht ein Unfall vorausging, der alle überraschte. Das würde es uns natürlich verdammt schwer machen, überhaupt Licht in das Dunkel zu bringen. Natürlich hoffen wir auf eine Reaktion aus dem Kreis der Juliusspital-Mitarbeiter, sobald der Oberpflegamtsdirektor alle seine Mitarbeiter angeschrieben hat."

„Das hat er inzwischen, Steffi", warf Leonie ein, die gerade ihren E-Mail-Account gecheckt hatte.

„Okay", fuhr Steffi fort. „Es wäre schön, wenn wir aus dem Mitarbeiterkreis den einen oder anderen Hinweis bekämen, aber darauf verlassen möchte ich mich nicht. Also schlage ich vor, dass wir uns die Todesursache aller verstorbenen Patienten des Juliusspitals, sagen wir mal innerhalb der zwei letzten Jahre, selbst näher ansehen. Die Betonung liegt auf ‚aller Patienten'. Das heißt nicht nur die der Klinik, sondern auch des Hospizes, der Palliativstation und des Seniorenstifts. Dazu bräuchten wir eine Namensliste, die uns die Stiftung hoffentlich liefern kann. Wie aufwändig die Sache wird, weiß ich noch nicht. Das hängt von der Anzahl der Verstorbenen ab. Und die dritte Frage, die sich stellt – Frau von Brandenstein hat es bereits erwähnt – ist die Frage, ob dieser Heilungshokuspokus, den die Erpresser anführen, nicht nur Schall und Rauch ist, um uns auf eine falsche Fährte zu führen."

„Gute Idee, Stefanie, das machen wir", hakte von Brandenstein die Ausführungen ab. „Weitere Vorschläge?"

Ein Mitarbeiter der KTU meldete sich: „Mir geht immer noch durch den Kopf, woher das Gift kommt", erklärte er. „Ich meine, ein dermaßen stark mit Aconitin verseuchter Wein, da sind ja Unmengen vom Blauen Eisenhut dafür nötig. Vielleicht könnte uns ein Experte mal erläutern, wo es so große Vorkommen der giftigen Pflanze überhaupt gibt. Ich weiß auch nicht, ob uns das was hilft, aber vielleicht?"

„Leute, ihr seid wirklich gut", lobte die Hauptkommissarin die versammelten Mitarbeiter. „Macht weiter so!", forderte sie ihr Team auf.

Eine Hand aus der Reihe der SpuSi-Mitarbeiter schnellte nach oben: „Ich frage mich", meinte eine junge Polizistin, „warum die Täter ausgerechnet diesen Martin Bachnick ausgewählt haben, und schlage vor, dessen Leben zu durchleuchten. Vielleicht gibt es ja eine Verbindung zwischen ihm und seinen Mördern?"

„Sehr gut", feuerte die Hauptkommissarin auch die Kollegen an, die sich bisher noch nicht geäußert hatten. Immer mehr Hände gingen nach oben und Leonie schrieb kräftig mit.

Shitstorm
Montag, 7. Mai

Die unterfränkische Wein- und Tourismusstadt mit ihren 127.000 Einwohnern, rund 34.000 Studenten, Ausgangs- beziehungsweise Endpunkt für Reisen entlang der Romantischen Straße, Zentrum vieler Theater- und Kleinkunstbühnen, stand unter Schock. Zwei ermordete Bürger innerhalb weniger Tage waren einfach zu viel.

Ein Rentner und ein Obdachloser ermordet. Ausgerechnet zwei der schwächsten Mitglieder der Gesellschaft. Nur weil eine jahrhundertealte religiöse Stiftung nicht bereit war, eigenes Fehlverhalten zuzugeben, geschweige denn aufzuarbeiten – so sah es jedenfalls für die Öffentlichkeit aus. Ein Shitstorm ergoss sich über das Juliusspital. Twitter-Nachrichten, Facebook-Meldungen und Einträge anderer sozialer Netzwerke, wie Linkedin, Instagram und Google Plus, beeinflussten die öffentlichen Diskussionen. Kaum jemand fragte nach den eigentlichen Mördern.

„Der Fluch des Julius Echter", twitterte ein strenggläubiger evangelischer Kirchenvorstand. „Dass der einstige Protestantenfresser Julius Echter von Mespelbrunn gegen die meisten der Zehn Gebote willentlich verstieß, ist allgemein bekannt," schrieb er. „Er war ja auch nach weltlichen Maßstäben ein schwerer Junge, dem man bereits zu Lebzeiten Mord, Totschlag, Körperverletzung, Nötigung, Raub, Betrug, Diebstahl und Störung der Totenruhe vorwarf. Die Sonne brachte es nun an den Tag, auch wenn es 400 Jahre dauerte. Der einst spartanisch lebende Frauenfeind, der sich nächtens mit allen möglichen Instrumenten selbst geißelte und seine Stiftung auf jüdischen Gräbern errichten ließ, war schon immer ein gefährlicher und rücksichtsloser Gegner. Hunderte von Männern und Frauen, die sich zu seiner Regierungszeit beharrlich weigerten, zum katholischen Glauben zurückzukehren, starben auf dem Scheiterhaufen einen qualvollen Tod, weil er sie bezichtigte, Dämonen und Hexen zu sein. Dabei war er es doch, der gegen die meisten Gebote verstieß. Du sollst nicht töten, du sollst nicht stehlen, du sollst kein falsches Zeugnis reden, du sollst nicht begehren deines Nächsten Haus, alle diese Gebote warf er als oberster Kirchenfürst der Region über Bord. Auch gegen das vierte Gebot, Du sollst Vater und Mutter ehren, verstieß er. Seine Mutter war ihm egal, er kümmerte sich in keinster Weise um sie. Nun kam es, wie es kommen musste: Gott vergisst nicht. Mörder bedrohen die wirtschaftliche Existenz des Juliusspitals, indem sie mit vergiftetem Wein aus Deutschlands zweitgrößten Weingut Leute umbringen, und sie erheben einen fürchterlichen

Vorwurf gegen die Stiftung des einst so gefürchteten Tyrannen. Kennt man die Geschichte des Julius Echter, kann man sich dann nicht sehr gut vorstellen, dass auch heute noch das Verbrechen im Juliusspital ein- und ausgeht?", fragte der Kirchenvorstand. „Trotz aller mildtätigen Slogans? Es heißt, dass Mildtätigkeit die Motivation und Grundlage für Julius Echters Handeln war. Was für ein Hohn!"

Auch innerhalb des Juliusspitals tobte nach dem Tod von Hans Beimer und Martin Bachnick und durch die E-Mail des Oberpflegamtsdirektors ein Sturm an Diskussionen und gegenseitigen Beschuldigungen.

„Heilungsprozess?", hämmerte Gerlinde Bodenstaff, eine Mitarbeiterin der Palliativversorgung in ihren Laptop. „Seit der neue Therapeut bei uns ist, sind innerhalb nur weniger Wochen fünf Patienten verstorben. Dass sich der Pflegeprozess nach den Bedürfnissen unserer Alten und Kranken richten muss, ist dem nicht beizubringen. Er bringt einfach nicht die notwendige Geduld mit, versteht nicht, dass die Wahrung der Würde und die Akzeptanz des Todes als Teil des Lebens gesehen werden müssen. Wir brauchen keine High-Tech-Geräte. Ein freundliches Gespräch mit unseren Patienten, Geduld, Aufmerksamkeit, eine rücksichtsvolle Berührung und Zeit sind viel wichtiger als teure Medikamente. Also, ich traue dem Neuen alles zu. Zudem ist er ein Bosnier. Von denen hört man ja eh nichts Gutes." Dann sandte Gerlinde Bodenstaff die E-Mail an Hauptkommissarin von Brandenstein. „Ich hoffe, meine Nachricht wird vertraulich behandelt," setzte sie als PS hinzu, „ich möchte natürlich niemanden verdächtigen, aber auffällig ist es schon. Ich meine die gehäuften Todesfälle."

*

Rund vierzehn Kilometer nordöstlich von Würzburg liegt auf freier Flur, umgeben von sanften Hügelkuppen und großflächigen Feldern, der „Gutshof Seligenstadt", ein Ortsteil der Gemeinde

Prosselsheim. Mit rund 600 Hektar Ackerfläche ist es der größte Gutshof Bayerns und wird von der Stiftung Juliusspital betrieben. Auf seinem Gelände steht eine katholische Hofkapelle. Die Kapelle ist ein spätgotischer Bau mit einer typischer Echterspitze auf dem Kirchturm, ein Baustil fränkischer Nachgotik vom 16. bis ins 17. Jahrhundert. Mit den dazugehörigen Betriebsstellen „Rotkreuzhof", einem ehemaligen Rittergut im Würzburger Stadtteil Oberdürrbach, und dem „Jobsthalerhof" in der Gemeinde Hausen bei Würzburg verfügt der landwirtschaftliche Betrieb der Stiftung Juliusspital über rund 1.050 Hektar Ackerfläche und ist somit einer der größten Landwirte Bayerns, bedeutsam im Zuckerrübenanbau und bei der Saatgutvermehrung. Erst kürzlich hatte die Leitung beschlossen, auch in den Anbau von Sonderkulturen einzusteigen, zum Beispiel in den Anbau von Rotkohl. Auch Mais stand auf dem Programm und es gab eine kleine Tomatenzuchtabteilung, die sich noch im Experimentierstadium befand. Das „Gut Seligenstadt" liegt auf einer fruchtbaren Lößplatte des Maindreiecks und grenzt an die Volkacher Mainschleife. In den Jahren 1582 bis 1583 ließ Fürstbischof Julius Echter den Besitz kaufen und brachte ihn anschließend in seine Stiftung ein.

Im Verwaltungsgebäude des Guts saß der stellvertretende Leiter des Geschäftsbereiches Landwirtschaft, Burkhard Bammes, mit seinen Mitarbeitern zusammen und berichtete von der außerordentlichen Sitzung vom letzten Samstag. Dann kommentierte er die E-Mail, die jeder Mitarbeiter und jede Mitarbeiterin vom Oberpflegamtsdirektor erhalten hatte. An einer der Stirnseiten des Besprechungszimmers stand in großen Buchstaben der Stiftungsauftrag: „Helfen und Heilen".

„Ich habe es noch nicht verstanden", gab der Himmelberger Georg aus Prosselsheim zu, der für die Anzucht des Rotkohls und der Tomaten verantwortlich war. „Ich meine die E-Mail, die wir heute alle bekommen haben. Was für eine Unterlassung sollen wir begangen haben? Was ist denn da in Würzburg passiert?"

Burkhard Bammes atmete tief durch. Er wusste, warum er die Mitarbeiter des Gutshofes zu dieser Besprechung eingeladen hatte.

Er wollte sich ein persönliches Bild machen, sich Zeit nehmen. Das hatte er sich vorgenommen. In ruhigen Worten erklärte er seinen Mitarbeitern die Situation.

„Was, zwei Tote hat es schon gegeben?", wunderte sich der Himmelberger Georg, „das habe ich gar nicht mitbekommen. Aber warum haben wir die vergiftet?", wollte er wissen und legte seine wettergegerbte Stirn in Falten. „Darf man das?"

„Nicht wir haben die vergiftet, Georg", klärte ihn der Flurers Willi auf, der neben ihm saß. „Das waren andere, aber die Mörder haben einen Wein von uns genommen und haben damit Leute vergiftet. Verstehst du?"

„Das darf man doch nicht machen!"

„Eben, das darf man nicht machen, aber die haben es eben gemacht."

„Dann haben wir also gar nicht die Schuld, sondern die Mörder? Was soll denn dann das Ganze? Warum regen wir uns dann so auf?" Es dauerte eine Weile, bis man dem Himmelberger Georg die Zusammenhänge so nahegebracht hatte, dass er verstand.

„Aha", klärte sich seine Miene auf, „das ist also so, als wenn ein junger Mensch an einem Herzinfarkt gestorben wäre und jeder denkt, dass er Pech gehabt hat, weil der doch noch so jung war. Aber in Wirklichkeit ist der gar nicht an einem Herzinfarkt gestorben, weil den nämlich ein raffinierter Mörder umgebracht hat."

„So ähnlich, so ähnlich, Georg", atmete der Flurers Willi tief durch.

„Da würden mir schon ein paar Fälle einfallen", meinte der Himmelberger Georg, „aber ich habe darüber bis jetzt eben noch nichts erzählt."

„Na freilich, Georg, da würden dir schon ein paar Fälle einfallen", prustete der Flurers Willi los und konnte sich vor lauter Lachen fast nicht mehr halten.

„Warum lachst du jetzt?", empörte sich der Georg. „Wenn du wissen würdest, was ich weiß, dann würdest du jetzt ganz schön mit den Ohren schlackern. Das sage ich dir."

*

Auch im Klinikum Würzburg Mitte ging es zu wie in einem Ameisenhaufen. Professor Dr. Gernot Walter, seit Januar Leiter der beiden Kliniken an der Juliuspromenade 19 und der Salvatorstraße 7, konnte sich vor den Fragen seiner rund 1.900 Angestellten kaum retten. Dass es so viele waren, hatte seinen Grund in der Fusion der beiden Kliniken: Das Juliusspital-Krankenhaus hatte bisher zu hundert Prozent zur Stiftung Juliusspital gehört, nun war es verbunden mit der Missionsärztlichen Klinik, die aus einem von dem Salvatorianerpater Dr. Christoph Becker im Jahr 1922 eröffnetem Krankenhaus hervorgegangen war. Beide Klinikstandorte wurden unter dem neuen Dach der Gemeinnützigen Gesellschaft mbH Klinikum Würzburg Mitte zusammengelegt. Ein Beschluss, der bereits etliche Jahren zurücklag. Der allgemeine Kostendruck und die Reformen im Gesundheitswesen machten diesen Schritt aus Sicht der Gesellschafter erforderlich und sinnvoll. Die übereinstimmenden weltanschaulichen und vom christlich-karitativen Geist geprägten Werte von Menschlichkeit und Empathie waren ein weiterer Grund des Zusammengehens. Aber wie immer liefen solche Fusionen nicht reibungslos ab. Die Mitarbeiter der beiden Häuser hatten unterschiedliche Arbeitsverträge mit unterschiedlichen Wochenarbeitszeiten. Viele mussten ihre angestammten Arbeitsplätze verlassen und an den anderen Standort umziehen und dieser Prozess war noch immer nicht abgeschlossen. Der Merger- und Akquisitionsprozess schuf unterschiedliche Schwerpunkte in der ambulanten und stationären Versorgung und Notfallversorgung. Die ehemaligen Mitarbeiter des Juliusspital-Krankenhauses wurden aus dem Personalstand der Stiftung ausgegliedert und waren nun, gemeinsam mit den Angestellten der Missionsärztlichen Klinik, Mitarbeiter des neu gegründeten Klinikums Würzburg Mitte. Auch wenn die Stiftung Juliusspital mit sechzig Prozent Hauptgesellschafter an der neuen gemeinnützigen Gesellschaft wurde, wurden die ehemaligen Juliusspital-Mitarbeiter nun von der neuen Personalabteilung des Klinikums Würzburg Mitte betreut, was vielen von ihnen ein Dorn im Auge war. Die Neuorganisation führte leider dazu, dass sie die E-Mail, die der Oberpflegamtsdirektor an seinen üblichen Mail-Verteiler geschickt hatte, nicht erhielten. Das neue Klinikum Mitte hatte seine eigenen Prozesse und Kommunikationswege. Doch natürlich wussten die Mitarbeiter, dass es diese E-Mail gab. Dazu waren die persönlichen Verbindungen in die verbliebene Stiftung Juliusspital immer noch eng genug. Und nun löcherten sie mit ihrem Halbwissen den neuen Leiter des Klinikums, Professor Dr. Gernot Walter. Obwohl der am vergangenen Samstag dem Oberpflegamtsdirektor der Stiftung Juliusspital selbst vorgeschlagen hatte, das Problem der Stiftung Juliusspital bis in die Ebene aller Mitarbeiter zu kommunizieren, zeigte er wenig Neigung dazu, die problembehaftete Thematik im eigenen, neuen Verantwortungsbereich gegenüber jedermann breitzuklopfen. Seine lapidare Antwort, dass die Mitarbeiter sich besser auf den noch nicht endgültig vollzogenen Prozess der eigenen Integration konzentrieren sollten, anstatt sich mit zweifelhaften Verschwörungstheorien zu beschäftigen, rief einen Sturm der Entrüstung hervor.

Die Erpresser beraten sich
Dienstag, 8. Mai

„Was machen wir?" Die Frage des Mannes richtete sich an seine Ehefrau.

„Ich habe die Problematik noch nicht ganz verstanden", meinte die.

„Schau", erklärte der geduldig, „die Stiftung Juliusspital hat beschlossen, sich der Problematik, wie von uns gefordert, anzunehmen. Sie wollen sich offensichtlich ernsthaft darum kümmern, dass das Schmerzensgeld bezahlt wird. Jedenfalls habe ich das so gehört. Es tut sich was."

„Werden sie auf den Tod unserer Tochter kommen?", fragte die Ehefrau.

„Das glaube ich nicht, aber endgültig kann ich das noch nicht beurteilen. Jedenfalls ziehen die Klinikbetriebe bei der internen Ermittlungsarbeit nicht mit."

„Und warum?"

„Weil sie offiziell nicht zum Juliusspital gehören, sondern eine eigene juristische Gesellschaft sind."

„Nur wegen der blöden Fusion mit der Missionsärztlichen Klinik?"

„Nur wegen der blöden Fusion", bestätigte ihr Mann.

„Das ist gut", reagierte seine Ehefrau erleichtert. „Dann haben wir uns wochenlang umsonst darüber gestritten, was alles passieren könnte, wenn wir die harte Gangart einschlagen. Inzwischen haben wir zwei Menschen umgebracht, nur um das Juliusspital dazu zu bringen, das Schmerzensgeld locker zu machen. Denkst du, es gibt eine echte Chance, dass wir das Geld kriegen ohne dass man uns erwischt? Oder müssen wir noch jemanden umbringen, bis die dazu bereit sind?"

„Ich denke schon, dass das klappt", überlegte ihr Mann laut. „Die Fusion und die damit einhergehende Trennung der Klinik von der Stiftung Juliusspital spielt uns in die Hände. Das Klinikum Mitte ist vom E-Mail-Schriftverkehr der Stiftung völlig abgeschnitten. Es gibt nur noch die Mehrheitsbeteiligung. Aber ich bin völlig deiner Meinung, wir sollten am Ball bleiben. Das heißt nicht, dass wir noch jemanden vergiften müssen. Zumindest vorläufig nicht, aber ein weiteres kleines Erinnerungsschreiben, das Geld betreffend, könnte nicht schaden."

„Wem schicken wir das und was soll drinstehen?", willigte die Frau ein und schlug vor: „Wir schicken das wieder an den Oberpflegamtsdirektor und die Main-Zeitung und setzen ihnen eine Frist. Wenn sie der nicht nachkommen, stirbt der nächste unschuldige Bürger."

„Dann können wir dieses Schreiben auch gleich der Kripo schicken", schlug der Mann vor.

„Meinetwegen, das spielt auch keine Rolle mehr."

„Was schreiben wir?", wollte er wissen.

„Schalte deinen Laptop ein", befahl sie. „Ich diktiere."

„Der ist schon an. Einen Moment noch, ich lege nur noch schnell eine neue Datei an." Nach zwei Minuten forderte er seine Frau mit den Worten „Ich bin soweit" auf, loszulegen. „Aber nicht zu schnell", setzte er noch hinzu.

Seine Frau ging in Gedanken versunken im Wohnzimmer auf und ab, zündete sich eine Marlboro an, stieß den blauen Rauch gegen die Holzdecke und begann:

Zwei unschuldige Menschen mussten sterben. Wir haben den Eindruck, dass Ihnen dies egal ist. Während die Stiftung Juliusspital beschlossen hat, in den eigenen Reihen nach Ursachen zu suchen, verstreicht die Zeit. Wir wollen endlich unser Schmerzensgeld, sonst steigt unsere Forderung auf zwei Millionen und es stirbt ein weiterer Mensch. Sie haben noch bis zum 20. Mai Zeit. Veröffentlichen Sie in der Main-Zeitung, dass Sie bereit sind, die eine Million zu bezahlen. Sie hören dann wieder von uns.

„Sehr gut", meinte ihr Ehemann, „das trifft die Sache auf den Kopf. Mehr brauchen wir gar nicht zu sagen. Was machen wir, wenn uns die Polizei wider Erwarten doch auf die Schliche kommt?"

„Du musst deine Ohren offenhalten", sagte sie. „Ich hoffe, du plagst dich nicht schon wieder mit Gewissensbissen herum. Wir sind uns einig, dass dies das einzige ist, was wir in unserem restlichen Leben noch erreichen wollen. Reich sein und ohne Sorgen im Ausland ein sorgenfreies Leben führen. Auge um Auge, Zahn um Zahn, haben wir uns geschworen. Wir wollten es riskieren, auch wenn sie uns schnappen. Was in diesem Fall mit uns passiert, ist mir jedenfalls scheißegal. Und wenn wir lebenslang in den Bau gehen."

Fluchtende

Im Oktober vor drei Jahren

Gegen zehn Uhr eines Abends im Oktober erreichte Halas al-Askari in einem VW Passat die Stadtgrenze von Würzburg. Der Fahrer des Wagens steuerte ein Rückgebäude im Stadtteil Grombühl an. Der Mann, der Halas in Empfang nahm, stellte sich als Imam der kleinen, in einem Hinterhof gelegenen Moschee vor. Halas al-Askari stieg aus, griff sich seine kleine Reisetasche und war, begleitet vom Imam, innerhalb einer halben Minute im Innern des Gebäudes verschwunden. Der VW Passat fuhr sofort weiter. Niemand hatte den Vorfall beobachtet. Dem jungen Iraker wurde ein Raum zugewiesen, in dem er sich die nächsten Tage aufhalten konnte. Nach einer kurzen Erholungspause traf sich Halas mit dem Imam. Die beiden sprachen ein Gebet, worin sie Allah für die gelungene Flucht des jungen Irakers dankten. Dann, nachdem Halas von seinen Erlebnisse auf der Flucht berichtet hatte, rief der Imam eine Berliner Telefonnummer an und meldete, dass Halas al-Askari wohlbehalten in Würzburg angekommen sei, bevor er den Telefonhörer an den Iraker weiterreichte.

Es folgte ein etwa halbstündiges Gespräch, worin der Flüchtige gebeten wurde, die nächsten drei Tage in seiner Unterkunft zu bleiben und die Moschee nicht zu verlassen. In zwei Tagen würde ihn jemand besuchen und das weitere Vorgehen besprechen. Erst danach solle er sich den zuständigen deutschen Behörden stellen und politisches Asyl beantragen. Was er dazu wissen müsse, würde er in zwei Tagen genau erfahren.

Der Mann kam extra aus Berlin angereist. Er stellte sich als Yasin Shakira und stellvertretender Vorsitzender einer Gemeinschaft schiitischer Gläubiger vor. Halas hatte in seiner Aufregung den Namen der Hilfsorganisation nicht verstanden, aber darauf kam es wohl auch nicht an. Der Mann verfügte über beeindruckendes Detailwissen, wie man sich als Flüchtling bei den deutschen Behörden registrieren ließ. „Zuerst erkläre ich dir, was für Phasen du in den nächsten Monaten nach deiner Registrierung beim Bundesamt für

Migration und Flüchtlinge durchstehen musst, Bruder", begann er. „Aber vorher sehe ich mir noch deine persönlichen Dokumente an, die du hoffentlich mitgebracht hast", schlug der Gast aus Berlin vor. Hasan al-Askari übergab ihm eine mit Papieren gefüllte Klarsichthülle.

„Hhm", grummelte Shakira, „Geburtsurkunde, Pass, Nachweis der Berufsausbildung, Führerschein. Sehr gut. Alles komplett. Und was ist das?" Dann las er weiter. „Das wird hilfreich sein!", nickte er, nachdem er das Dokument gelesen hatte. „Eine Bestätigung der irakischen Behörden, dass deine Eltern und dein Bruder bei einem Überfall des IS getötet wurden. Damit kann man deinen Antrag auf Asyl gar nicht ablehnen. Und nun hör zu, was ich dir sage. Zuerst meldest du dich in der Erstaufnahmeeinrichtung des deutschen BAMF – das ist eine Abkürzung für das Bundesamt für Migration und Flüchtlinge – in Würzburg. Keine Sorge, wir bringen dich hin. Dort wirst du registriert und erkennungsdienstlich erfasst. Mit den Papieren, die du mitgebracht hast, stellst du deinen Asylantrag. Dabei wird dir geholfen. Dann bekommst du eine Aufenthaltsgestattung und wirst vorübergehend in eine der nächstgelegenen Aufnahmeeinrichtung gebracht. Du triffst dort auf andere Flüchtlinge, die ebenfalls eine Zeitlang dort wohnen. Normalerweise solltest du dort nicht länger als sechs Monate bleiben müssen. Aber das kommt darauf an, wie viele Leute gleichzeitig Asylanträge stellen, dann sind die deutschen Behörden manchmal hoffnungslos überarbeitet, so dass du vielleicht etwas länger warten musst. Aber bei deinen Papieren ...", machte er Halas Hoffnung, „sollte es eher schneller gehen. In dem Ankunftszentrum, dort wo du deinen Asylantrag stellst, wird entschieden, ob dein Antrag genehmigt wird. Dazu musst du dich auf jeden Fall einer persönlichen Anhörung unterziehen. Da solltest du berichten und deutlich machen, wie du dich gefühlt hast, nachdem deine Eltern und dein Bruder vom IS umgebracht wurden und deine Schwester verschleppt und dass du seitdem jeden Tag um dein Leben gefürchtet hast."

„Wann darf ich mir eine Arbeitsstelle suchen?", wollte Halas wissen.

„Erst wenn dein Asylantrag genehmigt ist und du eine befristete Aufenthaltsgenehmigung erhalten hast. Bis es soweit ist, solltest du so schnell wie möglich Deutsch lernen. Das hilft auf jeden Fall enorm. Wir helfen dir auch dabei. Sobald dein Asylantrag genehmigt wurde, musst du dich auf jeden Fall bei der Bundesagentur für Arbeit melden. Die sind verpflichtet, dir bei der Arbeitssuche zu helfen. Den Kontakt zu Azad solltest du besser nicht erwähnen, sag einfach, dass du die Schlepper mit deinem letztem Geld bezahlt hast."

„Ich bin doch nicht blöd", warf Halas halb beleidigt ein.

Yasin Shakira ließ nicht locker. „Das gilt auch für deine Kommunikation mit ihm. Du rufst Azad Haaleh auf keinen Fall direkt an. Hast du das verstanden?"

„Klar! Wie komme dahin, wo ich meinen Asylantrag stellen muss?"

„Wir bringen dich hin, mach dir keine Sorgen!"

Aufregung
Mittwoch, 9. Mai

Der Brief der beiden Mörder traf am Mittwoch, zwischen elf und vierzehn Uhr bei den Adressaten ein. Er kam mit ganz normaler Post. Abgestempelt war er tags zuvor in Volkach. Er sorgte in der Stiftung Juliusspital für helle Aufregung. Aber auch bei der Main-Zeitung und in der Kriminalpolizeiinspektion Würzburg. Zudem war Chef-Redakteur Heiner Schmalfuß gar nicht im Detail darüber informiert, was während der hausinternen Sitzung am letzten Samstag in der Stiftung Juliusspital besprochen beziehungsweise beschlossen worden war. Natürlich hatte er Gerüchte gehört. Aber das waren eben nur Gerüchte. Er hatte keinen Informanten, der bei der Sitzung dabei gewesen war und bereitwillig mit ihm darüber sprach. Keiner der Beteiligten, die er anrief, wagte es, die getroffenen Beschlüsse preiszugeben. Alle fürchteten ihren Job zu verlieren. Schmalfuß hatte zu wenig in der Hand, um darüber berichten zu können. Dass die Mörder von Hans Beimer und Martin Bachnick offensichtlich wussten, was in der außerordentlichen Sitzung an der Juliuspromenade besprochen worden war, fiel Hauptkommissarin von Brandenstein allerdings sofort auf. „In der Presse wurde nicht über die Sitzung vom letzten Samstag berichtet", meinte sie. „Das lässt Rückschlüsse offen. Insiderwissen! Vielleicht saß zumindest einer der Erpresser mit am Tisch."

„Das ist nicht zwangsweise gesagt", meinte Kommissarin Volland. „Der Oberpflegamtsdirektor hat doch die gesamte Belegschaft der Stiftung am Montag per E-Mail über das Problem informiert. Da könnte jeder Mitarbeiter der Organisation als Täter infrage kommen."

„Trotzdem", zeigte sich ihre Chefin beharrlich, „ich möchte Privatdossiers von allen Führungskräften der Stiftung, von den Abteilungsleitern und ihren Stellvertretern."

„Und was ist mit dem Klinikum Mitte?", wollte Steffi wissen.

„Von denen auch", entschied die Hauptkommissarin spontan, „schließlich stehen die erst seit kurzem auf eigenen Füßen. Wer weiß, was in der Vergangenheit passiert ist."

„Und was unternehmen wir jetzt wegen des aktuellen Schreibens der Giftmischer?"

„Ich rufe zuerst den Direktor der Stiftung an und danach auch diesen Professor Walter vom Klinikum Mitte", überlegte Leonie laut. „Der scheint mir ja ein seltsamer Bursche zu sein. Macht dem Leiter der Stiftung den Vorschlag, das Problem bis auf die Ebene der Mitarbeiter zu tragen, zieht aber, was die eigene Organisation anbelangt, den Schwanz ein, wie ich gehört habe. Das sieht ja schon fast verdächtig aus. Steht eigentlich unsere Hotline?"

„Klar, und es sind bereits jede Menge Meldungen eingegangen. Da kommt eine Menge Arbeit auf uns zu, wenn wir die alle auswerten wollen."

*

Die Telefonleitung des Oberpflegamtsdirektors war belegt. Leonie versuchte seit fünfzehn Minuten vergeblich ihn zu erreichen. So entschied sie sich, zuerst Professor Gernot Walter anzurufen. Ohne Erfolg. Auch er telefonierte gerade. Genervt warf sie den Hörer auf den Apparat und lehnte sich in ihrem Bürosessel zurück. Stefanie saß ihr gegenüber. Auch sie war im Moment nicht gerade bester Stimmung.

„Weißt du, was mir schon seit geraumer Zeit durch den Kopf geht, Steffi?"

„Sag es!", erhielt sie als Antwort.

„Die Wortwahl der Täter. Die zitieren aus der Bibel: Auge um Auge, Zahn um Zahn."

„Das sagt man halt so", meinte die Kommissarin, „das ist doch nur ein Sprichwort."

„Vielleicht. Vielleicht aber auch nicht", überlegte ihre Chefin laut.

„Was willst du damit sagen, woran denkst du? Raus mit der Sprache!"

„Hast du schon mal vom Talionsprinzip gehört?"

„Das Talions..., was?" Steffi hatte keinen blassen Schimmer, was ihre Chefin meinte.

„Das Talionsprinzip ist ein uralter Rechtsgrundsatz, schon im dritten vorchristlichen Jahrtausend bei den Babyloniern bekannt, der sich aber auch im Alten Testament wiederfindet."

„Und was sagt das?", wollte Stefanie wissen.

„Es bedeutet die Vergeltung einer Straftat auf Gegenseitigkeit. Wenn beispielsweise einem Opfer ein Schaden zugefügt wurde, soll der Täter mit einer gleichen oder zumindest gleichartigen Strafe belegt werden: Wie du mir, so ich dir. Wer einen Mord begangen hat, soll ebenfalls sterben. Damals war das sogar deeskalierend gedacht. Also nicht mehr grenzenlose Rache, die sich ausweitet und immer mehr Opfer fordert, sondern eine dem Verbrechen angemessene gleichartige Strafe."

„Hast du das alles an der Universität gelernt?", rief Stefanie. „Rache, wer macht so was heute noch? Mafia, Russenmafia, ...

Willst du damit andeuten, dass die Mafia ihre Finger im Spiel hat? Oder waren die Täter möglicherweise Juden, wegen Altem Testament und so?", dachte sie laut.

„Weder noch", antwortete die Hauptkommissarin, „aber wenn wir davon ausgehen, dass jemand in der Stiftung Juliusspital tatsächlich nicht geheilt werden konnte und möglicherweise verstarb, besagt das Talionsprinzip, dass der Verursacher auch den Tod verdient hat."

„Du meinst also den verantwortlichen Arzt, die zuständige Schwester oder den diensthabenden Pfleger?"

„Mhm."

„Und warum haben die Erpresser dann nicht den umgebracht, sondern vergiften Unschuldige?", wollte Steffi wissen.

„Sie wollen Gleiches mit Gleichem vergelten", philosophierte Leonie weiter ohne eine Antwort zu geben, „sie wollen den Schuldigen töten. Skrupel haben sie anscheinend nicht, aber vielleicht wissen sie noch nicht, wer es war", kam Leonie doch noch auf die Frage zurück.

„Stattdessen töten sie andere? Ich weiß nicht so recht. Ist das nicht ein bisschen sehr weit hergeholt?", zweifelte Steffi.

Bevor Leonie antworten konnte, meldete sich das Telefon auf ihrem Schreibtisch. Sie hob ab und meldete sich.

„Hier Heinzel von der Stiftung Juliusspital", vernahm sie, „einen Moment bitte, Frau von Brandenstein, unser Chef möchte mit Ihnen sprechen. Bleiben Sie bitte dran."

„Guten Tag, Herr Oberpflegamtsdirektor", begrüßte die Hauptkommissarin den Anrufer und schaltete den Lautsprecher ein.

„Grüß Gott, Grüß Gott", meldete sich eine aufgebrachte Stimme und fuhr ohne Pause fort. „Na, dem habe ich gerade meine Meinung gegeigt. Selbst Schweine stecken ihre Nase in den Dreck, dann werden Sie das auch können, habe ich zu ihm gesagt. ‚Und wenn Sie nicht dazu bereit sind, dann werde ich dafür sorgen, dass Sie rausfliegen.'"

„Moment, Moment, um wen geht es denn eigentlich?", unterbrach Leonie den Redefluss des aufgeregten Chefs der Stiftung Juliusspital. „Wovon sprechen Sie denn?"

„Na, von diesem Sandkastendoktor, diesem Professor Walter vom Klinikum Mitte. Habe ich das nicht gesagt? Ach, ich weiß schon gar nicht mehr, wo mir der Kopf steht. Ich wollte Ihnen nur mitteilen, dass die Sache auf dem Weg ist."

„Was für eine Sache denn?"

„Na, die Suche nach dem unbekannten Ereignis. Sie haben doch auch das neue Schreiben der Giftmörder erhalten. Ganz klein mit Hut war er, als ich ihn am Telefon zusammengefaltet habe. Jedenfalls untersucht jetzt auch das Klinikum Mitte, ob in der Vergangenheit eigene Leute oder Patienten einen merkwürdigen Tod gestorben sind. Kommen Sie voran?", wollte er dann noch wissen.

„Bringt die Hotline etwas?"

„Wir haben jedenfalls schon eine Menge an Meldungen erhalten und sind gerade dabei, diese auszuwerten und Hinweisen nachzugehen."

„Sehr schön, sehr schön", murmelte der Oberpflegamtsdirektor. „Sagen Sie Bescheid, wenn Sie meine Hilfe brauchen."

„Ja, die bräuchte ich tatsächlich", ergriff Leonie von Brandenstein die Gelegenheit beim Schopf. „Könnten Sie Ihre Personalabteilung bitten, uns Personaldossiers Ihrer Abteilungsleiter und stellvertretenden Abteilungsleiter zukommen zu lassen? Natürlich können Sie davon ausgehen, dass wir vertraulich damit umgehen. Insbesondere interessieren uns solche Dinge, wie Aufgabenstellung, Beurteilungen, Werdegang in der Firma, Veränderungen in den familiären Verhältnissen und ob jemand mit dem Gesetz in Konflikt geraten ist."

„Da muss ich erst unseren Personaldirektor fragen, ob wir solche Unterlagen aus der Hand geben dürfen", meinte der Chef der Stiftung. „Ich gebe Ihnen dazu noch Bescheid. Jetzt muss ich aber Schluss machen, die nächste Besprechung steht an. Ach, ist das eine Hetze. Das macht langsam keinen Spaß mehr."

„Halt, nochwas", warf Leonie eilig ein. „Ich habe gehört, dass das Juliusspital bereit ist, das Schmerzensgeld zur Verfügung zu stellen?"

„Das steht noch nicht hundertprozentig fest. Eigentlich müsste aller Voraussicht nach das Geld vom Klinikum Mitte kommen", warf er ein. Dann war er weg.

Die Hotline
Mittwoch, 9. Mai

Auch die Mitarbeiter der früheren Missionsärztlichen Klinik, die in der neuen Organisation „Klinikum Mitte Würzburg" nur noch Missioklinik hieß, beteiligten sich nun an der Verbrecherjagd. Es hatte sich herumgesprochen, dass ihr höchster Chef, Professor Dr. Gernot Walter, kurz vor seiner Entlassung stand, weil er nicht bei der Aufklärung der Giftmorde adäquat mitarbeiten wollte. Keiner seiner Mitarbeiter verstand diese trotzige Haltung. Jeder im Klinikum nahm die Aufgabe ernst, die Polizei zu unterstützen. Außerdem machte es auch Spaß, mal etwas anderes zu tun, als sich ausschließlich um den Alltagstrott in den acht Fachabteilungen des Hauses zu kümmern. Nahezu 1.900 Hobbydetektive hatten sich an die Arbeit gemacht. Mehrere hundert Patienten ebenfalls. Gerüchte um Vorgänge aus den vergangenen Monaten und Jahren schossen ins Kraut und formten sich zu merkwürdigen Geschichten, die den Polizisten am Ende der Hotline unter dem Siegel größtmöglicher Verschwiegenheit kommuniziert wurden. Die beiden Standorte des Klinikums Mitte schienen einen wahren Wettbewerb eingeläutet zu haben, wer die meisten und haarsträubendsten Hinweise geben konnte. Natürlich beteiligten sich auch die Mitarbeiter der Stiftung Juliusspital mit Eifer an dem unausgesprochenen Wettbewerb. Das Tagesgeschäft kam praktisch zum Erliegen.

Leonie verfluchte inzwischen den Samstag, als sie im Besprechungszimmer der Stiftung höchstpersönlich vorgeschlagen hatte, eine kostenlose Hotline einzurichten. Nun war sie selbst Opfer ihres Vorschlags geworden. Jede verfügbare Kraft in der Kriminalinspektion Würzburg beschäftigte sich mit der Überprüfung der eingegangenen Hinweise. Auch Pia Haberlander, die Teamassistentin aus Wolfratshausen, brütete über einer Telefonnotiz von gestern. Eine Gerda Wimmer hatte sich gemeldet und eine seltsame Beobachtung hinterlassen. Eigentlich war es gar keine Beobachtung, sondern eine Geschichte, die eher dem Reich der Sagen zugehörig schien. Gerda Wimmer stellte sich in dem Telefonat als Mitarbeiterin des Hotel-Restaurants „Vogelsburg" hoch über den Weinbergen der Mainschleife bei Volkach vor. Ihren Zuständigkeitsbereich in der Küche hatte sie genau beschrieben. Als eingeborene Unterfränkin, in Volkach lebend, zählte sie zum Stammpersonal der Küche, die für die fränkischen Würste, die Wildgerichte, die Gesottene Rinderbrust mit Kren und die Geschmorten Schweinebacken des Restaurants zuständig war. Detailliert hatte sie aus der Geschichte der Vogelsburg erzählt und zeigte sich überzeugt, dass in der Historie des ehemaligen Königshofs das Geheimnis verborgen lag, das die Kripo versuchte aufzuklären. Schon in der Steinzeit waren die heutigen Weinberge besiedelt, hatte sie erzählt. Kelten, Germanen und Thüringer lebten hier, bis die Franken kamen und die Region besetzten. Sie errichteten eine „Villa regia", einen Königshof, der im Jahr 879 in den Besitz der Abtei Fulda überging. Benediktinerinnen trieben den Weinbau rund um die Vogelsburg voran. Später kamen die Grafen von Castell ins Land und Bauernkrieg und Dreißigjähriger Krieg hinterließen große Schäden. Erst Ende des 19. Jahrhunderts wurde aus der Vogelsburg eine Ausflugsstätte. Im Jahr 1957 übernahmen Augustinerschwestern den Betrieb, um ihn 2011 der Stiftung Juliusspital zu überschreiben. Das muss man alles wissen, begründete Gerda Wimmer ihre weitschweifigen Ausführungen, um das Rätsel um das seltsame Ereignis zu verstehen. Die Gründe dafür reichten bis in die Zeiten des Dreißigjährigen Krieges zurück. Damals war die Vogelsburg von den Schweden besetzt. Und die protestantischen Besatzer machten sich einen Jux daraus, katholische Nonnen des Klosters in große mit Nägeln versehene Weinfässer zu sperren und sie unter lautstarkem Gelächter die Weinberge hinabpoltern zu lassen, bis sie zu Tode kamen. Dieses Gebaren der damaligen Zeit sei den heutigen Erzkatholiken der Stiftung Juliusspital noch immer ein Stein des Anstoßes, weshalb sie schwedische Übernachtungsgäste gar nicht gerne in ihren Mauern sähen. Nun habe es sich zugetragen, berichtete die Küchenhilfe weiter, dass Anfang August des letzten Jahres eine schwedische Journalistin namens Kim Wall für einige Tage ein Zimmer gebucht hatte. Begleitet wurde sie von einem dänischen Erfinder und U-Boot-Bauer namens Peter Madsen. Dieser Madsen saß verdächtig oft mit ihrem Chef, einem gelernten Metzger, zusammen. „Ständig haben sie die Köpfe zusammengesteckt und heimlich getuschelt", berichtete sie. „Die Woche darauf hat mein Chef seinen Jahresurlaub in Dänemark angetreten", stand in der Telefonnotiz. „Kim Wall wurde bald darauf das letzte Mal lebend auf dem U-Boot des dänischen Erfinders gesehen, das am Tag darauf gesunken war. Schließlich fand man einen weiblichen Torso, ohne Kopf, ohne Arme und Beine an der Küste vor Kopenhagen. Die Überbleibsel von Kim Wall. Die dänische Polizei hatte sofort Peter Madsen in Verdacht, der sich in widersprüchliche Aussagen verstrickte. Doch der wollte nur den wahren Mörder von Kim Wall decken, hatte Gerda Wimmer in ihrer Aussage hinterlassen. „Der wahre Mörder, mein Chef, steht immer noch in unserer Küche und tut so, als könne er keiner Fliege etwas zuleide tun, dabei habe ich ihn eindeutig durchschaut."

Pia Haberlander las die abstruse Geschichte, rief Gerda Wimmer an, fragte danach, ob Kim Wall je im Juliusspital behandelt worden war.

„Ach so", meinte Gerda, „da habe ich in aller Eile dann wohl was falsch verstanden."

Pia seufzte tief und versenkte die Telefonnotiz im Papierkorb.

*

Auch Leonie hatte gerade einen Hinweis gelesen, der von einem Hans Girgel, einem Mitarbeiter der Abteilung Forstwirtschaft der Stiftung Juliusspital stammte. Girgel hatte im Oktober des letzten Jahres an einer Drückjagd auf Wildschweine teilgenommen, so hatte er berichtet. „Normalerweise habe ich mit Jagden nichts zu tun", berichtete er, „ich bin nur ein einfacher Waldarbeiter in der Stiftung Juliusspital. Unsere rund 3.350 Hektar Wald liegen hauptsächlich in der Vorrhön, entlang der Saale und im wildromantischen Schondratal. Es sind hauptsächlich Laubwälder mit stattlichen Eichen und Buchen, wertvolle Hölzer für den Möbelbau. Wir verjüngen unsere Bestände ohne Kahlschlag und gestalten sie zu Mischwäldern um, nachhaltig und naturnah. Unsere Produkte sind Brennholz für den Endverbraucher, Langholz in Kiefer, Fichte und Douglasie, Eichen- und Parkettsortimente sowie Buchen- und Eichenschneideholz. Einige wollen das nicht glauben, aber unsere Wälder brauchen auch angepasste Wildbestände. Deshalb unterhalten wir eine eigene, waldfreundliche Jagd, für die ein eigens eingestellter Förster verantwortlich ist. Das erlegte Wildbret liefern wir an die Küchen unserer Weinstuben an der Juliuspromenade und der Vogelsburg, aber auch an die Würzburger Vereinigung ‚Regionales‘." Die Hauptkommissarin verstand nur Bahnhof und musste sich wiederum eingestehen, dass sie mit den Würzburger Gegebenheiten überhaupt noch nicht umfänglich vertraut war. Das sollte sich ändern, nahm sie sich vor. Sie las weiter und atmete auf, als Hans Girgel das Geheimnis selbst lüftete. „Die ‚Regionales Würzburg‘ ist eine Vereinigung fränkischer, Würzburger Innenstadtwirte, die im Jahr 2014 gegründet wurde. Heute verbergen sich dahinter elf Gastronomiebetriebe, die sich besondere Ansprüche hinsichtlich Regionalität, Qualität und Ambiente auferlegt haben. ‚Würzburg von seinen kulinarischen Seiten kennenlernen‘, lautet einer ihrer Slogans oder ‚Franke sein, fränkisch essen‘. Aber wie immer gibt es eben auch schwarze Schafe, die sich nicht an die eigenen Regeln halten. Eines dieser schwarzen Schafe ist bekannt. Ein Altstadtwirt, Inhaber der Gaststätte ‚Zum blauen Winzer‘, der seine Wildschweine, Hirsche und Rehe nicht aus heimischer Jagd, sondern aus Tschechien bezieht. Ignatz Weituschat. Kein fränkischer Name. Ich glaube, seine Vorfahren kommen aus Ostpreußen. Jedenfalls konnte ihm innerhalb der ‚Regionales‘ niemand nachweisen, dass er sein Wildbret aus dem Osten bezieht, da er selbst

Jäger ist. Am Schlossberg besitzt er außerdem eine eigene Weinanbaufläche, ist also auch für den Wein kein Abnehmer von uns. Der Ärger war groß, denn die Küche des ‚Zum Blauen Winzer‘ wäre schon ein Großabnehmer dafür gewesen. Sei es, wie es sei", las Leonie weiter, „im Oktober letzten Jahres organisierte die Stiftung Juliusspital nahe des romantisch gelegenen Weilers Hackmühle am Bachlauf der Schondra eine Drückjagd auf Wildschweine. Bald stellte sich heraus, dass sich zwar genügend Jäger gemeldet hatten, aber kaum Treiber. Also forderte der Organisator der Jagd, unser Förster, die Wirte der ‚Regionales‘ auf, Treiber zu stellen. Der Weituschat schickte seine erwachsene Tochter, die Carola. Nun ist es bei einer Drückjagd nach Wildschweinen so, dass sich die Jäger in einem weiten Kreis aufstellen, dem sogenannten Kessel, in dem Wildschweine vermutet werden. Die Treiber gehen daraufhin in diesen Kessel hinein und versuchen die Tiere aufzuscheuchen und aus dem Kreis den bereitstehenden Jägern vor die Flinten zu treiben. Nach dem geltenden Jagdgesetz dürfen die Waidmänner erst auf das Wild schießen, wenn die Tiere den Kreis verlassen haben. Alle Jäger hielten sich daran, bis auf einen. Der schoss viel zu früh und in die falsche Richtung und traf die Tochter des Wirts und verletzte sie schwer. Die Carola wurde sofort ins Juliusspital eingeliefert, erlag aber zwei Tage später ihren schweren Schussverletzungen. Das gab vielleicht ein Geschrei unter den Beteiligten, aber auch in der gesamten Würzburger Bevölkerung. Der Fall ist bei der Kriminalpolizei bekannt, da brauche ich keine weiteren Details zu schildern. Gegen den Todesschützen wurde wegen fahrlässiger Tötung ermittelt."

Leonie erinnerte sich an den Fall. Sie erinnerte sich an den Wortlaut des ersten Erpresserbriefs: „Dadurch ist uns das Liebste in unserem Leben genommen worden."

Hatte Hans Girgel, der als Treiber an der Jagd teilgenommen hatte, Beobachtungen gemacht, die er bisher noch nicht zu Protokoll gegeben hatte? Und wenn ja, warum nicht? Dem Jäger, der die tödlichen Schüsse abgegeben hatte, war inzwischen die Jagdlizenz entzogen worden. Seinen Waffenschein war er ebenfalls losgeworden. Und er war verurteilt worden, da er gegen das Jagdgesetz verstoßen hatte. Der arme Kerl war zu dem Zeitpunkt 75 Jahre alt und schon damals nicht in bester gesundheitlicher Verfassung gewesen. Dass er die junge Frau absichtlich erschossen habe, hatte keiner der Beteiligten vermutet. Es war ein unglücklicher Jagdunfall. So schien es zumindest. Wenn sich nun nachträglich herausstellen sollte, dass doch nicht alles so abgelaufen war, wie es sich bisher darstellte, was bedeutete dies für die Eltern der erschossenen Frau? Wütete in dem Innenstadtwirt ein so starkes Rachegefühl, dass er selbst zum Mörder wurde und unschuldige Menschen vergiftete? Nur weil der Tod seiner Tochter nicht als Mordfall vor Gericht gelandet war? Sicherlich wären die Wirtsleute in der Lage, einer Weinflasche Gift beizumischen und diese wieder professionell zu verschließen. Schließlich kannten sie sich mit der Weinherstellung aus. Fragen über Fragen, die es wert waren, der Sache nochmals auf den Grund zu gehen. Das stand außer Zweifel.

Asylverfahren
Im Oktober vor drei Jahren

Halas al-Askari hatte – nachdem er Tage zuvor bereits erkennungsdienstlich behandelt worden war – seinen Asylantrag im BAMF Würzburg in der Veitshöchheimer Straße abgegeben. Auch einen Termin zur persönlichen Anhörung hatte er mit dem für ihn zuständigen Mitarbeiter der Behörde vereinbart. Auf einem Zettel standen Informationen bezüglich einer ärztlichen Untersuchung, die er noch hinter sich bringen musste, Adressen von Beratungsstellen und die Adresse, wo er Geldleistungen und Tickets für den öffentlichen Nahverkehr abholen konnte.

Das BAMF Würzburg hatte entschieden, dass Halas seinen Asylantrag direkt vor Ort stellen durfte und ihm einen Platz in der Notaufnahme der Balthasar-Neumann-Kaserne in Veitshöchheim zugewiesen. Das war nicht selbstverständlich. Es gab Platzprobleme. Rund 4.800 Asylbewerber hatten sich zur gleichen Zeit wie

Halas in Würzburg registrieren lassen. Alle wollten in Deutschland bleiben. Alle hofften auf einen Arbeitsplatz und ein friedliches Leben, dabei fehlten an allen Ecken und Enden Aufnahmekapazitäten für die Flüchtlinge. Die Würzburger Stadtväter hatten in ihrer Not sogar bei der Julius-Maximilians-Universität angefragt, ob man nicht am Campus Nord ein winterfestes Notaufnahmelager einrichten könne.

Halas al-Askari war jedoch nur heilfroh, dass er gut in Deutschland angekommen war. Wie besprochen erwähnte er Azad nicht. Schließlich wollte er einen solch hilfreichen Freund nicht verpetzen, der hatte ihm immerhin das Leben gerettet, indem er ihn aus dem Land gebracht hatte. Offiziell hatte er sich in die Hände von Schleppern begeben, für deren Dienstleistungen er eine Menge Geld ausgegeben hatte. Bei Spielfeld war er über die slowenisch-österreichische Grenze gebracht worden und von dort weiter nach Unterfranken. Warum er gerade hierher gebracht worden sei, könne er nicht sagen. Das war nicht seine Entscheidung gewesen. Und nein, auf seiner Flucht war er in keinem anderen EU-Land registriert worden. An den Gefallen, den er Azad noch schuldete, dachte er schon nicht mehr. Sein Denken kreiste darum, ob sein Asylantrag genehmigt würde und er in Deutschland bleiben durfte. Gewissenhaft folgte er allen Anweisungen und Informationen, die auf dem Zettel standen, den er vom BAMF erhalten hatte. Er unterzog sich in der Aufnahmestelle Würzburg einer medizinischen Untersuchung und nahm auch den Röntgentermin wahr, der für ihn im Würzburger Juliusspital-Krankenhaus an der Juliuspromenade vereinbart wurde. Die Röntgenaufnahme sei Pflicht, sagte man ihm, da man wissen müsse, ob Flüchtlinge an TBC litten oder eben nicht. Dort, in der Radiologie des Juliusspitals, lernte er Dr. Ibrahim al-Hussein kennen, einen iranischen Arzt aus der Stadt Isfahan. Auch Al-Hussein war Schiit und seit drei Jahren in Würzburg tätig. Die beiden Männer kamen ins Gespräch und Halas al-Askari bekam eine Menge Informationen und gute Tipps. Er erfuhr, dass an Deutschlands Krankenhäusern schon seit Jahren Mangel an medizinischem Personal herrschte. Deshalb sei der Anteil ausländischer Ärzte ungewöhnlich hoch.

Doch das gelte nicht nur für Ärzte. Überhaupt gebe es hierzulande viel zu wenig Mitarbeiter im Gesundheitswesen, egal, ob es sich um Pflegekräfte, Krankenschwestern oder Arzthelfer handele. „Aber", schränkte der iranische Radiologe ein, „eine im Ausland erworbene Qualifikation wird in Deutschland nur anerkannt, wenn sie als gleichwertig mit einem deutschen Referenzberuf gilt. Wobei es, was die Anerkennungsverfahren bei Gesundheitsberufen betrifft, innerhalb der deutschen Bundesländern schon Unterschiede gibt", setzte er hinzu. „Die größte Hürde bei der Anerkennung", erklärte er Halas, „ist aber die sprachliche Qualifikation. Ohne ausreichende Deutschkenntnisse hast du keine Chance."

Noch am selben Tag meldete sich Halas zu einem kostenlosen Deutschkurs für Flüchtlinge an. Der Kurs umfasste einen Basis- und einem Aufbaukurs, gefolgt von einem Orientierungsseminar. Halas hatte sich fest vorgenommen, die deutsche Sprache so schnell wie möglich zu lernen, obwohl das wirklich nicht leicht war. Glücklicherweise hatte er in der Schule Englisch gelernt, sodass ihm zumindest die lateinische Schrift und grammatikalische Begriffe vertraut waren. Andere Landsleute hatten es da viel schwerer.

Nach vier Monaten Aufenthalt in der Unterkunft der Balthasar-Neumann-Kaserne wurde Halas al-Askari in den Würzburger Stadtbezirk Zellerau umgesiedelt. Dort waren in mobiler Holz-ständerbauweise fünf Gebäudekomplexe als staatliche Gemein-schaftsunterkünfte für Flüchtlinge entstanden. Auf den Tag genau sieben Monate nach Abgabe seines Asylantrages erhielt Halas im Mai Post vom BAMF in Würzburg. Seinem Asylantrag wurde gemäß Artikel 16a des Grundgesetzes stattgegeben und er erhielt eine Aufenthaltserlaubnis für drei Jahre. Unverzüglich setzte er um, was er in seinen Kursen gelernt hatte: Er verfasste eine Bewer-bung als Arzthelfer, adressiert an Dr. Ibrahim al-Hussein.

Eine fränkisch-bayrische Liebe
Freitag, 11. Mai

Die letzten beiden Tage waren Leonie und ihre Mitarbeiterinnen und Mitarbeiter nur mit Auswertungen der eingegangenen Hotline-Meldungen beschäftigt gewesen. Das Wochenende stand bevor und die Hauptkommissarin war echt geschlaucht. Glücklicherweise gab es keine neuen Morde. Der Oberpflegamtsdirektor hatte sich wegen der angeforderten Personaldossiers noch nicht gemeldet. Leonie hatte sich in ihrem Kalender notiert, am Montag nachzufragen. Doch nun hatte sie die zwei Tage Erholung bitter nötig. Für den Samstag hatte sie sich vorgenommen, ihre Wohnung auf Vordermann zu bringen und die Wocheneinkäufe zu erledigen. Für Sonntag hatte sie sich mit Pia Haberlander um zehn Uhr am Residenzplatz, direkt am Franconiabrunnen verabredet. Die beiden Frauen hatten beschlossen, endlich mehr über die Würzburger Geschichte zu erfahren. Was eignete sich da besser zum Einstieg als die Würzburger Residenz, das einmalige UNESCO-Weltkulturerbe? Führungen fanden täglich alle halbe Stunde zwischen neun Uhr und achtzehn Uhr statt. Das hatte die Hauptkommissarin im Internet nachgelesen. „Vielleicht haben wir am Nachmittag noch Zeit für einen Besuch der Landesgartenschau", hatte Pia vorgeschlagen. Natürlich hatten sie auch Stefanie gefragt, ob sie mitkommen wolle.

„Ein Mädelstag!", hatte diese zunächst begeistert ausgerufen, doch sofort wieder abgewunken. „Geht bei mir leider nicht, meine Schwiegereltern kommen dieses Wochenende zu ihrem jährlichen Besuch", erklärte sie. „Das werden zwei turbulente Großkampftage. Lieber würde ich mit euch mitkommen, aber das kann ich nicht bringen." Dann hatte sie von ihrem bevorstehenden Martyrium erzählt. „Mein Schwiegervater ist ein oberbayerischer Grantler aus Schönau am Königssee, Mitglied bei den Berchtesgadener Weihnachtsschützen. Und er besteht am Sonntag auf ein fränkisches Schäufele mit Sauerkraut und rohem Kloß und danach auf einen Spaziergang durch die Altstadt und entlang des Mains, von der Friedens- bis zur Ludwigsbrücke. Jedes Jahr bete ich, dass wir dabei keine Freunde oder Bekannten treffen."

„Wieso das?", wunderten sich Pia und Leonie.

„Weil er ein traditioneller Oberbayer ist", antwortete Stefanie, „und meint, seine Tracht vorführen zu müssen. Das ist so peinlich. Das fängt oben schon mit seinem Schützenhut mit dem gewaltigen Gamsbart an. Dann das elfenbeinfarbene Hemd aus Leinen mit den Perlmuttknöpfen. Schrecklich. Um den Hals hat er sein Bindl, ein rautenförmiges Seidentuch, gewickelt. In seiner ledernen Kniebundhose steckt tatsächlich – ihr werdet es kaum glauben – ein Messer mit Horngriff, der mit Silber beschlagen ist. Letztes Jahr hat uns deswegen auf der Alten Mainbrücke die Polizei angehalten. Das gab vielleicht ein Theater. Ich habe ihm dann das Messer abgenommen und in meiner Handtasche verstaut. Wie Rumpelstilzchen hat er sich aufgeführt, in seiner blaugrauen Jacke, den dunkelgrauen, bis zu den Knien reichenden Wollstrümpfen und seinen Haferlschuhen. Dann hat er sich vor den Polizisten über die Franken ausgelassen. Dabei ist seine Tracht, auf die er so stolz ist, noch nicht mal ein wirklich historisches Gewand, hat sie sich, wie alle bayerischen Trachten, doch erst im 19. Jahrhundert entwickelt. Danach wurde es noch peinlicher. Mein Schwiegervater war so in Wut geraten, dass er den beiden Polizisten vorwarf, wie rückständig das Frankenland sei. Aber da ist er gerade an die richtigen geraten. Ob er denn wisse, wie sich Bayern historisch entwickelt habe, wollte einer der Ordnungshüter wissen. Mein Schwiegervater hat blöd aus der Wäsche geguckt. ‚Es war so gegen Ende der Völkerwanderung', hat ihn der Polizist dann aufgeklärt, ‚als sich südlich der Donau, einem Teil des schwindenden Römischen Reiches, ein paar versprengte Grenzsoldaten ansiedelten, die ersten Vorfahren der Bajuwaren. Später drangen Germanen in die Gegend ein. Dann kamen Franken unter der Führung der Merowinger in die Region und machten die Gegend zu einem fränkischen Herrschaftsgebiet. Vielleicht erinnern Sie sich noch', klärte einer der Polzisten meinen Schwiegervater weiter auf, ‚dass Karl der Große dem Bayernherzog Tassilo III. ordentlich eins auf die Schnauze gegeben hat. Es war damals nicht ganz einfach, die Bayern zu kultivieren. Das merkt man ja noch bis heute. Aber wir Franken sind ein bescheidenes Volk, wir rühmen uns nicht so mit unseren Taten.'"

Mein Schwiegervater war für den Rest des Tages bedient, kann ich euch sagen. Mucksmäuschenstill war er. Meine Schwiegermutter kam aus dem Schmunzeln gar nicht mehr heraus."

„Ich habe gar nicht gewusst, dass dein Mann aus dem Berchtesgadener Land kommt", zeigte sich die Hauptkommissarin erstaunt.

„Das ist eine eigene Geschichte", meinte Stefanie, das echte Würzburger Gewächs mit der scharfen Zunge. Und dann erzählte sie doch noch, wie sie ihren Mann Markus kennengelernt hatte. „Wir waren zu fünft", erinnerte sie sich, „fünf Weiber, alle um die zwanzig Jahre, als wir damals Urlaub in Berchtesgaden machten. Der Königssee, das Watzmanngebiet, Bad Reichenhall, das Salzbergwerk, das Kehlsteinhaus, keine von uns war vorher schon mal in dieser Gegend gewesen. Dann, irgendwie ist es passiert: Wir unternahmen eine Bootsfahrt auf dem Königssee, auf dem Weg zu der berühmten Wallfahrtskirche St. Bartholomä, als das Schiff unterwegs die Motoren stoppte und der Kapitän das Echo vom Königssee ankündigte. Ein kerniger junger Mann trat mitten auf das Bootsdeck. In der Hand hielt er eine Trompete. Dann setzte er diese an seinen Mund und blies eine kurze, aber wunderschöne Melodie in Richtung einer riesigen Felswand. Das wiederholte er so drei- bis viermal. Wir waren alle begeistert und fasziniert. Danach kamen wir mit ihm ins Gespräch. Am nächsten Tag lud er uns ein und zeigte uns die Naturschönheiten in Ramsau sowie die Kirche St. Sebastian, das weltbekannte Fotomotiv der Gegend. Bald zeigte sich, dass ich offensichtlich das Hauptlos gezogen hatte. Markus und ich blieben auch nach unserem Urlaub in Verbindung. Drei Jahre später heirateten wir in St. Sebastian. Jetzt bin ich Mitte dreißig, habe einen nicht mehr ganz so kernigen Mann, aber dazu eine wunderbare fünfjährige Tochter. Den Rest kennt ihr."

„Warum habt ihr euch damals nach eurer Heirat nicht im wunderschönen Berchtesgadener Land niedergelassen?", wollte Leonie wissen.

„Bist du verrückt? Franken verlassen, nur weil es da unten, nahe der österreichischen Grenze ein paar riesige, hohe Haufen aus Stein und Fels gibt? Meine Schwiegereltern ganz in der Nähe? Das stand für mich nie zur Diskussion."

Fränkische Heimatkunde
Sonntag, 13. Mai

Pünktlich um halb elf Uhr standen Leonie und Pia im Vestibül der Residenz und bestaunten zusammen mit anderen Touristen die klassizistischen Dekorationen zu Beginn der Führung. „Die Würzburger Residenz ist das Hauptwerk des süddeutschen Barocks schlechthin", begann der Führer. „Seit 1981 ist die Residenz mit ihrem Vorplatz und ihrem Hofgarten Weltkulturerbe der UNESCO. Erbaut wurde sie von 1720 bis 1744 nach den Plänen des damals noch unbekannten Baumeisters Balthasar Neumann aus Eger. Allerdings zog sich der Innenausbau noch bis in das Jahr 1781 hin. Begonnen wurde der Bau unter dem Würzburger Fürstbischof Johann Philipp Franz von Schönborn, der aber bereits im Jahr 1724 verstarb. Mit Fertigstellung diente die Residenz als Sitz der Würzburger Fürstbischöfe, deren Sitz bis dahin die Festung Marienberg gewesen war. Wir beginnen nun unseren Rundgang hier im Vestibül und besuchen nacheinander den Gartensaal, das weltberühmte Treppenhaus, den Weißen Saal und den einzigartigen Kaisersaal. Danach geht es weiter in die Südlichen Kaiserzimmer, den Gedenkraum, die Toskanaräume und die Nördlichen Kaiserzimmer. Über die Staatsgalerie, das Ingelheimer Zimmer, den Fürstensaal und die Hofkirche im Südflügel gelangen wir wieder zurück in das Vestibül, wo unsere Führung endet. Unterwegs erkläre ich Ihnen alles Wissenswerte über die einmaligen Sehenswürdigkeiten unseres Hauses. Wenn Sie Fragen haben, bitte ich um Wortmeldung. Bitte bleiben Sie während des Rundgangs dicht beisammen, damit wir nicht andere Gruppen stören." Langsam setzten sich die Teilnehmer in Bewegung und betraten den Gartensaal mit seinen schweren erdbraunen Farbtönen und der Deckenwölbung, die unter anderem von zwölf schlanken Marmorsäulen getragen wurde. Erste Töne der Bewunderung entfuhren den Mündern der Besucher. Nach kurzem Aufenthalt öffnete sich den Touristen der architektonische Höhepunkt des Hauses. Sie standen nun in der dreiläufigen Treppenanlage mit Umgang, die seit jeher als prachtvoller Empfangsraum genutzt worden war. „Dieses einzigartige Treppenhaus entstand unter Mitwirkung vieler zeitgenössischer Künstler", erklärte der Fremdenführer. „Allen voran der bedeutendste Freskenmaler seiner Zeit, der Venezianer Giovanni Battista Tiepolo, der hier das größte zusammenhängende Fresko der Welt schuf. Dargestellt sind die vier zu der Zeit bekannten Kontinente in Form von allegorischen Figuren, also Afrika, Asien, Amerika und Europa. In seiner Ausdehnung hat das Fresko eine Abmessung von neunzehn mal zweiunddreißig Metern, was unter Einbeziehung seiner Wölbung rund 677 Quadratmetern entspricht." Leonies Blick fiel auf einen Ausschnitt des Wunderwerkes, in dem der Sonnengott Apoll die Braut Beatrix von Burgund führt. Sie kam aus dem Staunen nicht mehr heraus und ignorierte die Schmerzen, die sich allmählich in ihrer Nackenmuskulatur festsetzten. Weiter ging es in den Weißen Saal mit seiner bewussten Farblosigkeit, um danach im Höhepunkt der Raumfolge anzukommen, dem Kaisersaal. Hier funkelte alles vor glänzendem Gold und zwanzig, fast neun Meter hohe Halbsäulen aus rötlichem Stuckmarmor beeindruckten das Auge. Der Führer spulte sein Detailwissen ab. Auch Pias Aufnahmekapazitäten waren nahezu erschöpft. Wie betrunken taumelten die beiden Polizistinnen durch die restlichen Räume, bevor sie die Hofkirche wieder in das Vestibül ausspuckte. „Jetzt brauche ich etwas Zeit, um das alles geistig zu verarbeiten. Wollen wir uns im Hofgarten eine kurze Pause gönnen?", schlug die Hauptkommissarin vor.

„Gerne", willigte Pia ein.

Sie hatten noch den halben Sonntag vor sich. „Wollen wir noch zur Landesgartenschau? Zeit haben wir genug", schlug Leonie vor. „Mein Wagen steht gleich da vorne."

„Klar, lass uns aufbrechen. Was macht dein Hunger?", erkundigte sich Pia.

„Geht so. Ich denke, wir kriegen dort auch etwas zum Essen."

„Einverstanden, dann los", gab Pia vor.

Die Landesgartenschau wurde im Stadtteil Hubland ausgerichtet, einer Hochfläche mit wechselvoller Geschichte. „Das Ziel ist nur eingeschränkt befahrbar", erläuterte die freundliche Stimme aus dem Navi, als Leonie den Eingang „Belvedere" nahe der Röttenbucher Straße eingegeben hatte. Männer in gelben Sicherheitswesten empfingen sie und wiesen sie ein, als sie den Parkplatz erreicht hatten. Es war nicht viel los. Viele Parkplätze standen leer. Die Landesgartenschau wurde bereits kurz nach Beginn teilweise heftig kritisiert: Zu weite Wege, zu viele Wiesen, zu wenig Blumen und zu hohe Eintrittspreise, hieß es. Die beiden Frauen wollten sich selbst ein Bild davon machen.

Nachdem jede der beiden Frauen achtzehn Euro Eintrittsgeld entrichtet hatte, passierten sie den Eingang. Vor sich sahen sie einen länglichen Ausstellungsbereich, in dessen Mitte befanden sich weite, leere Rasenflächen. Darauf lagen gelbe Schläuche, wie Giftschlangen, an deren Enden in zuckenden Rhythmen Wasserfontänen sprühten. Rechts des Weges wurden sie von den Willkommensgärten begrüßt, wie dem Lageplan zu entnehmen war. Links von ihnen erstreckte sich ein trockener Präriegarten, der von schmalen, engen Wegen durchzogen war. Attraktiv erschien ihnen beides nicht. Nicht weit davon sah man eine lange Reihe von Neubauten, unmittelbar außerhalb der Grundstücksgrenze. Links vom Weg befand sich laut der Beschreibung der sogenannte Wiesenpark. Die beiden Frauen hofften noch immer auf irgendwie auffälligere Glanzpunkte der Ausstellung. Als sie nach rechts in eine Art Wurmfortsatz des Geländes abbogen, der Spielwelten, eine Gartenoase und Zukunftsgärten versprach, steigerte sich ihre Enttäuschung von Schritt zu Schritt. Alles schien so belanglos. Die beiden

Frauen wunderten sich. Die Spielwelten waren nicht mehr als ein Kinderspielplatz, die Gartenoase enttäuschte mit einem in ihren Augen nicht akzeptablen Essensangebot und die Zukunftsgärten waren ein merkwürdiger Mischmasch, den sich vermutlich kein Gartenbesitzer selbst antun würde.

Nochmals nahmen die beiden den Lageplan zur Hand. Er zeigte einen Gastronomiebereich und einen Food Court auf der anderen Seite des Geländes, jenseits des langweiligen Wiesenparks. Auf dem Weg dorthin stießen sie auf ein altes Gebäude, eine Tankstelle, die Teil eines Nazi-Militärflughafens gewesen war. Dort war die Geschichte des Galgenhofs dokumentiert, dem Gelände auf dem der Flughafen einst errichtet wurde. Das einzig Interessante, das sie bis jetzt gesehen hatten. Als sie den Gastronomiebereich erreichten, hieß es „Tut uns leid, heute geschlossene Veranstaltung." Zwangsweise machten sie sich auf den Weg zum Food Court. Dort gab es Schnitzel, Pizza und Leberkäse. Sie entschieden sich für einen veganen asiatischen Nudeltopf, der entgegen ihren Erwartungen vorzüglich schmeckte. Nach dem Essen sahen sie sich um, was diese Seite des Ausstellungsgeländes bot. Da gab es den „Flying Circus", einen menschenleeren Eventplatz, Gärten, die nicht gerade vor Ideenreichtum strotzten, und einen Platz, wo Aussteller versuchten, nutzlosen Nippes zu verkaufen. Total enttäuscht machten sich Pia und Leonie zurück auf den Weg zum Ausgang. Dieses Mal auf der anderen Seite des Geländes, aber wieder entlang der schmucklosen Wiesenflächen. „Das war ein Reinfall, war den Eintritt nicht wert", urteilte Pia, „fade Wiesen und jede Menge Pflaster und Beton."

„Wie recht du hast", schloss sich Leonie an. „Und was machen wir jetzt mit dem angefangenen Nachmittag?", wollte die Chefin der Kripo wissen.

„Schlag was vor", forderte Pia sie auf.

„Was meinst du, wäre ein Brückenschoppen auf der Alten Mainbrücke ein guter Vorschlag?"

„Ein sehr guter sogar", zeigte sich die Wolfratshausenerin sofort begeistert.

„Okay, dann fahren wir kurz zu mir, ich stelle meine Kiste in der Garage ab und wir machen uns zu Fuß auf zur Alten Mainbrücke."

Stillstand
Montag, 14. Mai

„So leid es mir tut, aber ohne staatsanwaltliche Verfügung dürfen wir Ihnen die Privatdossiers unserer leitenden Angestellten nicht überlassen, Frau von Brandenstein. Das haben mir jedenfalls unsere Juristen gesagt. Ich bedaure, ich hätte Ihnen gerne geholfen. Der gesetzliche Datenschutz wird immer komplizierter. Ob das immer gut ist, wage ich zu bezweifeln. Aber wenn Sie zu dem einen oder anderen meiner Manager Fragen haben, wer kann es mir verwehren, Ihnen die eine oder andere mündliche Information zu geben? Muss ja niemand erfahren oder?"

„Ich danke Ihnen, Herr Oberpflegamtsleiter, vielleicht komme ich demnächst auf ihr Angebot zurück", zeigte sich die Hauptkommissarin am Telefon verständnisvoll. Natürlich wusste sie, dass der Chef der Stiftung Juliusspital diese Informationen nicht in schriftlicher Form preisgeben durfte. Andererseits, eine staatsanwaltschaftliche Verfügung konnte sie sich abschminken, solange es keine ausreichend begründeten Verdachtsmomente gab. Aber man konnte es ja mal versuchen.

Die Hauptkommissarin war wieder in den alltäglichen Berufstrott abgetaucht. In ihrem Hinterkopf spürte sie ein leichtes Pochen. Das war wohl ein Schoppen Wein zu viel gewesen, den sie gestern Abend auf der Alten Mainbrücke gekostet hatte. Noch immer riss der Strom der Meldungen über die Hotline aus dem Klinikum Würzburg Mitte und der Stiftung Juliusspital nicht ab. Auch anonyme Briefe erreichten inzwischen die KPI, genauso wie E-Mails, die nicht ohne großen technischen Aufwand nachverfolgbar waren. Manche Menschen wollten ihre Identität einfach nicht preisgeben. Wie hieß das noch im fränkischen Dialekt: „Ich will fei nix gsacht ham" oder „Mer sacht ja nix, mer red ja bloß". Jedenfalls hätte sich Stefanie so oder ähnlich ausgedrückt. Leonie hatte gerade so einen anonymen Brief vor sich liegen. Darin wurde behauptet, dass eine junge Frau im Alter von einundzwanzig Jahren, Mitarbeiterin der Missionsärztlichen Klinik, mit Polonium-210 in Kontakt gekommen war und starb. Sie starb laut Totenschein angeblich an Herzstillstand. So stand es in dem Schreiben. Dann gab es noch den Hinweis, dass Polonium-210 sehr schwer nachweisbar ist. Selbst Zytodiagnostik würde nicht helfen. Na schön. Eine abwegige Geschichte, wie Leonie fand. Was für Geistergeschichten Menschen erfinden konnten, nur um die Polizei auf Trab zu halten. Sie erinnerte sich an ihre Studienzeit an der Hochschule für Wissenschaft und Recht in Berlin. Sie hatten damals über abstruse Mordfälle diskutiert. Daher sagte ihr der Begriff Polonium-210 etwas. Leonie erinnerte sich, dass es ein radioaktives chemisches Element ist, das den Chalkogenen zugeordnet wird. Die Hauptkommissarin erinnerte sich sogar noch an Details: Stark strahlend, besteht aus Heliumkernen und ist normalerweise ungefährlich, wenn es sich nicht gerade im menschlichen Körper befindet. Allein die menschliche Haut genügt schon als natürliche Barriere. Wehe aber, Polonium-210 gelangt in den Körper eines Menschen hinein. Dann entwickelt es seine zerstörerische Kraft. Schon ein Millionstel Gramm kann ausreichen, einen Menschen zu töten. Dann erreicht seine Alphastrahlung über den Blutstrom verschiedene Organe und Gewebe und zerstört die Zellstrukturen. Zuerst sind meistens die Knochenmarks- und Darmzellen betroffen. Irreparable Schäden an den Nieren, der Leber und der Milz sind die Folge. Polonium-210 ist millionenfach tödlicher als Zyankali, hatte sie sich gemerkt. Ein Gegenmittel gibt es nicht. Ein absolut tödliches Gift, falls jemand darüber verfügt. Doch wer außer Geheimdiensten sollte über so etwas verfügen? Und das angebliche Opfer war eine kleine Angestellte in Würzburg? No way! Leonie wusste sogar noch, wie Polonium-210 hergestellt wird: Es wird durch die Aufarbeitung uranhaltiger Pechblende gewonnen, einem Mineral aus der Klasse der Oxide und Hydroxide, und wird in speziellen Reaktoren erbrütet. Wenn sie sich recht erinnerte, enthielten 1.000 Tonnen Uranpechblende etwa 0,03 Gramm Polonium. Bei der Herstellung reichert es sich mit Bismut an. Ein aufwändiger Prozess. Leonie meinte auch zu wissen, dass das Endprodukt – ein silberweiß glänzendes Metall – heutzutage in Kernreaktoren durch Neutronenbeschuss hergestellt wird. Wer bitteschön verfügt schon über einen Atomreaktor? „Eine haarsträubende Geschichte", fällte sie ihr abschließendes Urteil und legte den anonymen Brief auf die Seite. „Mit was man sich alles herumplagen muss und dabei wichtige Zeit verliert", klagte sie. „Nicht einmal der Name des angeblichen Opfers ist genannt." Sie griff sich die nächste Meldung. Irgendwie hatte sie das Gefühl, dass die Ermittlungen nicht vorankamen.

Die Liste, die sie nun in Händen hielt, trug den Titel „Sterbefälle in der Juliusspitalklinik und der Missionsärztlichen Klinik GmbH und im Klinikum Mitte". Der Dokumentationsbogen stammte von Professor Dr. Gernot Walter und enthielt die Namen aller Patienten, die in den letzten beiden Jahren in den beiden Kliniken verstorben waren. In den Dokumenten waren deren Adressen, Sterbedaten, Krankheitsverläufe und Todesursachen festgehalten. Diese Akten mussten geführt werden. Das schrieb der Gesetzgeber vor. Die Hauptkommissarin hatte aber keine Lust, die Liste Namen für Namen durchzugehen. Sollte Stefanie sich darum kümmern.

Sie griff erneut zum Papierstoß vor ihr. Der Name Burkhard Bammes sprang ihr ins Auge. Sie erinnerte sich an den stellvertretenden Leiter der Landwirtschaftlichen Abteilung der Stiftung Juliusspital. Er war ihr in der außerordentlichen Sitzung im Juliusspital positiv aufgefallen, als er den arroganten Dr. Kießling mehrmals anging und in seine Schranken verwies. Echt kooperativ. Leonie war gespannt, was er zu berichten hatte. Er musste ein sehr höflicher Mensch sein, denn am Beginn seines Berichts entschuldigte er sich, dass er und nicht der Leiter der Landwirtschaftlichen Abteilung sich an die Polizei wandte, aber sein direkter Vorgesetzter, ein Dr. Hartmut Wellein, befinde sich immer noch auf Reha in Bad Soden. Dann kam er zu seinem eigentlichen Anliegen. Er nehme die Bedrohung seines Arbeitgebers sehr ernst, stand in der Meldung. Deshalb habe er sich mit dem Großteil seiner Mitarbeiter persönlich unterhalten. Grund sei auch, dass er aus seinem persönlichem Wissen um die Vergangenheit nicht allzu viel beitragen könne, er sei ja erst Ende des vorletzten Jahres Mitarbeiter der Stiftung Juliusspital geworden. Der Fall, von dem er nun berichte, sei polizeilich aktenkundig. Ob es sich dabei um relevante Informationen handele, könne er nicht beurteilen, wolle sich aber korrekt verhalten und den Sachverhalt auf jeden Fall melden. Weiter schrieb er, dass er davon von einem Mitarbeiter namens Georg Himmelberger erfahren habe: „Im Spätsommer gab es einen Unfall mit einem New-Holland-Schlepper, einem Traktor mit einem Gesamtgewicht von annähernd zehn Tonnen. Dieser zog ein Güllefass mit 18.000 Litern hinter sich her. Zwar haben wir die modernsten Maschinen in unserem landwirtschaftlichen Fuhrpark, aber gerade das kann manchmal zur tödlichen Gefahr werden. Besonders, wenn es jungen und unerfahrenen Fahrern Spaß macht, damit schnell zu fahren. So ein moderner Traktor schafft eben mit Leichtigkeit seine 60 Stundenkilometer. Ein Knackpunkt bei der ganzen Sache kann das Getriebe moderner Zugmaschinen sein. Wobei, wie in unserem Fall, dem Joystick eine ganz besondere Bedeutung zukommen kann, wenn hintendran ein schwerer Anhänger drückt. Wenn bei einer Straßenfahrt das hydrostatische Getriebe per Joystick zur Motorbremsung eingesetzt wird, ohne dass dabei die Bremse mit dem Fußpedal betätigt wird, bremst zwar der Schlepper, die Druckluftbremse des Anhängers wird aber nicht angesprochen. In so einem Fall schiebt der vollbeladene Anhänger von hinten auf den motorgebremsten Traktor. Bei hoher Geschwindigkeit kann das Fahrzeuggespann einknicken, so wie bei dem geschilderten Unfall geschehen. Der Traktor stürzte um, der Anhänger riss ab und zerdrückte die Fahrerkabine. Die einundzwanzigjährige Fahrerin wurde eingequetscht. Und nun kommt die Tragik bei der ganzen Sache: Die junge Frau hätte das Fahrzeuggespann gar nicht fahren dürfen. Ihr Freund, der eigentliche Fahrer, hatte es ihr aber erlaubt. Welcher Polizeibeamter in

Prosselsheim zuständig war, beziehungsweise wie die Ermittlungen ausgegangen sind, kann ich nicht sagen, aber der junge Mann, der Fahrer, der gegen die Sicherheitsvorschriften verstoßen hat, wurde fristlos entlassen. Und nun kommt die Aussage von Georg Himmelberger ins Spiel, der hier in Prosselsheim Gott und die Welt kennt. Der hat mir berichtet, dass die verunglückte Fahrerin des Traktors, die in das Juliusspital eingeliefert wurde, sich von ihrem Freund trennen wollte. Sie hatte einen anderen jungen Mann kennengelernt. Seit dem Unfall bezichtigen ihre Eltern – ehemalige Nebenerwerbswinzer in Würzburg – den Ex-Freund ihrer Tochter in aller Öffentlichkeit als Mörder. Das kommt mir etwas seltsam, wenn nicht verdächtig vor", endete der Bericht von Burkhard Bammes.

Bei dem Wort „Nebenerwerbswinzer" heulten in Leonies Gehirn alle Sirenen auf. Nun hatten sie neben Hans Girgel auch noch den Georg Himmelberger, den sie unbedingt befragen mussten.

Ein neues Leben beginnt
Im Juni vor zwei Jahren

Halas al-Askari fühlte sich wie im Paradies. Nur die 72 großäugigen Jungfrauen fehlten noch, die den Seligen versprochen werden. Aber gab es im Jenseits überhaupt Sex? Und was ist mit den gläubigen muslimischen Frauen? Womit werden die im Jenseits belohnt? Diese Frage hatte er sich noch nie gestellt.

Seit er im Mai seinen positiven Asylbescheid bekommen hatte, hatte sich einiges in seinem Leben verändert. Die Flucht lag nun über ein halbes Jahr zurück und er würde bald, zum 1. Juli, seinen neuen Job antreten. Dr. Ibrahim al-Hussein, der Radiologe am Juliusspital-Krankenhaus, hatte seine Einstellung befürwortet. Auch die Bundesagentur für Arbeit hatte auf Grund der von ihm vorgelegten detaillierten Papiere bestätigt, dass seine Ausbildung im Irak dem deutschen Ausbildungsprofil zum Arzthelfer sehr ähnlich sei. Und: Halas al-Askari machte große Fortschritte beim

Lernen der deutschen Sprache. Okay, natürlich brachte er manchmal die Artikel der, die und das durcheinander und die Rechtschreibung war schwierig, aber was seine Aussprache und seinen Wortschatz anbelangte, war er anderen Ausländern, die schon viel länger als er in Deutschland lebten, deutlich voraus. Seine Deutschlehrerin, Frau Bader, eine pensionierte Realschullehrerin, die sich in der Flüchtlingshilfe engagierte, lobte ihn oft für seinen Lerneifer und beglückwünschte ihn zu seiner Sprachbegabung. Das machte ihn stolz.

Der nächste Schritt sollte eine eigene, kleine und natürlich günstige Wohnung sein. Der Fachbereich Soziales der Stadt Würzburg betrachtete Halas al-Askari als gelungenes Beispiel für Integration und versprach Unterstützung bei der Wohnungssuche. Sollten doch entsprechend der Philosophie der Stadt anerkannte Asylbewerber schnell eine neue Lebensperspektive in der Mainmetropole finden. Hier war man der Überzeugung, dass Bürger mit Migrationshintergrund eine Bereicherung bedeuten. Natürlich hatte Halas gehofft, in Würzburg wohnen zu können. Am liebsten in der Innenstadt. Doch nachdem er sich mit den Mietpreisen vertraut gemacht hatte, gab er seinen Wunschtraum sehr schnell wieder auf. So kam es, dass die städtische Stelle ihm ein Wohnungsangebot in der Gemeinde Hettstadt unterbreitete. Der kleine Ort mit rund 4.000 Einwohnern lag etwa vier Kilometer entfernt auf einem Hochplateau westlich der Stadtgrenze Würzburgs. Es gab gute Einkaufsmöglichkeiten und Busverbindungen, die Fahrtzeit betrug nur circa fünfzehn Minuten. Für 240 Euro Kaltmiete wartete ab Dezember ein WG-Zimmer mit neunzehn Quadratmetern auf ihn. Küche sowie Bad mit Toilette musste er sich mit zwei weiteren Mietern, ebenfalls Migranten, teilen. Nach einer ersten Besichtigung sagte Halas al-Askari zu. Bis zum Einzugstermin wollte sich das Sozialamt noch um Sachspenden in Form von Möbeln bemühen. Der junge Iraker war glücklich, es fehlte eigentlich nur noch der Sportwagen. Aber zumindest gab es in Deutschland Tomaten in Hülle und Fülle. Halas liebte Tomaten. In jedem Supermarkt leuchtete ihm ihr wunderschönes Rot entgegen. Kraftvoll und gesund. Er wusste, dass die Tomate eigentlich aus Mexiko stammte und dass ihr Farbstoff, das Lycopin, bestimmte Schadstoffe, sogenannte freie Radikale, im menschlichen Körper unschädlich machen konnte. Wie sehr hatte er Tomaten in den letzten Jahren vermisst! Seit Saddam Hussein, dieser Sohn eines Esels, in den 1990ern Kuwait besetzt und die Alliierten ihn wieder vertrieben hatten, war der Irak mit schweren Sanktionen belegt. Die Vereinten Nationen verboten den Export von Erdöl, die Haupteinnahmequelle seiner ehemaligen Heimat. Auch mit dem Export landwirtschaftlicher Produkte sah es schlecht aus. Getreide und Datteln brauchte nicht jeder. Anhaltende Trockenheit führte zu den schlechtesten Ernten seit Menschengedenken. Die beiden Hauptflüsse des Landes, Euphrat und Tigris, trockneten nahezu aus. Sie zeigten den niedrigsten Wasserpegel seit dem Jahr 1930. Auf dreiviertel der Anbaufläche war nicht einmal die Saat aufgegangen. Die Bewässerungssysteme waren marode, die Kunstdüngerfabriken des Landes waren Angriffsziele der Alliierten gewesen und zerstört. Aber auch, wenn die Wetterbedingungen günstiger und die Flüsse genügend Wasser geführt hätten, hätte die Ernte gar nicht komplett eingebracht werden können. Von den einst rund 40.000 Traktoren und sonstigen Landmaschinen funktionierten nur noch wenige. Die Bevölkerung war unterernährt und die Kindersterblichkeit war dramatisch gestiegen. Tomaten gab es kaum zu kaufen, und wenn, dann zu horrenden Preisen. Ganz anders in Deutschland. Deutschland war ein Tomaten-Land, fand er.

Lange hatte Halas nicht mehr an seinen Bekannten Azad Haaleh gedacht, geschweige denn an den Gefallen, den er ihm noch schuldete. Aber der hatte ihn nicht vergessen und auch nicht dessen Verbindungsleute in Deutschland. Sie verfolgten jeden von Halas' Schritten akribisch genau. Es wurde Zeit, die Schulden einzutreiben. Zumindest teilweise. Ein kleiner Test.

Ende Juni fand Halas in seinem Briefkasten einen unfrankierten Brief. Weder Adresse, noch Absender waren darauf vermerkt. Er riss ihn auf und fand darin zu seiner Überraschung eine Einladung zum Al-Quds-Marsch am 2. Juli in Berlin. Eigentlich war es keine wirkliche Einladung, eher eine unmissverständliche Aufforderung, an der Demonstration gegen den israelischen Todfeind teilzunehmen. Halas passte das gar nicht. Was sollte er dort? Und es war ein ungünstiger Termin. Am 1. Juli war sein erster Arbeitstag, ausgerechnet am letzten Freitag im Fastenmonat Ramadan. Aber halt, auf der Rückseite des Briefs stand noch eine persönliche Botschaft von Azad Haaleh: „Deine Schwester lebt. Der IS hat sie in seine Hochburg Tal Afar gebracht und hält sie dort fest. Eine Befreiung ist möglich, wenn du deinen guten Willen und Glaubensstärke beweist, indem du nach Berlin kommst. Wenn ich kann, werde ich dich dort treffen. Allahu akbar!"

Wenn er an der Berliner Demonstration pünktlich teilnehmen wollte – eigentlich blieb ihm gar nichts anderes übrig – musste er mit der Deutschen Bahn noch am gleichen Abend nach Berlin reisen.

*

Am Morgen der Al-Quds-Veranstaltung, einem Samstag, stand Halas al-Askari schon zu früher Morgenstunde auf dem Berliner Adenauerplatz, wo die Auftaktkundgebung stattfinden sollte. Rund 1.000 Demonstranten hatten sich bereits versammelt und demonstrierten gegen die Existenz Israels. Sie wurden von einem massiven Aufgebot der Berliner Polizei beobachtet. Mitarbeiter des Verfassungsschutzes machten fleißig Videoaufnahmen. Das Zeigen von Zeichen und Symbolen der Hisbollah war vom Berliner Innensenator untersagt worden. Die deutschen Behörden vermuteten in der schiitischen Hisbollah, der Partei Gottes, terroristische Umtriebe. Sprecher der Auftaktkundgebung war Navid Ahmadi, Vorsitzender des Vereins zur Förderung des Schiitentums in Deutschland e.V. Jeder beim Verfassungsschutz wusste, dass sich hinter dieser Organisation eine Filiale der fundamentalistischen Lehrinstitution „Hozeh Elmieh" in der iranischen heiligen Stadt Qhom verbarg. Ahmadi stand in enger Verbindung zu

Ajatollah Mohammed Hosseini, dem Leiter des Iranischen Zentrums in Hamburg. Auf Seiten der deutschen Behörden war man sich ziemlich sicher, dass das IZH der eigentliche Initiator und Organisator der alljährlichen Al-Quds-Märsche war. Und nicht nur das, der Hamburger Verfassungsschutz beobachtete das Zentrum und war überzeugt, es sei ein „Instrument der iranischen Staatsführung". Hier ging es nicht darum, muslimische Solidarität zu zeigen und auszudrücken, dass den Palästinensern ein legitimes Recht auf das von Israel besetzte Land zustand. Es ging um Hass und Mord.

Halas al-Askari, der zum ersten Mal in Berlin war, sagten die Namen der lokalen Anführer nichts. Eigentlich suchte er nach Azad, der vielleicht Neuigkeiten über seine Schwester hätte. Von dem Verbot des Berliner Innensenators hatte er keine Ahnung. Und so dachte er sich nichts weiter dabei, als ihm Azad Haaleh, der gleich auf ihn zugekommen war, ein gelbes T-Shirt mit der Aufschrift „I ♥ Hisbollah" in die Hand drückte: „Zieh das an, dann finde ich dich in der Menge wieder, bis später, wir sehen uns!" Auf dem Shirt war eine stilisierte grüne Faust mit einer Kalaschnikow zu sehen. Darüber stand ein Zitat aus der Sure 5:56 des Koran: „Die Partei Gottes sind die Obsiegenden". Inmitten der Demonstrierenden leuchtete Halas in seinem gelben T-Shirt wie eine Glühbirne mit tausend Watt bei absoluter Dunkelheit. Es war das einzige gelbe T-Shirt dieser Art, das unter den Demonstranten zu sehen war.

Der Einsatzleiter der Berliner Ordnungskräfte war über Funk mit seinem Chef in der Zentrale verbunden. Mehrere Kameras übertrugen Live-Bilder vom Adenauerplatz auf einen riesigen Bildschirm. „Ein Hisbollah-T-Shirt", meldete er. „Was sollen wir machen?"

„Wie ist die Situation vor Ort?", wurde er gefragt.

„Alles friedlich, die Auftaktkundgebung hat gerade begonnen", erhielt er zur Antwort. „Eine kleine Gruppe von Gegendemonstranten hat sich am Rand gebildet, aber auch die verhalten sich momentan ruhig."

„Okay, Ruhe bewahren, kein Zugriff, keine Gewalt", erhielt er als Anweisung aus der Zentrale. „Alles beobachten und weitermelden."

Ein Mann mit Bart und Turban trat an Halas al-Askari heran. Mit seiner rechten Hand trug er ein Plakat, auf dem zur Vernichtung Israels aufgerufen wurde. „Ganz schön mutig, Bruder", raunte der Mann ihm anerkennend zu, „du bist ein wahrer Gläubiger! Allahu akbar! Nieder mit den feigen Zionisten."

„Der Mann im gelben Hisbollah-T-Shirt spricht nun mit Navid Ahmadi", meldete der Einsatzleiter.

„Trotzdem nicht einschreiten, weiter beobachten", kroch die Antwort aus dem Kopfhörer in sein linkes Ohr.

Halas al-Askari fand die Veranstaltung ziemlich merkwürdig. Alle drückten sich so gewunden aus. Wenn die Redner so radikale Gegner Israels waren, warum sagten sie das nicht deutlicher? Das kannte er anders aus dem Irak. Er hatte verstanden, dass diese Veranstaltung gegen die Zionisten gerichtet war. Auch Ahmadi, der Mann, der ihn angesprochen hatte, drückte sich in seiner Rede sehr umständlich aus. Halas konnte in dessen Worten keine eindeutig anti-jüdischen Parolen erkennen. Versteckt formuliert, ja, aber nicht direkt ausgesprochen. Aber vielleicht lag das ja auch an seinen noch immer nicht perfekten Deutschkenntnissen. Dann, als der letzte Redner seinen Vortrag beendet hatte, setzte sich der Zug der Demonstranten langsam in Bewegung, vorneweg Ajatollah Mohammed Hosseini und Navid Ahmadi. Der Weg sollte zum Kurfürstendamm und dem Breitscheidplatz führen, bevor die Abschlusskundgebung am Wittenbergplatz stattfand. So viel hatte der junge Iraker aus Würzburg erfahren können. Immer wieder sprachen ihn Mitdemonstranten auf seinen Mut an. Allmählich begriff er, dass es um das gelbe T-Shirt ging, das er trug. „Die deutschen Behörden haben das Tragen von Symbolen der Hisbollah verboten, Bruder. Hast du das nicht mitbekommen? Pass auf, dass du am Ende nicht festgenommen wirst", rieten sie ihm. Als der Protestzug den Kurfürstendamm erreichte, nahm die Anzahl der Gegendemonstranten deutlich zu. Auch sie trugen Plakate und

Transparente mit Forderungen nach einem Verbot des antisemitischen Al-Quds-Marsch und der Terrororganisation Hisbollah. Andere äußerten ihren Protest gegen das terroristische Regime im Iran mit lauten Worten und forderten ein Ende der deutschen Beschwichtigungspolitik. „Solidarität mit Israel", riefen sie.

„Die beiden Gruppen getrennt halten", vernahm der Einsatzleiter der Polizeikräfte durch seinen Kopfhörer. „Den Mann im gelben T-Shirt nach Beendigung der Veranstaltung möglichst geräuschlos einkassieren", wurde er weiter angewiesen. Das gelbe T-Shirt? Der Einsatzleiter hob sein Fernglas an die Augen. Wo war das gelbe T-Shirt abgeblieben? Er konnte es nicht mehr ausmachen.

Als sich der Protestzug der Kaiser-Wilhelm-Gedächtniskirche näherte und es zu einem kurzen Stillstand kam, zog einer der Demonstranten sein gelbes T-Shirt aus und steckte es blitzschnell und unbeobachtet in einen städtischen Abfallbehälter, der am Straßenrand stand. Nur noch das Auge der Fernsehkamera in dem Hubschrauber über ihm war auf ihn gerichtet. Unter dem gelben T-Shirt kam ein weißes zum Vorschein. Auch dieses trug eine Aufschrift: „I ♥ Germany" stand darauf zu lesen. Dann verließ der T-Shirt-Träger unauffällig den Zug der Demonstranten und war eine Minute später in der nahen Rankestraße untergetaucht. Als Halas ein wartendes Taxi erblickte, zögerte er nicht eine Sekunde, stieg ein und wies den Fahrer an, ihn zum Zentralen Omnibusbahnhof in der Nähe des Funkturms zu fahren. Azad traf er an diesem Tag nicht wieder.

Einige Entfernung weiter hielt der Einsatzleiter der Polizeikräfte noch immer Ausschau nach dem Mann im gelben Hisbollah-T-Shirt.

Feierabendgedanken
Montag, 14. Mai, Abend

Leonie machte es sich in ihrem Wohnzimmer gemütlich. Sie hatte gerade eine Flasche „Iphöfer Julius-Echter-Berg" geöffnet und warf einen Blick auf die Festung Marienberg, bevor sie ihr Fernsehgerät einschaltete. Um die Flasche Wein machte sie sich keine Sorgen. Sie lag bereits seit über zwölf Monaten in ihrem Keller. Zwei Jahre lebte sie nun in der Mainmetropole. Die Stadt gefiel ihr. Ihr Job machte ihr Spaß. Nur mit dem fränkischen Umfeld war sie bisher noch nicht so richtig warm geworden. „Wenn du den Mund aufmachst, merken die Leute sofort, dass du nicht aus der Gegend kommst", hatte ihre engste Mitarbeiterin, Kommissarin Volland ihr erklärt. „Da sind die Franken immer etwas vorsichtig, zumal wenn sie mitbekommen, dass du eine von Brandenstein bist."

Es lag also auch ein bisschen an ihr, überlegte die Leiterin der KPI Würzburg, dann ließ sie sich, in ihren seidenen Kimono gehüllt, auf ihre bequeme Couchgarnitur plumpsen. Susanne Daubner begrüßte sie zur Tagesschau. Es folgte ein ausführlicher Bericht über das bevorstehende Viertelfinalspiel der deutschen Fußballnationalmannschaft gegen Italien, bevor die Tagesschausprecherin berichtete, dass die österreichische Bundespräsidentenwahl für ungültig erklärt worden war. Die Nachricht des US-Verteidigungsministeriums, dass in der irakischen Stadt Mossul zwei führende IS-Mitglieder durch einen Drohnenangriff getötet wurden, leitete über zur Berichterstattung einer Demo, die heute in Berlin stattgefunden hatte. Aufnahmen aus einem Hubschrauber zeigte wütende Männer, die mit Transparenten voller islamistischer Parolen durch die Straßen Berlins zogen. Es folgte ein Interview mit einer iranischen Journalistin, die im Ersten Golfkrieg nach Europa geflohen war. Inzwischen war sie vom muslimischen zum christlichen Glauben konvertiert: „Zu glauben, dass der Islam eine Bereicherung für Deutschland ist", meinte sie, „ist naiv und dumm. Muslime lassen sich nicht integrieren. Sie glauben an die Wiederkehr des Propheten und leben für den Koran, in dem steht, dass das Haus des Islam auf die ganze Erde ausgeweitet werden muss – ein absoluter Herrschaftsanspruch. Die iranischen Revolutionsgarden zum Beispiel sind an der Ermordung von Dissidenten im Ausland beteiligt. Sie sind staatliche Sponsoren von Terrorismus, unterstützen die libanesische Hisbollah, bilden schiitische

Extremisten zum Bau von Bomben aus und schützen Al-Kaida Mitglieder. In den Moscheen wird gepredigt, dass die Welt nur Allah und nur seinen Gläubigen gehört. Ich wiederhole nochmals: Der Islam kommt nicht nach Europa, um zu bereichern, sondern um zu erobern. Wenn ich mir die vielen Talkshows ansehe, in denen sogenannte Nahostexperten ihre Meinung abgeben, dann bin ich immer wieder aufs Neue darüber verwundert, wie viel Dummheit und Naivität bei vielen Politikern vorherrscht."

Der Hauptkommissarin blieben die Worte der iranischen Journalisten im Gedächtnis. Zu pauschal, fand sie. Sie war da anderer Meinung. Islamismus, Terrorismus, ja, aber wie konnte man die vielen armen Menschen, die von Krieg und Terror bedroht waren, einfach ihrem Schicksal überlassen? Das konnte man doch nicht einfach ignorieren? Gut, dass Würzburg mit den Migranten kein Problem hatte.

Tod und Tomaten
Dienstag, 15. Mai

Stefanie und Leonie waren in ihrem Dienstwagen nach Prosselsheim unterwegs. Die Hauptkommissarin hatte mit Burkhard Bammes einen Termin vereinbart. Inhaltlich ging es um den tödlichen Traktorunfall der jungen Karin Mühlbauer im Spätsommer vor zwei Jahren und um das „Spezialwissen" des Georg Himmelberger, eines Mitarbeiters im Bereich Landwirtschaft der Stiftung Juliusspital.

Leonie hatte sich die polizeilichen Akten kommen lassen. Der Beschuldigte, damals Karin Mühlbauers Freund, wurde unmittelbar nach dem tödlichen Unfall seiner Freundin in U-Haft genommen. Ihm wurde fahrlässige Tötung vorgeworfen. Fünfeinhalb Monate verbrachte er in der JVA Würzburg am Friedrich-Bergius-Ring zwischen der Altstadt und dem Würzburger Stadtteil Rottendorf. Dann kam es zum Prozess. Sein Verteidiger argumentierte geschickt mit dem Begriff der Fahrlässigkeit. Lag einfache oder grobe Fahrlässigkeit vor? Er fetzte sich mit der Staatsanwaltschaft um die strafrechtliche Bedeutung von fahrlässigem Handeln, bewusster Fahrlässigkeit, unbewusster Fahrlässigkeit, Eventualvorsatz oder Leichtfertigkeit. Schließlich überzeugte er den Richter, dass sein Mandant trotz fahrlässigen Handelns nicht bewusst gegen die Rechtsordnung verstoßen wollte. Von einer Tötungsabsicht konnte also nicht ausgegangen werden. Der Angeklagte kam glimpflich davon. Er wurde zu einer Haftstrafe von zwei Jahren verurteilt, die zur Bewährung ausgesetzt wurde. Der Inhaftierte wurde aus der Untersuchungshaft entlassen. Betreffend eine bevorstehende Trennung des jungen Paares konnte Leonie aus den Gerichtsakten nichts entnehmen. Sie war gespannt, was Georg Himmelberger zu berichten hatte. Vor allem interessierte sie, wie er zu den Informationen über Karin Mühlbauers Eltern kam. Die wohnten in Würzburg-Heidingsfeld. Himmelberger war ein gebürtiger Prosselsheimer. Sie und Stefanie würden es bald erfahren, sie hatten nur noch fünf Kilometer.

*

„Sie haben das Ziel erreicht. Das Ziel liegt rechts von Ihnen". Stefanie schaltete den Motor ab.

Burkhard Bammes stand am Eingang des Hauptgebäudes vom „Gutshof Seligenstadt", neben ihm ein Hüne von einem Mann, Mitte dreißig mit Händen so groß wie Baggerschaufeln. Dazu eine Vollglatze, buschige Augenbrauen, selbst seine Schuhgröße war beeindruckend. „Georg Himmelberger, einer meiner Mitarbeiter", stellte ihn der stellvertretende Leiter der Landwirtschaftsabteilung vor.

„Grüß Gott", strahlte der Riese und streckte Leonie zur Begrüßung seine rechte Baggerschaufel entgegen. Ihre Hand verschwand vollkommen in seiner Pranke. „Sie sin von dä Bolizei? Da leckst mi' am Arsch", strahlte der Hüne weiter.

„Wie bitte?" Die Hauptkommissarin tat sich schwer, den Mann zu verstehen.

Stefanie Volland, die die Szene verfolgt hatte, schmunzelte in sich hinein.

„Der Schorsch möchte Sie ganz herzlich begrüßen", übersetzte Bammes in ein normales Deutsch. „Gell, Schorsch?"

„Freili. Des is schön, wenn zwä solchene Waggerli zu uns komm, weil bei uns is ja die Katz vareggt", bestätigte der Schorsch.

„Der Herr Himmelberger freut sich ganz außerordentlich auf das Treffen mit zwei so attraktiven Polizistinnen", erklärte Herr Bammes.

„Zwä richtiche Schneggerli", setzte der Schorsch ungefragt hinzu.

„Ja, Schorsch, jetzt ist es aber gut", wies ihn sein Chef an, dem die Situation allmählich peinlich wurde.

„Danke für die herzliche Begrüßung, Herr Himmelberger", bedankte sich Leonie. „Können wir jetzt vielleicht ins Haus gehen und mit der Befragung anfangen? Wie wäre es, wenn wir beide, Frau Volland und ich, die Fragen stellen und Sie, Herr Bammes, vermitteln uns anschließend, was der Herr Himmelberger gesagt hat?"

„Aber gerne, Frau Hauptkommissarin", willigte Bammes ein. „Schorsch, wie sieht es bei dir aus, können die beiden Damen mit ihren Fragen loslegen?"

„Mei lieber Schieber", äußerte der Schorsch, „des sin vielleicht Ragedn. Die zwä Goldschdüggli solln ruich mid ihre Frachn anfang."

„Der Schorsch ist bereit", verkürzte Bammes die Übersetzung.

*

Die weitere Befragung des kräftig gebauten landwirtschaftlichen Mitarbeiters brachte nichts Neues, nichts Zielführendes für den Fall. Den beiden Beamtinnen war sehr früh klar geworden, dass der Schorsch nur die Gefühle der Eltern des Unglücksopfers weitergab. „Woher kennen Sie denn Johannes und Theresa Mühlhäuser, die Eltern der Verunglückten, Schorsch? Ich darf doch Schorsch sagen?", hinterfragte die Hauptkommissarin.

„Dä Jupp un die Ridda sin gute Freund vo meine Schwiechermuggn", klärte der Schorsch sie auf.

Leonie von Brandenstein verstand in dieser Antwort nur den Wortfetzen „Muggn", das sagte ihr etwas.

„Ach, Herrn Dr. Fliege kennen sie auch?", vergewisserte sie sich, stolz, das erste Mal nicht auf einen Dolmetscher zurückgreifen zu müssen.

„Flieche?", stutzte nun der Schorsch, „nee, unsere Domadn bestäub sich entweder selber oder durch die Hummeln."

Stefanie Volland konnte kaum mehr an sich halten. Sie hielt den Atem an, um nicht laut losprusten zu müssen.

*

Schorsch Himmelberger und sein Chef ließen die beiden Beamtinnen nicht gleich ziehen, als das Gespräch zu Ende war. Die beiden mussten sich noch die Tomatenanzucht des Guts ansehen. „Das ist das nächste, was wir angehen", erklärte Bammes und führte die beiden Frauen in ein riesiges Treibhaus. „Eigentlich könnte man Tomaten direkt in Arzneiflaschen abfüllen", erklärte er begeistert. „Für was die alles gut sind", schwärmte er weiter. „Der Schorsch ist unser Tomatenzuchtexperte. Wenn Sie wollen, erklärt er Ihnen die Details."

„Ich fürchte, so viel Zeit werden wir nicht haben", verkündete die Hauptkommissarin. „Können wir uns nicht auf das Wesentliche beschränken?"

„Ich könnt Ihne auch unsere Hummeln zeichn, wie die die Domadeblüdn bimbern", schlug der Schorsch hoffnungsvoll vor, „ich mein natürlich bestäuben." Er hatte an der hübschen Hauptkommissarin regelrecht einen Narren gefressen und wollte nicht, dass sie den Gutshof schon wieder verließ. So eine elegante Frau.

„Lassen Sie mich Ihnen wenigstens eine kurze Zusammenfassung geben, worauf es uns bei der Züchtung von Tomaten besonders ankommt", schlug Herr Bammes vor. „Nur zehn Minuten."

„Na, dann fangen Sie mal an." Leonie wollte nicht unhöflich erscheinen. Sie hatte gelernt, dass man viel Geduld aufbringen musste, um bei Franken auf Anerkennung zu stoßen.

„Tomaten verhindern Herzinfarkte", erklärte Bammes. „Sie hemmen Entzündungen in den Blutgefäßen. Auch die Zellen schützen sie und verringern so das Risiko für bestimmte Krebserkrankungen."

„Haben die nicht auch viele Vitamine?", interessierte sich Stefanie.

„Da haben Sie den nächsten Punkt auf den Nagel getroffen", erklärte der stellvertretende Leiter der Landwirtschaftsabteilung. „Mit 13 Vitaminen und 17 Mineralstoffen ist die Tomate die beste Helferin unseres Immunsystems. Erkältung und Grippe haben kaum eine Chance. Aber auch unseren Nerven wird durch die Tomate geholfen. Ihre Aminosäure Tryptophan und ihr Kalium wirken dämpfend auf unser Nervensystem. Auch gegen Sonnenbrand ist die Tomate gut. Genauso, wie für einen stabilen Blutzuckerspiegel." Bammes war in einen regelrechten Rederausch verfallen. Man merkte ihm an, dass er von seiner Tätigkeit überzeugt war. „Damit noch immer nicht genug", fuhr er fort. „Ab dreißig verringert sich die Leistungsfähigkeit unserer Lunge. Das ist erwiesen. Durch den häufigen Verzehr von Tomaten wird dieser Prozess verlangsamt. Und zuletzt noch ein paar Worte zu unseren Augen. Wer weiß denn schon, dass Tomaten einen Pflanzenstoff enthalten, der die Zellen der Netzhaut schützt und somit Augenerkrankungen verhindert?"

Nur Stefanie konnte den euphorischen Ausführungen noch folgen, Leonie verging beinahe vor Ungeduld.

Es geht weiter
Dienstag, 15. Mai

„Wir fahren gleich nach Heidingsfeld weiter", meinte Leonie, „ich möchte die Eltern von Karin Mühlbauer persönlich kennenlernen." Noch immer spürte sie den Schock ihrer Begegnung mit Georg Himmelberger. In Sachen Kommunikation ein einziges Fiasko.

Stefanie nahm die Staatsstraße 2260 und bog dann auf die Bundesstraße 19 ab. Die rund zwanzig Kilometer lange Strecke bis in den südlichen Stadtteil von Würzburg war nur schwach befahren. Bald begrüßte sie die historische Stadtmauer des ehemaligen Königsguts und auf dem Würzburger Kirchberg, dem Hausberg Heidingsfelds, erstreckten sich in Grün rund 50 Hektar Weinanbaufläche. Hier und da werkelten Winzer in ihren Weinbergen. Das Navi führte die Kommissarinnen problemlos in die Stengergasse. Stefanie parkte den VW Passat am Straßenrand hinter einem dicken SUV. „Vielleicht sind die Mühlbauers gar nicht daheim", meinte sie, „wir kommen ja schon etwas überraschend."

„Das werden wir sehen", entgegnete ihre Chefin und drückte den Klingelknopf. Nach wenigen Sekunden summte der Türöffner und eine Frau Ende vierzig in dunkler Kleiderschürze mit Blümchenmuster öffnete die Haustüre. Tiefe Sorgenfalten zogen sich über ihr Gesicht und endeten in tief nach unten gezogenen Mundwinkeln. Ihr kurz gehaltener Lockenkopf war von silbrigem Grau durchzogen. Verständnislos blickte sie die beiden Besucherinnen an. „Ja bitte?", forderte sie die beiden auf, ihr den Grund des unangekündigten Besuchs zu erklären.

„Hauptkommissarin von Brandenstein. Das ist meine Kollegin, Kommissarin Volland. Guten Tag, Frau Mühlbauer", ergriff Leonie das Wort und zückte ihren Ausweis. „Wir sind beide von der Kriminalpolizei Würzburg und kommen wegen des Todes Ihrer Tochter Karin vor knapp zwei Jahren. Dürfen wir kurz reinkommen? Wir hätten da ein paar Fragen." Als die Hausherrin das Wort „Kriminalpolizei" vernahm, trat sie ehrfurchtsvoll zur Seite und ließ die beiden passieren.

„Geradeaus geht's in Wohnzimmer. Nehmen Sie doch Platz".

Die Hauptkommissarin sah sich in dem Raum um, nachdem sie und ihre Kollegin auf dem Sofa Platz genommen hatten. Überall standen und hingen Fotos der verunglückten Tochter, die Ecken der Holzrahmen mit schwarzem Trauerflor umwunden. Ansonsten reichlich Nippes und Kitsch: eine Schneekugel mit Schloss Neuschwanstein, ein weinender Pierrot an der Wand und gerahmte

Postkarten von Sonnenblumen oder Sonnenuntergängen mit fernöstlich angehauchten Sinnsprüchen. Über dem Sofa hing ein altes Ölgemälde in einem dicken, verschnörkelten Goldrahmen. Ein Hirsch mit einem gewaltigen Geweih röhrte auf einer Berglichtung, dahinter ein finsterer Wald, an dem ein Gebirgsbach vorbeirauschte. Der Himmel war in eine golden glänzende Abendstimmung getaucht. An einem Holzkreuz hing der Gekreuzigte, auf dem Haupt die Dornenkrone. Rote Blutstropfen rannen ihm über sein Gesicht. „Schön haben Sie es hier, Frau Mühlbauer", begann Leonie von Brandenstein das Gespräch. „Wir möchten Sie nicht lange belästigen. Vielleicht können wir gleich zum Grund unseres überraschenden Besuches kommen?"

Die Frau saß still in ihrem Sessel. Ihr Blick war in die Ferne entrückt. „Hhm", knurrte sie. Das war alles.

„Frau Mühlbauer", begann die Hauptkommissarin vorsichtig, „stimmt es denn, dass Sie den früheren Freund ihrer Tochter noch immer als Mörder bezeichnen? Und wenn ja, warum?"

Augenblicklich erwachte Frau Mühlbauer aus ihrer Starre. Ein Zittern durchlief ihren zerbrechlichen Körper. Dann entlud sie sich, wie der Krater eines brodelnden Vulkans: „Der Hundskrüppel", schrie sie den röhrenden Hirsch über den beiden Polizistinnen an, „der hundsvermaledeite Saukerl hat unsere Tochter umgebracht. Sie war doch noch so jung. So unschuldig. Hat ihr ganzes Leben noch vor sich gehabt." Die Hausherrin spie weiterhin ihre Wut dem Hirsch entgegen. „Freilich hat er sie umgebracht. Das ist gewiss. ‚Du wirst schon sehen, was passiert, wenn du mich verlässt', hat er zu ihr gesagt und hat dabei wie ein Mörder geschaut. Die Karin hat uns das alles erzählt, mir und meinem Mann. ‚Mama', hat sie gesagt, ‚wenn mir in der nächsten Zeit etwas passieren sollte, dann hat er mich umgebracht'. Und so einen lässt der Richter laufen! Zwei Jahre auf Bewährung. Das ist ja gar nichts. Das Unrecht schreit zum Himmel. Nicht einmal einen Führerschein hat sie gehabt, unser Mädchen. Da lässt der hinterhältige Mörder sie auf seinen Bulldozer steigen? Das hat man doch voraussehen können, dass das schiefgeht. Und jetzt läuft der Verbrecher frei herum, bis er die nächste junge Frau umbringt." Sturzbäche von Tränen kullerten der Frau aus den rot verweinten Augen. Sie zitterte am ganzen Leib. Leonie und Stefanie hielten sich zurück, bis sich Frau Mühlbauer wieder etwas beruhigt hatte.

„Sagen Sie", wagte es Stefanie nach einer Weile wieder zaghaft, „betreiben Sie und Ihr Mann eigentlich noch Ihr Weingut?"

„Nein, das haben wir nach dem Tod von unserer Tochter aufgegeben. Es waren ja nur fünf Hektar am Würzburger Kirchberg. Das hat uns keine Freude mehr gemacht, nachdem die Karin nicht mehr da war. Darum haben wir den Weinberg ans Bürgerspital verpachtet."

„Und was haben Sie mit den ganzen Maschinen und Einrichtungen, zum Beispiel der Abfüllanlage und der Verschließmaschine, gemacht?"

„So etwas haben wir gar nicht gehabt. Für fünf Hektar hätte sich die Anschaffung gar nicht gelohnt. Früher haben wir unseren Wein bei der Genossenschaft abfüllen lassen. Das war viel billiger."

Leonie und Stefanie hatten mit der armen, verbitterten Frau ein Einsehen und verabschiedeten sich rasch. „Das war ein Schlag ins Wasser", kommentierte die Hauptkommissarin auf der Rückfahrt ins Kommissariat. „Schade um die verplemperte Zeit."

„Was steht als Nächstes an?", wollte Stefanie wissen.

„Wir haben da noch einen Hans Girgel zu befragen, er arbeitet in den Forstbetrieben der Stiftung. Da geht es um einen tödlichen Jagdunfall."

„Wieder ein Eingeborener mit seltsamer Sprache?" amüsierte sich Stefanie.

„Gott bewahre", stöhnte Leonie auf, „hoffentlich nicht. Mal bloß den Teufel nicht an die Wand."

Mutter-Tochter-Treffen im Advent
Im Dezember vor zwei Jahren

Nach ihrem ersten Telefonat hatte sich Kathrin schon wiederholt mit ihrer Mutter in der Stadt getroffen. Heute hatten sie sich auf dem Würzburger Weihnachtsmarkt verabredet. Knapp 150 Buden und Stände zogen sich von der Fußgängerzone in der Eichhornstraße über den Oberen Markt bis zum Unteren Markt hinunter. Touristen fragten sich immer, warum es in der engen Altstadt ein so großes freies Areal gab. Den historischen Hintergrund kannten selbst viele der Einheimischen nicht. Dort befand sich Mitte des 14. Jahrhunderts das Judenviertel von Würzburg. 1348 vernichtete ein mörderischer Frost fast die gesamte Weinernte. Ein Jahr später wütete in Würzburg wie in ganz Europa die Pest. Man suchte nach Gründen und brauchte einen Schuldigen. Bald verbreitete sich das Gerücht, dass die Juden die Brunnen der Stadt vergiftet und so die Pest heraufbeschworen hätten. Die Folgen dieser unsinnigen Behauptung zeigten Wirkung und führten zu einem Pogrom. Jüdische Mitbürger wurden angegriffen, ihre Häuser angezündet und ihre religiösen Einrichtungen zerstört. Wie viele Menschen dabei umkamen, ist bis heute nicht genau bekannt. Ihre Häuser, die auf dem heutigen Marktplatz standen, brannten nieder. Das jüdische Viertel wurde vollkommen zerstört.

Kathrin und ihre Mutter trafen sich an einem Glühweinstand, der einer riesigen, hölzernen Weihnachtpyramide aus dem Erzgebirge glich. Unten wurden heiße, alkoholische Getränke verkauft, oben drehte sich gemächlich ein überdimensionaler Holzpropeller. Die beiden hatten sich viel zu erzählen und trotzdem ließ Kathrin ihre Mutter nicht wirklich an ihrem neuen Leben teilhaben. Oberflächlich ja, in Belanglosigkeiten ja, aber eben nicht in jedem Detail. Als sie ihren Glühwein ausgetrunken hatten, setzten sie sich, ineinander gehakt, in Bewegung. Langsam schlenderten sie umher, vorbei am Haus zum Falken, dem ehemaligen Gasthaus mit seiner wunderschönen dreigiebeligen Rokoko-Fassade. Von Zeit zu Zeit blieben sie stehen und betrachteten vor der historischen Kulisse der Marienkapelle die Auslagen der Händler, die in ihren Verkaufsständen allerhand Kunstgewerbe und Geschenkartikel anboten. Allmählich senkte sich die Dämmerung des Spätnachmittags auf den Weihnachtsmarkt und Scheinwerfer tauchten das Gotteshaus in stimmungsvolles, vorweihnachtliches

Licht. Der gotische Kirchenbau aus dem 14. Jahrhundert war angeblich genau an der Stelle gebaut worden, wo sich die Synagoge des zerstörten Judenviertels befunden hatte. Als sie den Obeliskbrunnen auf dem Unteren Markt einmal umrundet hatten, verspürten sie ein leichtes Hungergefühl und kauften sich eine feurige Meterbratwurst, die sie sich teilten. Kathrin besorgte zwei weitere Becher Glühwein und die beiden Frauen kamen wieder ins Schwatzen. Es war Kathrins Mutter, die das Thema ansprach. „Und sonst, privat?", druckste sie herum.

„Was meinst du mit ‚privat'?", antwortete ihre Tochter. Sie wusste haargenau, was ihre Mutter wissen wollte.

„Naja, du weißt schon. Jetzt mach es mir doch nicht so schwer! Privat halt. Ich meine, gibt es einen neuen Mann in deinem Leben? Eine ernsthafte Beziehung vielleicht?"

„Mama, du weißt, dass ich nicht so gerne darüber rede. Ich weiß doch, dass du Papa alles erzählst. Ich möchte nicht, dass der alte Choleriker sich wieder so aufregt, auch wenn ich nicht mehr zuhause wohne. Ja, ich habe jemanden kennengelernt. Das ist aber noch alles viel zu frisch, als dass ich darüber schon reden möchte."

„Erzähl", forderte ihre Mutter sie trotzdem auf. „Ist er nett, was macht er beruflich, wie alt ist er, ist es ein Würzburger, hast du ein Foto von ihm?"

„Mama, nochmals: Ich möchte nicht darüber reden. Noch nicht. Bitte quäle mich nicht und akzeptiere meinen Wunsch."

„Besuch uns doch mal und bring ihn mit", musste sich Kathrin anhören. „Zum Essen vielleicht? Ich mache für uns alle einen knusprigen Schweinebraten. Mit rohen Klößen und feinem Wirsing. Das hast du doch immer so gerne gegessen. Oder andersherum, was mag er denn besonders gerne?

„Tomaten."

„Tomaten? Und als Hauptspeise?"

„Irakisches Bamia. Schmeckt sehr lecker."

„Ist es ein Iraker und wo hast du ihn kennengelernt?", bohrte ihre Mutter weiter.

„Ich habe ihn auf der Arbeit kennengelernt, Mama, und jetzt ist Schluss."

Jägerlatein
Mittwoch, 16. Mai

Die Forstbetriebe der Stiftung Juliusspital haben ihren Hauptsitz in der Bahnhofsstraße in Hammelburg. Leonie von Brandenstein hatte keine Lust, wegen eines einzigen Gesprächs mit zweifelhaftem Ergebnis nach Hammelburg zu düsen. Die gestrige Ermittlungsarbeit, die Gespräche mit Schorsch Himmelberger und der Mutter der verunglückten Karin Mühlbauer, steckten ihr noch tief in den Knochen. Deshalb hatte sie mit dem Oberpflegamtsleiter vereinbart, dass Hans Girgel diesen Nachmittag nach Würzburg kommen und sich bei ihr um vierzehn Uhr in der KPI melden sollte. Den Vormittag brauchte sie, um sich den Unglücksfall vom Oktober des letzten Jahres nochmals im Detail vor Augen zu führen und die bereits im Archiv befindlichen Akten zu studieren. Pünktlich um vierzehn Uhr meldete sich bei ihr die Eingangspforte und kündigte einen Hans Girgel an, der bei ihr einen Termin hätte. Sie bat Pia, den Besucher abzuholen und ihn in das Besprechungszimmer 1 zu führen. „Steffi und ich kommen gleich", rief sie der Oberbayerin zu, die schon aufgestanden und auf dem Weg nach unten war.

Mit Erleichterung vernahm sie, dass Hans Girgel ganz normales Deutsch sprach, zwar mit leichtem lokalem Einschlag, aber sie verstand ihn gut. „Erzählen Sie doch bitte aus Ihrer Sicht, wie die Drückjagd damals ablief" forderte sie den kräftigen Mann Mitte dreißig auf.

„Wo soll ich anfangen?", wollte er wissen.

„Am besten von ganz vorne. Was Ihnen so einfällt."

„Also, der verhängnisvolle Tag, das war der 28. Oktober letzten Jahres. Ein Samstag. Ich denke, das war auch ein Grund, warum sich so wenige Treiber gemeldet hatten. Ich wäre auch lieber daheim geblieben, aber dann hat mich mein Chef gebeten, ausnahmsweise an diesem Tag Einsatz zu zeigen. Die Überstunden würden bezahlt werden, hieß es. Unsere Stiftung hat einen eigenen Förster, der jährlich solche Drückjagden auf Wildschweine organisiert. Das wusste ich. Die Schäden, die die Tiere anrichten, werden von Jahr zu Jahr umfangreicher und kostspieliger. Die Landwirte klagen über umgepflügte Äcker und Wiesen, vor allem, wenn sie die Wintersaat bereits ausgebracht haben und die Tiere erneut ihre Felder umpflügten. Kurzum, nach ein paar Vorbereitungen, an denen ich nicht beteiligt war, ging es an dem bewussten Tag frühmorgens um acht Uhr los. Ich weiß noch, es war ein typischer Herbstmorgen. Es war recht kühl und zäher Nebel hing noch über der Landschaft. Bevor die Jagd begann, rief unser Förster die gesamte Jagdgemeinschaft zusammen und belehrte uns über die Sicherheitsbestimmungen. Alles schien perfekt vorbereitet. Selbst öffentliche Wege waren durch Warn- und Hinweisschilder abgesichert. Auf einer Schautafel, die das Jagdgebiet zeigte, waren in einem großen Halbkreis die anwesenden Jäger eingezeichnet, sodass jeder Waidmann genau wusste, wo er sich aufzustellen hatte. Auch der Kessel, ein weitläufiges Gelände im Wald mit viel Unterholz, dichtem Buschwerk und morastigen Böden, in denen die Tiere vermutet wurden, war markiert. Es war wirklich alles sehr gut organisiert und dass so ein unüberlegter Schuss überhaupt möglich war, damit hatte niemand von uns gerechnet. Das hätte nicht passieren dürfen."

„Und warum ist es Ihrer Meinung nach dann doch zu dem Unfall gekommen?", forderte Leonie den Mann zum Weiterreden auf.

„Wir Treiber wurden in den Kessel hineingeschickt, um die Wildschweine aufzuscheuchen. Mit Holzscheiten haben wir an Baumstämme geklopft und einen Höllenlärm veranstaltet. Das war sehr wirkungsvoll. Wir haben die Schweine zwar nicht gesehen, aber gehört, wie sie grunzten, quiekten und in voller Panik durch das Unterholz brachen. Und plötzlich stand ein kapitaler Keiler vor mir. Keine fünfzehn Meter entfernt. Er schnaufte aufgeregt und seine mächtigen Hauer ragten drohend aus seinem Schädel. Ich hatte den Eindruck, er wusste nicht so recht, was er tun sollte. Fliehen oder mich angreifen. Er starrte mich mit seinen Schweinsäuglein listig an und schnaubte grunzend. Mir sank das Herz in die Hose. Trotz der kühlen Witterung spürte ich, wie mir der Schweiß den Rücken hinablief. Doch dann nahm ich trotz aller Angst die Initiative in die Hand. Das Adrenalin rauschte in meinen Ohren. Verzweifelt hämmerte ich mit meinem Holzscheit auf einen nahestehenden Baumstamm, hüpfte in die Luft, ruderte mit den Armen, um mich groß zu machen, und schrie mir die Seele aus dem Leib. Dann, es kam mir wie Stunden vor, raste der Keiler wie eine Rakete davon. Ich wischte mir erst einmal den Schweiß von der Stirn, so erleichtert war ich. Draußen, am Waldrand krachten Gewehrschüsse. Wir Treiber gingen nun in einer breiten Reihe voran. Bald mussten wir das Ende des Kessels erreicht haben. Das Unterholz und die Büsche wurden immer lichter. Keine zehn Meter links von mir lief Carola, die Tochter vom Würzburger Wirt vom ‚Zum Blauen Winzer‘, die einzige Frau, die an der Jagd teilnahm. Ihre gelbe Pudelmütze leuchtete immer wieder durch die Baumstämme wie der Abendstern an einem klaren Himmel. Auch sie klopfte mit ihrem Holzscheit gegen die Bäume. Fast hatten wir den Waldrand erreicht. Keiner von uns rechnete mehr mit einer Wildsau. Als Carola aus dem Wald trat, stand ihr ein großer Wacholderbusch im Weg. Ein letztes Mal schlug sie auf die Äste und Blätter ein. Plötzlich gab es innerhalb des Busches lautes Rascheln und Grunzen und dann brach eine riesige Bache aus dem Gebüsch. Dann krachte ein Schuss und Carola brach getroffen zusammen. Keine zehn Sekunden später war ich bei ihr. Obenrum war alles voller Blut. Sie hatte die Augen offen und blickte mich angstvoll an. ‚Das war's‘, stammelte sie. Ich kniete mich zu ihr nieder und beruhigte sie. ‚So schnell geht das nicht‘, gab ich ihr zu verstehen. Dann, als auch die anderen den Jagdunfall bemerkt hatten, brach Hektik aus. Unser Förster war nach mir der zweite an der Unfallstelle. Sofort riss er sein Handy an sein Ohr und wählte die 112. Der Rettungsdienst war in einer Viertelstunde da und Carola wurde ins Julius-spital gefahren."

„Haben Sie erkennen können, wer den Schuss abgegeben hat?" Leonie wusste, wer geschossen hatte, wollte aber das Erinnerungs-vermögen des Befragten testen.

„Klar, das war der alte Benedikt Hubmann." Hans Girgel zögerte keine Sekunde mit seiner Aussage. „Der Idiot hat in den Kessel geschossen. Damit hat er klar gegen die Sicherheitsbestimmungen verstoßen. Er hätte auch mich treffen können. Als er sah, dass noch eine Wildsau aus dem Wald herauslief, riss er sein Gewehr herum und schoss."

„Wissen Sie noch, wie weit zu diesem Zeitpunkt Carola Weitu-schat von dem Wildschwein entfernt war?"

„Mindestens zwanzig Meter", sprudelte es aus Hans Girgel her-aus. „Ich verstehe das auch heute noch nicht, wie der Hubmann die Carola treffen konnte. Sie trug doch eine leuchtende, gelbe Pudelmütze und einen roten Anorak. Sie hob sich also ganz deut-lich von dem Schwarzkittel ab."

„Wollen Sie mit dieser Aussage dem Todesschützen eine Absicht unterstellen? Bedenken Sie bitte Ihre Antwort ganz genau, bevor Sie meine Frage beantworten", warnte ihn Leonie.

„Ich bin mir bewusst, was ich Ihnen gleich erzählen werde, aber ich fühle mich verpflichtet, das jemandem mitzuteilen. Mein Gewissen lässt mir einfach keine Ruhe. Dazu muss ich Ihnen erklä-ren, dass Carola und ich uns schon von der Schule her kannten. Wir sind auch später beide in der Region geblieben und haben den Kontakt nie verloren. Bevor Sie weitere Fragen stellen, nein, wir hatten keine engere Beziehung miteinander, schon gar kein Ver-hältnis, wenn Sie daran denken sollten. Nun komme ich auf Ihre ursprüngliche Frage zurück. Zuerst dachte ich auch, dass es ein furchtbarer, schlimmer Jagdunfall war. Doch meine Gedanken las-sen mir bis heute keine Ruhe. Ich erinnerte mich an manche Bemerkungen, die die Carola mir gegenüber gemacht hat."

„Und das waren?"

„Carola sollte bald das Gasthaus ihrer Eltern und den kleinen Winzerbetrieb übernehmen. Ihre Eltern sind so um die siebzig herum und haben ihr Leben lang hart gearbeitet. Carola plante den elterlichen Betrieb umzukrempeln, zu modernisieren, um mit einem vernünftigen betriebswirtschaftlichen Konzept mehr Kunden zu gewinnen. Sie war es gewesen, die ihren Vater, Ignatz Weituschat, davon überzeugt hatte, Wildbret für die eigene Küche aus Tschechien zu beziehen und nicht aus unserer Jagd. ‚Das ist viel kostengünstiger‘, hat sie mir einmal gesagt. Damit verstieß der Gasthof natürlich gegen das Prinzip der Regionalität, alles sollte ja aus der Region kommen. Wein, Wild, Bratwürste, Spargel, Fisch, fast alles wurde nun auch von nicht-fränkischen Erzeugern und sogar aus dem Ausland billiger bezogen. Nachweisen konnte man Ignatz Weituschat nichts. Er behauptete immer, dass er sein Wild aus der eigenen Jagd beschaffe, dabei wusste jeder, dass der Wirt längst nicht mehr selbst auf die Pirsch ging.“

„Und was hat das alles mit dem Schützen zu tun?“, wollte die Hauptkommissarin wissen.

„Das wissen Sie nicht?“, stellte Hans Girgel die Gegenfrage.

„Nein!“

„Der alte Benedikt Hubmann war es doch, der vor vier Jahren das ‚Regionale Würzburg‘ quasi aus der Taufe gehoben hat. Schon viel früher, das dürfte jetzt bereits mehr als zehn Jahre her sein, war er auf die Idee gekommen, dass sich die Würzburger Altstadtwirte zu einer Art Vereinigung zusammenschließen und ein gemeinsames Marketingkonzept auf die Beine stellen sollten. Er gab einfach keine Ruhe, bis er seine Idee umgesetzt hatte. Penetrant verfolgte er das. Fast täglich nervte er die betroffenen Gastwirte, der Vereinigung beizutreten. Böse Zungen behaupten, dass sie nur nachgegeben hätten, um endlich Ruhe vor ihm zu haben.“

„Was für ein Interesse hatte er dabei?“

„Seine Tochter und sein Schwiegersohn sind selbst Betreiber einer Gastwirtschaft, Mitglied bei ‚Regionales Würzburg‘. Jedenfalls weiß ich von Carola Weituschat, dass sie sofort ausgetreten wäre, sobald sie das uneingeschränkte Sagen im elterlichen Betrieb gehabt hätte. Das hat den alten Hubmann natürlich heftig gewurmt und er befürchtete, dass andere Wirte traditioneller Gaststätten ihrem Beispiel gefolgt wären. Er sah sein Lebenswerk bedroht."

„Und das sehen Sie als Grund, dass der alte Hubmann, wie Sie ihn nennen, die Carola Weituschat absichtlich über den Haufen geschossen hat?"

„Das haben jetzt aber Sie gesagt", gab Hans Girgel zurück.

Leonie musste lächeln. Ganz schön raffiniert, der einfache Waldarbeiter. „Ich habe verstanden", meinte sie. „Dennoch bleiben ein paar Fragen unbeantwortet. Wie haben Carolas Eltern auf das Ganze reagiert?"

„Verbittert sind sie immer noch, dass der alte Hubmann so billig aus der Geschichte herausgekommen ist und nicht unter Mordanklage gestellt wurde. Sie würden ihn gerne lebenslang hinter Gittern sehen. Den Tod ihrer Tochter haben sie noch längst nicht überwunden."

„Wissen Sie, ob sie sich je in der Öffentlichkeit dazu geäußert haben?"

„Das weiß ich nicht", gab sich Hans Girgel vorsichtig, „aber es gibt da ein paar Gerüchte. ‚Den bring ich um, wenn er je wieder aus dem Gefängnis entlassen wird', soll der Ignatz gegenüber Freunden gesagt haben. Aber, wie gesagt, diese Gerüchte kann ich selbst nicht bestätigen. Das ist nur Hörensagen."

„Und was geschah mit Carola, nachdem sie in das Klinikum eingeliefert und operiert worden war?"

„Jeder meinte, dass sie wieder gesund werden würde. Die Ärzte auch. Aber dann kam eine Infektion dazu. Den Rest kennen Sie."

„Okay, das war's für heute. Wir haben momentan keine weiteren Fragen an Sie. Vielen Dank, dass Sie gekommen sind und so offen mit uns gesprochen haben. Was besprochen wurde, bleibt bitte in diesem Raum. Wir werden der Sache nochmals nachgehen und Sie falls nötig zu weiteren Gesprächen bitten. Für heute sind Sie jedenfalls entlassen. Ach, da fällt mir doch noch eine Frage ein. Ist die

Stiftung Juliusspital eigentlich auch in der Vereinigung ‚Regionales Würzburg' organisiert?"

„Selbstverständlich, die Weinstube liegt doch auch in der Würzburger Innenstadt."

*

„Was hältst du von dem Gespräch?", fragte Leonie Steffi um ihre Meinung.

„Interessant, das könnte sich zu einer heißen Spur entwickeln. Jedenfalls wäre es sicher erhellend, wenn wir da etwas tiefer hineinstochern."

„Okay, dann sind wir uns ja einig. Und was machen wir jetzt damit?"

„Wir sollten uns auf jeden Fall mit dem Todesschützen persönlich unterhalten, auch wenn schon vieles in den Prozessakten steht, um zu erfahren, wie die Dinge im Oktober letzten Jahres aus seiner Sicht gelaufen sind. Auch wird ein Besuch bei Carolas Eltern notwendig sein."

„Einverstanden. Erledigen wir das gleich morgen. Ich kümmere mich um einen Besuchstermin in der JVA am Vormittag und du organisierst ein Treffen mit den Weituschats am Nachmittag."

„So machen wir es", bestätigte Steffi. „Ich hoffe, das war nicht alles Jägerlatein, was uns der Girgel da erzählt hat."

„Zumindest klang es glaubhaft und stimmig", urteilte die Hauptkommissarin. „Vielleicht haben wir ja tatsächlich eine heiße Spur."

„Trotzdem zögere ich noch." Stefanie sprach mit gerunzelter Stirn. „Wie passt der alte Benedikt Hubmann zu den Drohbriefen unserer Mörder?"

„Der muss gar nicht passen", erwiderte Leonie, „vielmehr stelle ich mir die Frage, wer dafür verantwortlich ist, dass Carola sich diese Infektion geholt hat. Das lässt doch den Rückschluss zu, dass unsere Giftmischer davon ausgehen, dass derjenige unter den Mitarbeitern der Juliusspitalklinik zu suchen ist."

„Das könnte natürlich auch sein", gab Stefanie zu. „Dazu fällt mir aber im Moment nichts ein. Vielleicht wissen wir mehr, wenn wir mit dem Todesschützen und dem Wirt gesprochen haben."

Get-together
Im Januar vor einem Jahr

Für den 9. Januar, den ersten regulären Arbeitstag nach den Weihnachtsferien, hatte das Management des neu formierten Klinikums ein großes, festliches Get-together geplant und für alle Mitarbeiter im Congress Centrum Würzburg den Franconia-Saal einschließlich der Empore gebucht. 1.635 Teilnehmern bot der Saal standardmäßig Platz. Etwas zu knapp für die fast 1.900 Mitarbeiter. Aber man wusste aus Erfahrung, dass nicht alle Eingeladenen kommen würden. Etliche befanden sich noch im Winterurlaub und tummelten sich auf den Skipisten der Alpen oder räkelten sich in der Sonne einer subtropischen Insel. Die neuen Bosse im Klinikum hatten einen großen Tag vor sich. Einen Tag voller Reden und Vorträge. Neue Strategien und Geschäftsziele, die eine erfolgreiche Zukunft prognostizierten, sollten die Mitarbeiter motivieren, noch mehr zu leisten und ihr Engagement zu steigern. Während sich die Manager bei ihren Vorträgen ins Zeug legten, nahm nach rund zwei Stunden die Aufnahmefähigkeit und das Interesse der Zuhörer auf den Rängen ab. Als der externe Moderator eine Kaffee- und Raucherpause von zwanzig Minuten ankündigte, ging ein Seufzer der Erleichterung durch die Reihen und die zahlreichen geistig Weggetretenen öffneten wieder die Augen, um dem Moderator zu applaudieren. Auch Kathrin und Halas erhoben sich von ihren Plätzen auf der Empore und machten sich auf den Weg hinunter ins Foyer. Dort standen Tische voller Kaffeekannen, Geschirr, Zuckerdosen und Milchkännchen. Auch an Wasserspender für heißen Tee und die zugehörigen Teebeutel hatten die Organisatoren gedacht. Mitarbeiter des CTW, des „Congress Tourismus Würzburg", wuselten durch die Gänge und kümmerten sich um den Nachschub an leeren Tassen und schleppten kiloweise Weihnachtsgebäck herbei. Die Raucher verzogen sich vor die Tür und zogen gierig an ihren Glimmstängeln. Unter einem grauen, wolkenverhangenen Himmel grüßte die Festung Marienberg zum Main herunter.

Kathrin und Halas hielten sich etwas abseits von der Menge. Was sie zu bereden hatten, ging keinen anderen etwas an. Mitte September hatten sie einander kennengelernt, ausgerechnet auf ihrer ersten Dienstreise. Ihre damaligen Arbeitgeber, das Juliusspital Krankenhaus und die Missionsärztliche Klinik hatten die beiden unabhängig voneinander zu einer Weiterbildungsmaßnahme nach Erlangen geschickt. Die Firma „Siemens Healthcare" bot seit einiger Zeit Trainingskurse für Radiologen und deren Mitarbeiter an, in denen vermittelt wurde, wie man die benötigte Strahlendosis reduzieren kann.

„Für die wichtigsten Bildgebungsverfahren wie Computertomographie, Angiographie und molekulare Bildgebung ist unser Haus schon seit jeher ein Vorreiter bei der Entwicklung von Technologien zur Dosisreduktion", hatte der Trainingsleiter der Abteilung „Imaging & Therapy Systems" begonnen. „Deshalb haben wir auch einen ‚Guide to low Dose' herausgebracht", fuhr er fort, „ein Handbuch für Ärzte und medizinisch-technisches Personal, das die Grundlagen der Strahlung beschreibt, die für medizinische Zwecke eingesetzt wird. Was Sie die nächsten Stunden lernen, soll sowohl den Patienten, als auch dem Klinikpersonal, also Ihnen, zugutekommen." Während der Einführungsrede hatte Kathrin die ganze Zeit Halas heimlich von der Seite angesehen. Er gefiel ihr mit seiner leicht gebräunten Haut, den dunklen Haaren und Augen. Sie waren beide mit dem Zug nach Erlangen gekommen und sie freute sich schon jetzt auf die gemeinsame Rückfahrt. Vier Wochen nach ihrer gemeinsamen Reise nach Erlangen übernachtete Halas das erste Mal bei Kathrin.

Seit dieser Fortbildung waren Kathrin und Halas ein Paar. Nun hatten sie sogar einen gemeinsamen Arbeitgeber. Das musste ein Zeichen des Himmels sein.

Ein handfester Verdacht

Donnerstag, 17. Mai

Nordöstlich des Würzburger Stadtteils Rottendorf und unweit der Bundesstraße 8 liegt der Friedrich-Bergius-Ring. Dort gibt es einige auffällige Gebäude, die mit einer 1.100 Meter langen und sechs Meter hohen Mauer umgeben sind. Vier Türme wurden in die Mauer integriert. Bei der Anlage handelt es sich um die Justizvollzugsanstalt Würzburg, die dem Bayerischen Ministerium für Justiz untersteht. Rund 600 Inhaftierte sitzen dort ein. Männer wie Frauen, verurteilte Mörder wie Verdächtige in Untersuchungshaft. Die JVA liegt weit von der Würzburger Altstadt entfernt, am Rande des Gewerbegebietes Würzburg-Ost, siebzehn Hektar Land für Schwerverbrecher und Kleinkriminelle.

Als Leonie und Steffi mit ihrem VW Passat auf den Parkplatz der JVA fuhren, war es fünf Minuten vor zehn Uhr und das Thermometer zeigte bereits fünfundzwanzig Grad Celsius an. Die Quecksilbersäule sollte am Nachmittag noch auf dreißig Grad klettern. Ein verrücktes Wetter. Viel zu heiß für die Jahreszeit. Die beiden Frauen liefen auf den Eingang der JVA zu und wiesen sich aus.

„Den alten Benedikt wollen Sie besuchen? Na, da wird er sich aber freuen, der Benedikt, der arme Kerl. Zweieinhalb Jahre hat der Richter ihm aufgebrummt", meinte einer der Beamten hinter seiner Glasscheibe und stellte zwei Besucherscheine aus. „Ihre Waffen?", wollte er wissen.

„Die haben wir heute im Kommissariat gelassen", antwortete Steffi.

„Ein paar Minuten wird's noch dauern, die Damen. Sie wissen ja, Sie werden abgeholt. Ich habe schon angerufen."

Es dauerte drei Minuten, dann tauchte der Stellvertretende Leiter der JVA Würzburg auf.

„Herr Zwingel, Sie?", wunderte sich Leonie. „Sie holen uns heute persönlich ab?"

„Ja und nein, meine Damen. Ich wollte Ihnen nur mitteilen, dass Sie Herrn Hubmann leider nicht besuchen können. Aber kommen Sie doch erst herein, dann brauche ich Ihnen die Umstände nicht hier draußen zu erklären. Drinnen ist es kühler als hier in der Sonne."

„Was ist passiert?", wollte die Hauptkommissarin wissen, als die drei in einem kleinen Raum Platz genommen hatten.

„Nun", Herr Zwingel räusperte sich, bevor er zu erzählen begann, „Herr Hubmann hat vor einer halben Stunde in seiner Zelle einen Selbstmordversuch unternommen, hat sich mit einem scharfen Blechteil die Pulsadern aufgeschnitten. Gott sei Dank hat unser Personal während eines unregelmäßigen Kontrollganges den Suizidversuch bemerkt. Im Moment befindet sich der Häftling in der medizinischen Abteilung. Er hat einiges an Blut verloren, wird aber durchkommen. Lebensgefahr besteht jedenfalls nicht. Wie und woher er sich das scharfe Metallteil besorgt hat, keine Ahnung. Tut mir leid!"

„Uns auch", bedauerte die Hauptkommissarin. „Hoffentlich sind nicht wir der Anlass für seinen Suizidversuch."

„Das glaube ich nicht", meinte Herr Zwingel. „Der alte Hubmann leidet einfach unter Einsamkeit. Kein Mensch aus seiner Verwandtschaft kümmert sich um ihn. Nicht einmal seine Tochter. Er muss das Gefühl haben, abgeschoben worden zu sein, einfach vergessen. Ob es ihn noch gibt oder nicht, scheint allen egal zu sein. Im Grunde genommen ein armer, alter Teufel."

„Sagen Sie, Herr Zwingel, hat sich der Gefangene eigentlich nach seinem Haftantritt nochmals zu den Ereignissen vom 28. Oktober des letzten Jahres geäußert?"

„Sie meinen, ob der tödliche Schuss auf die junge Frau mit Vorsatz abgefeuert wurde oder nicht?"

„Ganz genau."

„Ja und nein. Jedenfalls nicht offiziell. Ich persönlich glaube nicht an einen Vorsatz. Eher an Altersdummheit."

„Und was führt Sie zu dieser Annahme?"

„Wir haben bei einer ärztlichen Untersuchung festgestellt, dass der Hubmann am Grauen Star leidet. Der arme Kerl ist ja fast blind. Ich verstehe nicht, dass das nicht schon viel früher aufgefallen ist. Der hätte gar nicht mehr an der Drückjagd teilnehmen dürfen. Zu einem unserer Wärter, der es geschafft hat, zu ihm ein gewisses Vertrauensverhältnis aufzubauen, hat er einmal gesagt: ‚Ich hatte an dem Tag noch keine einzige Sau geschossen und die Jagd sollte bald zu Ende gehen. Da hörte ich nicht weit von mir ein Grunzen und Quieken. Dann war da auf einmal dieser dahinjagende dunkle Schatten. Dahinter tauchten in meinem Zielfernrohr ein gelber und ein roter Klecks auf. Ich war verwirrt, aber ich wollte es ein letztes Mal versuchen, auch eine Sau zu erlegen. Dann habe ich abgedrückt.'"

„Sie glauben also nicht, dass er Frau Weituschat mit Absicht erschossen hat?"

„Ach Quatsch. Da lag doch keine Absicht vor. Dafür lege ich meine Hände ins Feuer."

„Das mit dem Grauen Star, wurde das in der Öffentlichkeit bekannt, beziehungsweise hat der Angeklagte damals während des Prozesses darüber gesprochen?"

„Wir sind zu Stillschweigen verpflichtet."

„Und intern?", ließ die Polizeibeamtin nicht locker. „Ich denke da an die Justizbehörden."

„Wir haben das natürlich weitergegeben, aber es ist nichts passiert. Was den Gerichtsprozess angeht, den hat der Benedikt Hubmann schweigend über sich ergehen lassen. Nicht ein Wort hat er über den Tathergang verloren. Damit hat er den Richter und die Staatsanwaltschaft bis an den Rand der Verzweiflung getrieben. Das ist sicher auch ein Grund, warum er zweieinhalb Jahre Haft ohne Bewährung bekommen hat."

„Sagen Sie, an wen bei den Justizbehörden haben Sie weitergemeldet, dass der Häftling am Grauen Star leidet?"

„Also, jetzt wird mir die Sache etwas zu heiß, Frau von Brandenstein."

*

„Die Sache wird immer dubioser", ergriff Steffi das Wort, als sie wieder in ihrem VW Passat saßen. „Ich glaube auch nicht an einen absichtlich abgefeuerten Schuss. Was mich am meisten stört, ist dieses offensichtliche Gemauschel innerhalb der Justizbehörden. Da stellen die fest, dass der Todesschütze am Grauen Star leidet, halb blind ist, und alles wird totgeschwiegen. Wäre diese Tatsache während des Gerichtsverfahrens gegen Benedikt Hubmann bekannt geworden, wer weiß, wie das Urteil dann gelautet hätte. Hubmann passt jedenfalls nicht in das Schema unserer Giftmischer."

„Da hast du recht, Steffi. Für mich sieht das so aus, als ob man den Jagdorganisatoren nicht ans Bein pinkeln will. Die hätten den alten Mann gar nicht als Jäger zulassen dürfen. Wobei wir natürlich wieder bei der Stiftung Juliusspital wären. In diesem Fall müsste der verantwortliche Förster zur Rechenschaft gezogen werden. Aber für eine Mordanklage würde das auch nicht reichen."

„Wir spekulieren, Leonie. Ich schlage vor, wir besuchen wie besprochen heute Nachmittag die Weituschats. Vielleicht sind wir nachher schlauer. Das Restaurant ‚Zum Blauen Winzer' hat heute allerdings geschlossen. Ruhetag. Wir müssen nach Randersacker, wo die beiden wohnen."

„Gut, dann fahren wir jetzt ins Kommissariat zurück. Wenn du willst, können wir später gemeinsam in die Mittagspause gehen und den Altstadtwirt und seine Frau gegen vierzehn Uhr aufsuchen."

*

Die Marktgemeinde Randersacker liegt nur wenige Kilometer vor den Toren der Bischofsstadt Würzburg, direkt am Main. Sie ist Wein- und Touristenort zugleich. Mit ihren quaderkalkhaltigen Höhenzügen, die vor rund 220 Millionen Jahren entstanden, gehört sie zu den Premium-Weinlagen Deutschlands und feierte im Jahr 1979 als Weinort ihr 1.200-jähriges Bestehen. Selbst Balthasar Neumann hat sich mit einem Gartenpavillon in der Gemeinde verewigt. Der Würzburger Fürstbischof Julius Echter hatte die

Pfarrkirche St. Stephanus dereinst zur dreischiffigen Basilika ausbauen lassen und der Zehnthof der Gemeinde schmückt sich mit zahlreichen Volutengiebeln. Siebzehn Einzellagen gehören zum Weinanbaugebiet der Marktgemeindee.

Ignatz Weituschat gehörten nicht nur Rebflächen am „Würzburger Schlossberg", sondern auch am „Randersackerer Marsberg", südlich der Gemeinde. Dort, an der Ostseite des Marsbergs, parallel zur Theilheimer Straße, nennt er acht Hektar Weinanbaufläche auf fruchtbaren Muschelkalkböden sein Eigentum. Auch sie gehören zu der Großlage „Randersackerer Ewig Leben". Nicht weit davon entfernt, in der Buhlleite, lag das Weingut von Ignatz und Annie Weituschat. Der Hof bestand aus einem großen, gelb gestrichenen Wohnhaus mit Sprossenfenstern und einem an einen griechischen Tempel erinnernden Säulenvorbau. Die gewaltige Scheune war nicht zu übersehen, in der die Weinherstellung ablief. Ein hölzernes Hinweisschild im Hof verwies auf ein weiteres, etwas abseits gelegenes, kleineres Gebäude, dessen Mauern aus Buntsandstein waren, und das auf dem Hinweisschild „Kellerei & Probierstube" genannt wurde. Entlang des Hauptweges zum Eingang des Wohnhauses lag ein prächtiger fränkischer Bauerngarten, von einem dunkelbraun gestrichenen Holzlattenzaun umgeben. Unzählige Gemüsesorten, von der Tomate bis zum Sellerie, wuchsen darin heran. Die Gemüse- und Kartoffelbeete waren von üppigen Blumenstauden umgeben. Die beiden Polizistinnen blieben auf ihrem Weg zur Haustür für einen Moment stehen und bewunderten den liebe- und geschmackvoll angelegten Garten. Ein künstlich angelegter Bach sprudelte munter am Zaun entlang und endete in einem kleinen Gartenteich. Stefanie fokussierte ihren Blick auf bereits üppige wachsende Blumenbeete. „Ist das nicht Blauer Eisenhut, der dort am Bach zwischen den Steinen wächst?", flüsterte sie. Sie hätte gar nicht fragen müssen. Sie wusste es.

„Tatsächlich", flüsterte Leonie zurück, nachdem ihre Augen dem ausgestreckten Zeigefinger ihrer Kollegin gefolgt waren. „Jetzt wird es aber interessant."

Rausschmiss
Im Januar vor einem Jahr

Vier Tage nach dem glanzvollen Get-together-Event saß der iranische Radiologe Ibrahim al-Hussein seinem Vorgesetzten, dem Leiter des Klinikums Mitte, Professor Dr. Gernot Walter, gegenüber.
Der Professor hatte ihn zu dem Mitarbeitergespräch gebeten. Es
ging um Personalplanung für das laufende und das nächste
Geschäftsjahr sowie um Mitarbeiterbeurteilungen und die damit
verbundenen Gehaltsentwicklungen und Förderungsmaßnahmen.

„Nach der Fusion des Juliusspital-Krankenhauses und der
Missionsärztlichen Klinik geht es darum, die Anzahl unserer Mitarbeiter kritisch auf den Prüfstand zu stellen", begann der Professor und sah sein Gegenüber mit sorgenvoller Miene an. „Allgemei-
ner Kostendruck. Sie verstehen. Ich habe unsere Personaldienststelle
gebeten, sich die Mitarbeiterzahlen aller Fachabteilungen anzusehen und mir Vorschläge hinsichtlich möglicher Synergieeffekte
zu unterbreiten. Bekanntlich hatten und haben sowohl die Julius-
spital-Klinik als auch die Missionsärztliche Klinik eine Radiologie
unterhalten, deren gemeinsamer Chef nun Sie sind. Das soll auch
so bleiben und ist so auch sinnvoll. Ich meine damit die Radiolo-
gie-Abteilungen an zwei unterschiedlichen Standorten. Nichtsdes-
totrotz kommen wir um Kosteneinsparungen nicht herum. Kosten
spart man sinnvollerweise am wirksamsten und schnellsten damit
ein, indem man sich von überflüssigem oder ungeeignetem Personal trennt. Ich spreche von betriebsbedingten Kündigungen. Wir
müssen uns von Mitarbeitern trennen, natürlich alles legal und
sozialverträglich und so. Ich denke dabei an jüngere Mitarbeiter
mit noch kurzer Betriebszugehörigkeit. Darunter auch ihr Mitarbeiter, der kleine Migrant, Halas al-Askari."

Dr. Al-Hussein kannte Professor Walter lange genug, um sofort
zu resignieren: „Wie sehr ich die Leistungen dieses jungen Mannes
auch loben würde", brachte er die Sache auf den Punkt, „ich habe
verstanden, dass wir uns aus Kostengründen, vordergründig

‚Synergie' genannt, von ihm und anderen trennen sollen. Aber so, wie ich Sie kenne, ist das nicht die ganze Geschichte."

„Ich sehe, Sie haben schnell verstanden, Herr Kollege. Das freut mich und verkürzt die Angelegenheit. Die Hauptgründe liegen natürlich in der aktuellen Kostenstruktur. Wir müssen uns leider von mehreren Mitarbeitern trennen. Dann gibt es da aber noch eine neue Studie. Die besagt, dass es nicht ratsam ist, muslimische Migranten in christlichen Kliniken zu beschäftigen, da die Gefahr besteht, dass dies zu Nachteilen bei der Patientenbetreuung führen kann. Ich betone ausdrücklich, in christlich orientierten Organisationen. Das liegt wohl am Glauben, der Kultur und dem sprachlichen Ausdruck der Muslime."

„Das verstehe ich nicht."

„Ich gebe Ihnen gerne ein paar Beispiele, Herr Kollege. Die Studie besagt, dass muslimische Angestellte im Klinik- und Pflegebereich ganz anders reagieren, fühlen und denken als einheimisches, vom christlichen Glauben und europäischer Kultur geprägtes Personal. Muslimische Mitarbeiter verfügen in aller Regel nicht über die Fähigkeit zum kritischen Denken. Mangelnde Deutschkenntnisse können zudem zu gesundheitsschädigenden Missverständnissen führen. Für gläubige Muslime ist der Koran das Maß aller Dinge. Bei der Behandlung von Alkoholmissbrauch könnten sie sich beispielsweise weigern, Therapien oder Medikamente anzuwenden, die vom Koran nicht eindeutig erlaubt sind. Andere Gründe: Viele Muslime glauben, dass der Verzehr von Schweinefleisch gesundheitsschädlich ist und Krankheiten wie Krebs oder gar Homosexualität verursacht. Statistiken zeigen, dass muslimische Angestellte freitags oft fehlen, weil ihnen das Gebet wichtiger ist als der Arbeitsplatz. Das spricht alles gegen die Beschäftigung von Muslimen in Krankenhäusern. Hinzu kommt, dass viele mit den Studenten aus Israel, die wir hier ja auch haben, nicht kommunizieren wollen. Wenn man ihr Deutsch korrigiert, sind sie oft sehr dünnhäutig und reagieren aggressiv. Viele haben in ihrer Schulzeit gelernt, dass Adolf Hitler Deutschland wiedervereint hat, gegen den Widerstand der Juden. Und überhaupt arbeiten die meisten daran, dass Deutschland bald muslimisch wird, da es das Gesetz Allahs sei, den Islam weltweit zu verbreiten. Das mag sich vielleicht zunächst lächerlich anhören und die deutschen Mainstream-Politiker und die ihnen hörige Systempresse sind auf diesem Auge blind, aber wir müssen den Tatsachen ins Auge sehen."

„Dann können Sie mich auch gleich entlassen, Herr Professor", ärgerte sich Dr. Al-Hussein über so viel Dummheit und Rassismus. Er wusste genau, von was für einer Studie sein Vorgesetzter sprach und wer sie erstellt hatte. Die Gerüchte stimmten also, dass sein Chef einer rechtsradikal orientierten Partei nahestand.

„Also, Herr Dr. Al-Hussein, ich bitte Sie. Bei Ihnen ist das ganz anders. Sie arbeiten bereits mehr als drei Jahre bei uns und sind mit einer deutschen Frau verheiratet. Sie denken und handeln doch wie ein Deutscher. Aber Studie hin, eigene Erfahrungen her, ich bin gezwungen, Einsparungsmaßnahmen umzusetzen. Wenn Sie sagen, Halas ist gut, dann glaube ich Ihnen das natürlich, aber das ändert leider nichts an der Sache. Auch ich stehe unter Druck. Halas ist noch nicht so lange bei uns, das ist sein Nachteil. Da schütze ich lieber unsere altgedienten Mitarbeiter. Das sind doch die wahren Gründe, warum wir uns von Halas al-Askari trennen müssen. Bitte teilen Sie dem betroffenen Mitarbeiter diese Entscheidung in geeigneter Form mit, die schriftliche Kündigung ist in Arbeit."

„Halas genießt gesetzlichen Kündigungsschutz", warf Dr. Al-Hussein ein. „Seine Probezeit ist längst vorbei."

„Ja, einen Monat zum Ende eines Quartals, wenn wir ihm kündigen. So sagt es sein Arbeitsvertrag. Völlig in Übereinstimmung mit Paragraph 622 des Bürgerlichen Gesetzbuches. Wenn er dazu bereit ist, einen Aufhebungsvertrag zu unterschreiben, bin ich sogar dazu bereit und berechtigt, eine Abfindung anzubieten. Wie viel verdient der kleine Iraker denn im Monat?"

„Brutto 1.390 Euro."

„Na, dann wären doch drei Monatsgehälter mehr als angemessen", schlug Professor Walter vor.

„Und wenn er nicht will? Wenn er sich an die Presse wendet und man uns Rassismus vorwirft?"

„Dann sind Sie ein gutes Gegenbeispiel und außerdem trifft es Halas ja nicht alleine. Auch andere müssen gehen."

Durchsuchungsbeschluss
Freitag, 18. Mai

Die Weituschats hatten sich am Vortag dumm, dreist und herausfordernd verhalten. Blöder als blöd sozusagen. Dass der Blaue Eisenhut giftig sei, hätten sie erst aus der Main-Zeitung erfahren, behaupteten sie. Warum sie die giftige Pflanze überhaupt im Garten hielten, wurden sie gefragt. „Die züchten wir seit Jahren, weil wir damit Leute umbringen," antworteten sie. „Unschuldige Menschen. Das macht uns Spaß." An der Stiftung Juliusspital ließen sie kein gutes Wort. „Schmarotzer, die unter dem Deckmantel des Christentums noch heute Werbung für einen Mörder aus dem 16. Jahrhundert betreiben und dabei dickes Geld einstecken. Dass Benedikt Hubmann einer ihrer Vasallen ist, ist eh klar," davon waren sie überzeugt. „Der ging doch bei dem Förster der Stiftung ein und aus und ständig hetzte er gegen uns. Für uns ist klar, wer unsere Tochter umgebracht hat. Da könne man schon von einem Gemeinschaftswerk sprechen. Ob es stimme, dass Ignatz Weituschat im Freundeskreis Morddrohungen gegen den Unglücksschützen ausgesprochen habe, fragten die Kommissarinnen. „Von wegen Unglücksschütze", polterte der Hausherr los. „Absicht war das", stellte er in den Raum. „Wenn der Alte nicht im Gefängnis verreckt, wird er schon sehen, was noch auf ihn zukommt!" Annie Weituschat war genauso unkooperativ wie ihr Mann. Als ihr die Frage gestellt wurde, ob sie eine blonde Perücke mit Pagenschnitt besitze, antwortete sie: „Eine? Dutzende!"

Die Provokationen gingen weiter. Es war ein Desaster. Nicht eine Frage wurde von den Weituschats vernünftig und in normalem Tonfall beantwortet. Leonie und Steffi brachen das Gespräch vorzeitig ab. „Wir kommen wieder", kündigte die Hauptkommissarin an, „dann aber mit anderen Mitteln."

*

Wieder am Arbeitsplatz in der KPI angekommen, telefonierte Leonie sofort mit dem Polizeipräsidenten, fasste den Stand der bisherigen Ermittlungen zusammen und berichtete im Detail von dem unerfreulichen Gespräch in Randersacker. Es dauerte keine halbe Stunde, bis sich der zuständige Staatsanwalt bei ihr telefonisch meldete. „Ich habe einen Durchsuchungsbeschluss vorbereitet und auch schon unterschrieben", teilte er ihr mit. „Sie brauchen nur vorbeizukommen, diesen als Antragstellerin unterschreiben, dann können sie ihn gleich mitnehmen. Ihr Chef hat mir geschildert, was passiert ist. Das können wir so nicht im Raum stehen lassen. Wir müssen Klarheit schaffen. Fahren Sie hin und stellen Sie die Bude in Randersacker auf den Kopf. Der Durchsuchungsbeschluss gilt übrigens auch für das Restaurant."

„Du bist vielleicht ein raffiniertes Stück", bewunderte Steffi ihre Vorgesetzte, „gehst dem Chef etwas um den Bart, informierst ihn, was heute vorgefallen ist, und schon wird dir ein Durchsuchungsbeschluss erteilt, den du noch gar nicht schriftlich beantragt hast. Von dir kann man noch so manche Finesse lernen."

*

Am Freitagmorgen standen Leonie und Siggi Bohnensack mit der Hälfte seines Teams vor der Gaststätte „Zum Blauen Winzer" und warteten auf die Ankunft der Wirtsleute. Steffi war mit der anderen Hälfte der SpuSi nach Randersacker unterwegs. „Wir suchen in erster Linie nach Aconitin, dem Gift des Blauen Eisenhuts, einer blonden Damenperücke und einer Maschine, mit der man Weinflaschen verschließen kann", wies sie die Mitarbeiter der SpuSi an. „Wenn ihr Stelvin-Caps findet, alles mitnehmen", setzte sie hinzu. „Laptops und Computer sowieso. Noch Fragen?"

Zehn Polizeifahrzeuge rollten an diesem Morgen um acht Uhr vom Gelände der Weißenburgstraße und steuerten ihre unterschiedlichen Ziele an. Leonie und Siggi Bohnensack mussten nicht lange warten. Um halb neun trudelten Ignatz und Annie Weituschat beim Gasthof „Zum Blauen Winzer" ein. Das Küchenpersonal war von dem Polizeiaufgebot völlig überrascht worden. Der Putzfrau in der Buhlleite in Randersacker ging es nicht anders. Gemütlich eine Zigarette rauchend, sperrte sie kurz vor neun die Gartenpforte auf. Fünf Polizeifahrzeuge waren in der engen Straße geparkt. Als das Gartentor offenstand, fuhren alle fünf auf den Hof und eine Beamtin wedelte mit einem Blatt Papier. Das Wort „Durchsuchungsbeschluss" sagte der Türkin gar nichts. Schnell wählte sie auf ihrem Handy die eingespeicherte Nummer ihrer Chefin. „Annie, ist hier Aygün und viel Polizei. Durchsuchen Haus und Weingutscheune. Nix kann putzen. Was ich soll machen?"

*

Die Polizei fand weder Aconitin, noch eine blonde Damenperücke, dafür jede Menge gefälschter Rechnungen aus Tschechien. Manche waren bereits vordatiert und trugen Rechnungs- und Lieferdaten aus den Monaten August und September. Die Dateien, die sich auf dem beschlagnahmten Laptop befanden, mussten erst noch ausgewertet werden. Eine Aufgabe für die KTU. Auch die gefundenen Stelvin-Caps mussten noch untersucht werden, ebenso die halbautomatische Flaschenverschließanlage. Steffi, die ständig in telefonischer Verbindung mit Leonie stand, hatte kein gutes Gefühl. Das sollte sich bewahrheiten. Draußen vor dem Eingangstor des Weinguts schlichen sich ein paar Pressefotografen herum und richteten ihre Teleobjektive auf die Polizeibeamten und ihre Fahrzeuge. Deren Kollegen fotografierten vor dem Restaurant „Zum Blauen Winzer". Die Fotos waren für die Wochenendausgabe der Main-Zeitung bestimmt. Heiner Schmalfuß hatte dezente telefonische Hinweise vom Wirt des „Zum Blauen Winzer" erhalten und seine Leute sofort ausgeschickt. Ignatz Weitu-

schat hatte versprochen, gleich nach dem Ende der Durchsuchung
in der Redaktion vorbeizukommen. Selbstverständlich stünde er
für ein Interview zur Verfügung.

Aus der Main-Zeitung

Samstag, 19. Mai

Fragwürdige Durchsuchung
   Polizei verdächtigt den Wirt des Gasthofs „Zum Blauen Winzer".
   Sechzehn Tage nach dem Mord an dem Rentner Hans B. durch vergif-
teten Wein durchsuchte die Polizei das Anwesen des stadtbekannten Win-
zers und Wirts des Gasthofs „Zum Blauen Winzer", Ignatz W. (s. Fotos).
Unsere Fotos zeigen Szenen der fragwürdigen polizeilichen Maßnahme
vor dem bekannten Altstadtrestaurant und am Anwesen der in Verdacht
geratenen Familie in Randersacker. Sind Ignatz W. und seine Ehefrau
Annie wirklich die gesuchten Mörder, die für den Tod zweier unschuldi-
ger Menschen verantwortlich sind? Was steckt dahinter, wenn ein angese-
hener Bürger unserer Stadt in die Mühlen der polizeilichen Ermittlungen
gerät? Ein Mann, dem das Schicksal vor knapp acht Monaten schwer
zugesetzt hat, als seine einzige Tochter Carola bei einem bis heute rätsel-
haft gebliebenen Jagdunfall ums Leben kam. Wir haben nachgefragt,
doch weder von der Polizei, noch von den Justizbehörden eine Stellung-
nahme erhalten. Die offiziellen Stellen blocken und verweisen darauf, dass
die Ermittlungen noch nicht abgeschlossen seien. Nur Ausreden? Oder
zerrinnen ihnen die Verdachtsmomente zwischen den Fingern, wie ein
glitschiger Fisch dem unachtsamen Angler entkommt? Ignatz W. ist noch
immer tief schockiert. Er spricht von Rufmord und Schädigung des Anse-
hens seiner Familie. Wie uns der Altstadtwirt in einem Gespräch mitteilte,
ging der als fragwürdig zu betrachtenden gestrigen Durchsuchung tags
zuvor ein Gespräch mit der örtlichen Kripo voraus. Schon darin war der
Verdacht geäußert worden, nur weil die Familie in ihrem Bauerngarten
ein paar Stängel des giftigen Blauen Eisenhuts heranwachsen lässt. Der
Main-Zeitung gegenüber erklärte Annie W., Ehefrau des in Verdacht
geratenen Ignatz W., dass die faszinierend tiefblaue Blüte der Pflanze der

einzige Grund sei, warum das Hahnenfußgewächs alljährlich ein Plätzchen in dem bezaubernden Garten der Familie findet. Eine durchaus verständliche Begründung, wie wir meinen. Daraufhin seien am nächsten Tag, also gestern, Horden von Polizisten unangekündigt über die Anwesen der beiden Wirtsleute hergefallen und hätten Chaos und Verwüstung hinterlassen. Wiederum stellt sich die Frage, in welch einem Zeitalter der Verrohung wir leben. Behandelt man so einen bislang unbescholtenen Mitbürger, der sich um die Kultur der Stadt verdient gemacht hat? Oder geht es, wie Ignatz W. vermutet, um Intrigen gegen ihn? Eine Intrige, in der eine stadtbekannte Vereinigung eine tragende Rolle spielt? „Die Beteiligten wissen schon, wen ich meine", orakelte er, „anscheinend haben sie auch enormen Einfluss auf die hiesige Staatsanwaltschaft und die Polizeibehörden. Kein gutes Zeichen für unseren Rechtsstaat."

Nochmal Heimatkunde
Sonntag, 20. Mai

Leonie und Pia hatten sich für Sonntag wieder auf eine gemeinsame Erkundung der Bischofsstadt verabredet. Dieses Mal hatten sie sich den Dom und das Neumünster vorgenommen. Als sie darüber diskutierten, ob sie sich eine Führung leisten sollten, bekam Steffi das mit. „Wenn ihr mich mitnehmt, erzähle ich euch alles, was interessant ist und was ihr wissen solltet", bot sie sich an.

„Aber deine Familie ...", gab ihre Chefin zu bedenken.

„Ach was. Letztes Wochenende musste ich meine Schwiegereltern ertragen und bekochen. Da habe ich noch einiges gut. Wann und wo treffen wir uns?"

„Schlag was vor, Lokalmatadorin", forderte Pia sie auf.

„Dreizehn Uhr vorm Domeingang?"

„Abgemacht", antworteten die beiden Nichtfränkinnen in einem Atemzug. „Und später dann auf die Alte Mainbrücke zum Brückenschoppen?", schwärmte Pia.

„Da lässt sich drüber reden. Dann lass ich das Auto daheim stehen und komme mit der Straßenbahn."

*

„Also, dass der Dom nach dem heiligen Kilian benannt ist, werdet ihr wohl wissen", erklärte Steffi. Die drei standen in der Nähe des Kircheneingangs. „Wisst ihr aber auch etwas über den heiligen Kilian? Wann hat er gelebt? Was bedeutet er für Franken und für Würzburg?"

„Er ließ den Dom bauen?", riet Pia.

„Falsch! Also hört zu: Wann der Kilian geboren wurde, ist nicht bekannt. Gestorben soll er im Jahr 689 sein, hier in Würzburg und zwar durch Mörderhand. Angeblich stammte er aus einer iro-schottischen Familie und sein Name bedeutet im Keltischen ‚der Mann in der Zelle'. Er war ein Missionar, der sich an die Regeln von Kolumban, einem irischen Klostergründer, hielt. Zuerst lebte Kilian in klösterlicher Einsamkeit, bevor er seine Glaubensstudien aufnahm. Gemeinsam mit zwölf Getreuen nach dem Vorbild Jesu reiste er den Rhein aufwärts und landete mit dem Priester Kolonat und dem Diakon Totnan schließlich in Würzburg, um den christlichen Glauben zu verbreiten. Er und seine Gefährten hatten hervorragende Kenntnisse in Sachen Ackerbau, Holzwirtschaft und Viehzucht. Das gefiel den Einheimischen und sie begannen, sich mit der Glaubenslehre der Fremden zu beschäftigen. Viele ließen sich taufen. So auch Herzog Gozbert. Doch Kilian kritisierte den Herzog, da er mit der Witwe seines Bruders liiert war. Das erlaubte zwar das hiesige Gesetz, nicht aber das kirchliche Recht. Deshalb forderte Kilian Gozbert auf, sich von Gailina zu trennen. Das wiederum machte die Witwe fuchsteufelswild. Und als ihr Partner Gozbert zu einem Kriegszug ausgerückt war, befahl sie gedungenen Mördern, die drei frommen Geistlichen vom Leben in den Tod zu befördern. So starben Kilian, Totnan und Kolonat. Doch den Anführer der Mörder plagte das Gewissen. Er gestand Gozbert nach dessen Rückkehr die schändliche Tat und beging kurz darauf Selbstmord. Auch die Anstifterin Gailina entkam nicht ihrer gerechten Strafe. Bald verstarb sie im Wahnsinn. Das Volk aber sah darin den Beweis für die Kraft der neuen Religion und bekehrte sich zum Christentum. Soweit die christliche Überlieferung, die Heiligenlegende, und natürlich war die Frau mal wieder die böse Anstifterin!"

„Immer am 8. Juli gedenken wir des Heiligen Kilian", erklärte Steffi weiter, „weil am 8. Juli im Jahr 752 Bischof Burkhard, der erste Bischof von Würzburg, die Gebeine der drei Mordopfer ausgraben und in die Salvatorkirche, das heutige Neumünster, bringen ließ. Kilian wurde zum fränkischen Reichsheiligen erhoben. Vielleicht noch etwas Interessantes aus der jüngeren Vergangenheit", fiel Steffi ein. „Erst Anfang des letzten Jahres hat der Dom eine neue Reliquie erhalten, eine Rippe des Heiligen Aquilius. Der einzige Heilige, der in Würzburg geboren wurde. Er wurde um die Jahrtausendwende in Mailand ermordet und zur Feier seines 1.000-jährigen Todestages brachte eine Delegation aus dem Mailänder Erzbistum eine seiner Rippen nach Würzburg. Eine andere war nämlich im Zweiten Weltkrieg, während eines Bombenangriffes auf Würzburg, verloren gegangen."

Leonie und Pia hingen an Steffis Lippen und hätten noch stundenlang zuhören können.

„So und nun gehen wir rein und drinnen erkläre ich euch die wichtigsten Sehenswürdigkeiten. Anschließend besuchen wir noch die angebaute Schönbornkapelle, wo wir auch die Gräber der Fürstbischöfe aus dem Hause Schönborn finden. Schöpfer der Schönbornkapelle ist übrigens ebenfalls der berühmte Baumeister Balthasar Neumann, den ihr schon von eurer Besichtigung der Residenz her kennt. Auf geht's!"

*

Steffis Führung durch die Bischofskirche dauerte länger als eine Stunde. Am Ende hörten sie dem Orgelspiel zu, das gerade ein unbekannter Künstler intonierte. Dann wechselten sie hinüber zur Neumünsterkirche mit ihrem auffallenden Kuppelbau und der barocken Fassade, die sich quasi dem Dom anschloss und im 11. Jahrhundert als Grabkirche über den Gräbern von Kilian,

Kolonat und Totnan errichtet wurde. „Hier gibt es eine alte Sage, die ich euch unbedingt erzählen muss", begann Steffi. „Als während des Dreißigjährigen Krieges die Schweden in Würzburg hausten, stieg in der Nacht ein schwedischer Soldat in die Gruft der Kirche hinab. Er wollte ein goldenes Kruzifix stehlen. Als er gerade seine Hände nach dem Kirchenschatz ausstrecken wollte, umschließt ihn der Gekreuzigte mit beiden Armen und ließ ihn nicht mehr los. Der Soldat zog und strampelte mit aller Gewalt, um sich wieder zu befreien, fluchte und lästerte, aber nichts half. Er blieb bis zur frühen Morgenstunde wie gefesselt. Dann erst näherte sich ein Priester, der die Wehklagen des Frevlers gehört hatte. Er kniete nieder und versank in ein stilles Gebet. Endlich ließ der Gekreuzigte von dem räuberischen Soldaten ab. Das Kreuzbild wird bis heute hier in der Neumünsterkirche aufbewahrt." Dann führte die Würzburgerin ihre beiden Kolleginnen durch die Basilika, wobei sie immer wieder Zeilen aus einem düsteren Gedicht rezitierte, das sie noch aus der Schulzeit kannte.

„Zu Würzburg ist des Martyrs Blut und seiner zwei Genossen,
So ihn begleitet treu und gut, in finstrer Nacht geflossen.
Zu Würzburg nächst dem Dome nun – Neumünster heißt die Stätte,
Wo sie ermordet wurden – ruhn die drei im Totenbette.

Nach Würzburg wallt noch jedes Jahr am Kilianustage
Des Frankenvolkes fromme Schar und kniet am Sarkophage
Von morgens früh bis in die Nacht und lässt den heil'gen Glauben,
Den sein Apostel ihm gebracht, durch keinen Feind sich rauben."

„Wow!", staunte Pia, „Ganz schön gruselig. Woher kennst du sowas?"

„Das stammt aus dem 19. Jahrhundert, von Johann Bartholomäus Goßmann. Er war Lehrer und hat gedichtet. Als Kind habe ich wahnsinnig gerne solche Geschichten gelesen und diese habe ich aus einer Sammlung namens ‚Bayrische Sagen'. Wollt ihr noch zum Lusamgärtchen?", wollte Steffi wissen, als ihre Führung durch das Neumünster zu Ende ging.

„Lusam..., was? Was gibt es da zu sehen und ist es weit dorthin?" Pias Aufnahmefähigkeit war nahezu erschöpft.

„Lusamgärtchen", wiederholte die Würzburgerin geduldig. „Dort können wir einen Kreuzgangflügel aus der Stauferzeit bewundern und Walther von der Vogelweides Grabdenkmahl steht dort. Es ist nicht weit. Es liegt praktisch vor der Tür."

„Also ehrlich gesagt", erhielt Pia Unterstützung von der Hauptkommissarin, „ein Schoppen Frankenwein wäre mir jetzt lieber."

„Na dann", stimmte Steffi zu, „auf zur Alten Mainbrücke!"

*

„Habt ihr gestern den unverschämten Artikel gelesen, der in der Main-Zeitung stand?" Leonie konnte auch während des Wochenendes nicht ganz abschalten.

„Eine einzige Frechheit", gab ihr Steffi recht. „Wie die den Weituschat als braven und zu Unrecht verdächtigten Bürger dargestellt haben, schreit zum Himmel."

„Wenn du mich fragst", übernahm ihre Chefin wieder das Wort, „steckt da eine Kampagne der Main-Zeitung uns gegenüber dahinter."

„Aber warum?" Auch Pia Haberlander hatte den Artikel gelesen, konnte sich aber keinen Reim darauf machen.

„Wir sind denen nicht kommunikativ genug, nicht kooperativ, geben nicht genug Details an die Presse und verweisen meist nur auf laufende Ermittlungen", vermutete Steffi. „Außerdem, auch die Main-Zeitung arbeitet an ihrer Auflagenhöhe. Alleine schon die Schlagzeile: Polizei verdächtigt Wirt des Gasthofs ‚Zum Blauen Winzer'. Jeder Würzburger kennt den Ignatz Weituschat und vermutet hinter dieser Schlagzeile eine Sensation. Das treibt die Verkaufszahlen der Zeitung doch nach oben."

„Aber wie schaut es denn tatsächlich aus?", wollte Pia wissen. Meint ihr, dass dieser Wirt und seine Frau etwas mit unserem Fall zu tun haben?"

„Ich fürchte, nein", gab Leonie kund. „Dazu sind mir der Weituschat und seine Frau zu selbstsicher, zu frech aufgetreten. Ich fürchte, wir müssen nochmal ganz von vorne anfangen."

Ein neues Schreiben
Montag, 21. Mai

So ein Quatsch, Carola Weituschat ist nicht das Liebste, das uns genommen wurde. Lassen Sie Ignatz, ihren Vater, in Ruhe. Die kläglichen Bestände an Blauem Eisenhut in seinem Garten reichen ja nicht einmal aus, um eine Wühlmaus zu vergiften. Was ist mit dem Schmerzensgeld? Sollen wir nochmals morden?

Wut und Enttäuschung
Im Februar vor einem Jahr

Das Personalgespräch, das Dr. Al-Hussein führen musste, war nicht einfach. Was sagt man einem Mitarbeiter, den man schätzt, der sehr gute Leistungen zeigt, der aber entlassen werden soll, letztlich nur weil er Muslim ist? Die Wahrheit? Aber wie? Welchen Grad an Loyalität war er seinem Chef schuldig, wenn der ein Rassist war? Etwa so? „Professor Walter ist ein Arsch, ein Fremdenhasser. Ich sehe das völlig anders. Glaube mir, ich habe alles für dich getan, was ich konnte. Man will dich loswerden und tarnt sich mit angeblichen Kostengründen. Aber, wenn du bereit bist, einen Aufhebungsvertrag zu unterschreiben, zahlt man dir drei Monatsgehälter." Al-Hussein sah auf die Uhr an der Wand. Noch eine Stunde, dann musste er seinem Mitarbeiter irgendetwas sagen. Aber was? Er wusste es noch nicht.

*

Der von Dr. Al-Hussein hoch gelobte irakische Mitarbeiter, anerkannter Asylbewerber und Musterbeispiel einer gelungenen Integration, hatte am Sonntag Besuch. Aus dem Iran, wie sich zeigte. Kathrin hatte Dienst im Klinikum und so folgte Halas al-Askari der Einladung des Imams der kleinen Hinterhof-Moschee in Grombühl. Man habe einander lange nicht gesehen und es gebe wichtige Neuigkeiten aus dem Irak. Halas solle am Sonntag um die Mittagszeit kommen. Halas staunte nicht schlecht, als ihm Azad Haaleh gegenübertrat und ihn in die Arme schloss. „Allahu akbar, Bruder, wie geht es dir, hier im goldenen Paradies des Westens?", begrüßte der ihn. „Nachdem ich gerade in Deutschland zu tun habe, habe ich mir gedacht, besuche doch deinen Bruder aus Mossul."

„Das ist aber schön, Bruder Azad", freute sich Halas aufrichtig. Dann erzählte er, wie es ihm auf seiner Flucht ergangen war, dass er in Deutschland mit offenen Armen empfangen worden war und nach seiner Anerkennung als Flüchtling schnell einen Job gefunden hatte. Auch von Kathrin erzählte er und wie dankbar er sei, von so vielen Seiten Hilfe erhalten zu haben, von deutschen und von muslimischen Organisationen. Ob es denn Neues von seiner Schwester gäbe, wollte er von Azad wissen.

„Die ist mit einem IS-Kämpfer verheiratet worden, der von den verdammten Amerikanern erschossen wurde. Wir denken daran, sie freizukaufen. Aber du musst deinen Teil dazu beitragen, das ist nicht umsonst", setzte Azad hinzu.

„Was soll ich machen?", wollte Hamas wissen. „Ich tue alles, damit Ashtar freikommt."

„Wirklich alles?", hatte Azad seine Zweifel. Das weitere Gespräch plätscherte dahin, bis der VEVAK-Mitarbeiter endlich auf den Punkt kam. „Allah hat dich erwählt, du bist auserkoren, Bruder", begann er, „weil wir glauben, dass du bereit bist, dich für unsere Dienste erkenntlich zu zeigen. Wir spüren zwar noch nicht ganz, wie nahe du dem Propheten stehst, aber du kannst uns ja mit einer Heldentat vom Gegenteil überzeugen. Dass du eines Tages, wenn die endgültige Abrechnung über diese Welt kommt, gerne unversehrt über die Brücke des Höllenfeuers wandeln und in das Paradies einziehen möchtest, ist uns klar. Wann genau dieser Tag kommen wird, weiß niemand, aber wir haben uns gedacht, dass wir dir dieses unerträgliche Warten verkürzen könnten, wenn du bereit bist, als Märtyrer in das Paradies Allahs einzuziehen."

„Wie meinst du das, Bruder?", hatte Halas al-Askari erschreckt und voller Vorahnungen nachgefragt. Dann eröffnete ihm Azad Haaleh einen detaillierten Plan, der den jungen Iraker erschaudern ließ.

*

„Ich weiß ehrlich nicht, wie ich dir diese Nachricht beibringen soll", übte Dr. Al-Hussein vorsichtig im Selbstgespräch. „Ich weiß auch erst seit letztem Freitag davon und ich bin machtlos dagegen. Für dich wird es eine schlechte Nachricht sein. Eine sehr schlechte sogar." Dann berichtete er fast wortwörtlich, wie das freitägliche Gespräch zwischen ihm und Professor Walter abgelaufen war. Immer schön bei der Wahrheit bleiben!

„Das kann doch nicht wahr sein", vernahm er gedanklich Halas Kommentar.

„Das ist aber leider so", nahm ihm Dr. Al-Hussein die letzte Hoffnung, nachdem Halas einige Zeit schweigend und nachdenklich auf einen imaginären Punkt auf dem Fußboden gestarrt hatte. In Dr. Al-Husseins Büro war es mucksmäuschenstill. Nur der Sekundenzeiger der Uhr an der Wand tickte leise und drehte unbeirrt seine Runden, dabei ließ er ein leises, regelmäßiges Klack, Klack, Klack hören. Wie der Zeitzünder einer Bombe. Und dann sah Dr. Al-Hussein vor seinem inneren Auge Halas al-Askari von seinem Stuhl aufspringen, zur Tür rennen und sie von außen wütend zuschmeißen. Dann war er weg. Dr. Al-Hussein kehrte aus seinen Gedanken in die Gegenwart zurück.

Beratungen
Montag, 21. Mai

Es war wieder so ein Tag, an dem bereits zu früher Morgenstunde die Sonne bissig vom Himmel strahlte. Alle Wetterdienste prophezeiten einen Jahrhundertsommer voller Gluthitze und Trockenheit. Die Würzburger Winzer blickten sorgenvoll zum Himmel.

Sonne war zwar gut für den Wein, aber zu viel davon bedeutete, dass die Trauben viel früher als sonst ihre volle Reife erreichten und die Lese damit früher als die Jahre zuvor beginnen würde. Ob dann auch Erntehelfer in ausreichender Anzahl zur Verfügung stünden, musste man erst noch sehen.

In der KPI Würzburg hielt das neue Schreiben der beiden Giftmischer ganze Kohorten an Kriminalisten in Atem und äußerster Betriebsamkeit. Dieses Mal erhielten die Main-Zeitung und die Stiftung Juliusspital nur Kopien. Das Original war direkt an die Kripo gerichtet worden und kam wieder per Post, aufgegeben am Samstag in Veitshöchheim. Im Mittelpunkt des Briefes stand das Schmerzensgeld und die Drohung mit einem neuen Mord.

„Wenn das kein Täuschungsmanöver ist, dann ist Carola Weituschat nicht ‚das Liebste‘, das ihnen genommen wurde", erklärte Leonie. „Das wiederum lässt den Schluss zu, dass das – ich bleibe bei dem Begriff ‚tragisches Ereignis‘ – vor der Fusion der beiden Kliniken stattgefunden hat. Sonst hätten sie nämlich ihren Brief auch an das Klinikum Mitte adressieren müssen."

„Nicht zwangsläufig", meinte Steffi. „Was, wenn die oder der Liebste in die Missionsärztliche Klinik aufgenommen wurde?"

„Was wahrscheinlich nicht der Fall war", widersprach ihr Leonie. „Bereits im ersten Erpresserbrief war vom Juliusspital die Rede."

„Ich habe da so meine Bedenken. Warum nennen die Erpresser dann nicht Ross und Reiter?", verzweifelte Stefanie.

„Weil uns der Name zu ihnen führen würde. Das wollen sie aber unter allen Umständen vermeiden."

„Sie wollen Rache."

„So sehe ich das auch", bestätigte Leonie Steffis Vermutung. „Dass wir den Ignatz Weituschat in Ruhe lassen sollen, hat auch einen zeitlichen Hintergrund. Je länger wir uns mit ihm beschäftigen, desto mehr Zeit verlieren wir, das ‚tragische Ereignis‘ aufzuklären. Ich denke, das ist der eigentliche Hintergrund, das eigentliche Signal der Nachricht. Haben die Kollegen von der SpuSi oder der KTU inzwischen verwertbare Hinweise auf die Wirtsleute des Gasthofes ‚Zum Blauen Winzer‘ gefunden?"

„Bisher nicht die Bohne", antwortete Steffi enttäuscht.

„Das habe ich mir fast gedacht. Ehrlich gesagt, habe ich damit auch gar nicht mehr gerechnet. Es ist einfach frustrierend. Gibt es neue Meldungen über die Hotline?"

„Nicht wirklich. Zumindest nichts, was einigermaßen plausibel oder erfolgversprechend klingt", gab Steffi entmutigt von sich.

„Dann gehen wir nochmal die bisherigen Meldungen durch, die wir über die Hotline erhalten haben. Vielleicht haben wir etwas übersehen."

„Das klingt stark nach Verzweiflung", kommentierte Steffi, hatte aber auch keinen besseren Vorschlag. „Also dann, an die Arbeit", seufzte sie.

Shalom Europa
Im Februar vor einem Jahr

Würde man von einem gewissen Punkt im Hofgarten hinter der Würzburger Residenz ziemlich genau und schnurstracks nach Südosten laufen, würde man durch einen Grüngürtel direkt auf den Kreisverkehr des Friedrich-Ebert-Rings stoßen und von dort in die Valentin-Becker-Straße eintauchen. So erreichte man dann das Jüdische Gemeinde- und Kulturzentrum „Shalom Europa", das sich als jüdisches Erlebnishaus sieht. So jedenfalls könnte die oberflächliche Analyse eines Auswärtigen ausfallen, der den Würzburger Stadtplan betrachtet und sich nicht wirklich mit den Gegebenheiten der Altstadt auskennt. Dass sich östlich des Hofgartens der Residenz der Klein-Nizza-Park, ein Teil des halbkreisförmig verlaufenden Ringparks, der grünen Lunge Würzburgs, anschließt, ist dabei sekundär. Wichtiger ist, dass der Hofgarten und der Klein-Nizza-Park, der mit einer abwechslungsreichen Teich- und Blumenlandschaft ausgestattet ist, durch eine Mauer getrennt sind. Wenn man also das „Shalom Europa" erreichen wollte, wäre es besser, dies über die Ecke Ringpark/Rennweg zu versuchen.

Bereits im Jahr 1970 ließen die Jüdische Gemeinde Würzburg und der Regierungsbezirk Unterfranken gemeinsam mit einem eigens gegründeten Initiativkreis privater Förderer eine Synagoge errichten. Doch dabei blieb es nicht. Schritt für Schritt entstand rund um die Synagoge ein moderner Gebäudekomplex, der allen Anforderungen einer wachsenden jüdischen Gemeinde Rechnung trug. Auch überregionale Zukunftsvisionen wurden in dem Gebäudekonzept verwirklicht. Durch den Zuzug osteuropäischer jüdischer Einwanderer stieg die Anzahl der Mitglieder der Kultusgemeinde sprunghaft an. „Shalom Europa" entstand schließlich als sichtbares Zeichen der Deutsch-Jüdischen Aussöhnung. Es ist ein Museum der besonderen Art, ein jüdisches Erlebnishaus, einmalig in ganz Europa. Darin wird Besuchern vermittelt, wie jüdisches Leben in unserer Zeit aussieht. Bewusst wurde dabei auf eine Gedenkstätte verzichtet. Auch kulturgeschichtliche Exponate findet man hier eher nicht. Stattdessen dominieren in dem außergewöhnlichen Museum moderne pädagogische Kommunikationsmittel wie Videos und Hologramme anstelle von silbernen Kidduschbechern.

„Shalom Europa" wurde im Laufe der Zeit zu einem zentralen Treffpunkt des orthodoxen Judentums auf dem europäischen Festland ausgebaut. 1987 entstand ein Dokumentationszentrum als zentrale Informationsquelle zur jüdischen Geschichte der Region, beginnend mit den Anfängen des 12. Jahrhunderts bis in die heutige Zeit, ergänzt durch eine wissenschaftliche Bibliothek zur jüdischen Kultur und Geschichte in Unterfranken. Das „Lauder Chorev Center" vermittelt mithilfe des weltweit größten Fundes mittelalterlicher jüdischer Grabsteine die Geschichte jüdischen Lebens in Unterfranken. Rund neunzig Übernachtungsplätze stehen dafür zur Verfügung, selbstverständlich inklusive koscherer Küche. Im Laufe der Jahre wurde auch die ursprüngliche Synagoge erweitert. Mittlerweile verfügt das Jüdische Zentrum an der Valentin-Becker-Straße auch über eine Mikwe, ein Ritualbad, in dem die Gläubigen ganz untertauchen können, um so rituelle und geistige Reinheit zu erlangen.

Viele kulturelle Veranstaltungen finden im „Shalom Europa" statt. Auch Religionsunterricht wird angeboten. Daneben tummeln sich die Mitglieder der „Kreative Menore Gruppe" in den Räumen des Zentrums, die sich regelmäßig im Weißen Saal zu Chorproben treffen. Sie pflegen jüdisches Liedgut vom 19. Jahrhundert bis in die Moderne sowie Tänze. Regelmäßig tritt die kleine Gruppe mit musikalischen Inszenierungen aus Texten, Liedern und Tänzen vor Publikum auf, um jüdischen Gemeindemitgliedern eine kulturelle Heimat zu bieten und bei nichtjüdischem Publikum Interesse zu wecken.

Kurzum, in der Stadt am Main gab es wieder eine lebendige und kulturell aktive jüdische Gemeinde, die auch über den Tellerrand der eigenen Region hinausblickte. Was die Gemeindemitglieder nicht wussten, war, dass das „Shalom Europa" Gegenstand einer Diskussion zwischen Azad Haaleh und Halas al-Askari gewesen war.

*

Halas war am Boden zerstört: All seine Hoffnungen, seine Träume, sein neues Leben vernichtet. Alles! Seit er genug Deutsch verstand, um Zeitung zu lesen und die Nachrichten im Fernsehen zu verfolgen, hatte er die Meldungen der Medien zu den Themen Flüchtlinge, Integration und Migrationspolitik aufmerksam verfolgt. Er wusste, welche Partei welche Ansicht vertrat. In Kürze stand die Wahl des neuen Bundestages an. Die Regierung stand wegen der Flüchtlingspolitik der letzten Jahre heftig unter Druck. Seit Halas' Ankunft in Deutschland hatte sich die Diskussion um das Thema Migration radikal verändert. Populisten ritten diese Welle. Immer wieder erschienen neue, reißerische Schlagzeilen und schürten unter der deutschen Bevölkerung die Angst vor Überfremdung. Kriminelle und terroristische Akte muslimischer Glaubensbrüder standen dabei oft genug im Vordergrund. Leider!

Er verfolgte auch die Talk-Shows im Fernsehen. Nicht einmal die Experten waren sich einig, wie Integration am besten gelänge, wie man Fluchtursachen bekämpfen könne, was gegen Extremismus zu tun sei. Auch Halas hatte inzwischen unangenehme Erfahrungen machen müssen, hatte Hass auf Fremde, auf Migranten, auf Flüchtlinge vor Krieg und Bürgerkrieg erleben müssen, nicht nur in den sogenannten sozialen Netzwerken.

Und das war es nun. Das Gespräch mit Dr. Ibrahim al-Hussein hatte ihm den Rest gegeben. Ein hartes Aufschlagen auf dem Boden der Tatsachen. Sein Traum von einem friedlichen Leben in Deutschland war zerplatzt wie eine Seifenblase. Und er saß in der Falle. Azad Haaleh hatte klar gesagt, was man von ihm erwartete. Warum war er nur so naiv gewesen? Warum hatte er Azad nur vertraut, dass man nur eine klitzekleine, harmlose Gefälligkeit für die Fluchthilfe von ihm erwartete? Halas schalt sich selbst. Es hatte ja schon mit der unfreiwilligen Teilnahme am Al-Quds-Marsch begonnen. Den Trick mit dem T-Shirt hatte er inzwischen auch durchschaut. Es blieb dabei, er saß in der Falle, er war erpressbar.

Und dazu die Kündigung, über deren wirkliche Motive Dr. Al-Hussein ihn nicht im Unklaren gelassen hatte. Halas gab sich keiner Illusion hin: Seinen Job im Klinikum Würzburg Mitte konnte er vergessen. Aber was nun? Hartz IV oder wie das hieß? Bekam er das als Migrant überhaupt? Die Straße? Betteln? Zurück in den Irak? Auch keine Lösung: Der IS oder der iranische Geheimdienst VEVAK würden ihn in der Heimat noch viel leichter erwischen. Im Irak wäre er ein toter Mann, das war sicher. Untertauchen in Deutschland? Auch keine Lösung, wenn er bedachte, wie ungehindert Azad und andere hier agierten. Die würden ihn auch hier finden. Er war ein toter Mann, so oder so!

Wenn er täte, was Azad von ihm verlangte, dann könnte er wenigstens sicher sein, als Märtyrer ins Paradies zu gelangen. Und hieß es nicht ebenfalls, dass auch den Familienangehörigen von Märtyrern der Platz im Paradies sicher sei? Seine Mutter, sein Vater, sein kleiner Bruder Achmed, er würde sie wiedersehen!

Azad Haaleh hatte ihm bis Ende Februar Bedenkzeit gegeben. Danach erwartete man von ihm eine eindeutige Antwort an eine Telefonnummer in Hamburg. Wie hatte sich Azad Haaleh ausgedrückt? „Wir werden uns ein Event aussuchen, an dem mächtig was los sein wird. Überlege es dir gut!" Halas empfand das als Drohung. „Der Verfassungsschutz sucht immer noch nach dir. Sie haben dich gefilmt, als du letztes Jahr in einem Hisbollah-T-Shirt durch Berlins Straßen gezogen bist. Nur ein kleiner Hinweis und sie haben dich! Und dann ab mit dir, zurück in den Irak. Und denke an deine Schwester, wir können sie retten oder es lassen!"

Halas durchdachte alle Möglichkeiten, die ihm verblieben waren, aber er kam immer wieder zum selben Ergebnis. Er war erledigt, egal wie er sich entschied. Aber noch hatte er Zeit. Das Attentat, das er ausführen sollte, war erst für das kommende Jahr geplant. Vielleicht ergab sich in der Zwischenzeit doch noch eine überraschende Lösung. Oder die überlegten es sich anders.

Und was würde aus seiner Beziehung zu Kathrin werden? Er fühlte sich in ihrer Nähe wohl, auch wenn sie streng genommen eine Ungläubige war. Zwar hatte er versucht, ihr den Islam verständlich zu machen, ihr seinen Glauben, die Tradition, in der er aufgewachsen war, nahezubringen, aber sie hatte sofort geblockt. „Halas," hatte sie gesagt, „Religion spielt in unserer Beziehung nicht die geringste Rolle. Du bist Moslem, ich bin Christin. Wir sollten das beide respektieren. Das hatten wir von Anfang an so vereinbart. Versuche nicht, mich zu bekehren. Ich werde mit dir auch nicht über den christlichen Glauben diskutieren. Wir tun so, als gäbe es keine Religion. Wir reden einfach nicht darüber. So sind die Spielregeln." Das war ihm zunehmend schwergefallen: Je weiter er von seiner Heimat entfernt war, in einem anderen Kulturkreis lebte, desto bewusster war ihm geworden, wie „muslimisch" er eigentlich war. Tausende seiner Glaubensbrüder versanken in den Wellen des Mittelmeeres und die Welt scherte sich anscheinend einen Dreck darum.

Azad Haaleh machte es sich einfach, für ihn war Kathrin nur eine Ungläubige: „Habe Spaß und ficke sie, so oft du kannst. Dann wirf sie weg wie einen stinkenden Lappen. Sie ist nur eine Ungläubige."

Langsam beruhigte sich Halas. Zwar fürchtete er sich noch immer vor dem Tod, aber der Märtyrertod war gewiss süß und ehrenvoll. Er war zwar nicht besonders gläubig gewesen, aber sein Tod würde alles wettmachen! Er war nicht besonders fromm gewesen, aber eigentlich hatte er die fünf Pflichten eines Gläubigen erfüllt: Er hatte gebetet, er hatte seinen Glauben in der Moschee bekannt, er hatte Almosen gegeben, er hatte während des Fastenmonats Ramadan gefastet. Sogar die „Große Pilgerfahrt", die Hadsch während des Pilgermonats Dhul Hidscha, hatte er bereits vollzogen. Vor etwa zehn Jahren war er mit seinem Vater nach Mekka gereist, in die Stadt, in der der Prophet Mohammed geboren worden war und die ersten Offenbarungen empfangen hatte. Er erinnerte sich, als ob es gestern gewesen wäre, wie er und sein Vater sich in ihre Pilgergewänder wickelten, je zwei weiße, ungesäumte Tücher. Er war tief ergriffen, als befinde er sich dadurch im Ihram, einer Art Weihezustand. Von diesem Moment an durfte er nicht mehr fluchen, sich nicht mehr eincremen, sich nicht mehr die Nägel schneiden, sich nicht mehr rasieren. Dann betraten er und sein Vater gemeinsam mit tausenden anderen Gläubigen die Moschee, in deren Zentrum die Kaaba stand. Wie ergriffen war er, als er die Kaaba sah, diesen mit schwerer schwarzer Seide umhüllten Würfel, das erste Gebetshaus der Menschheitsgeschichte, das von Adam selbst errichtet worden war. Er wusste, dass in einer Ecke der Kaaba ein schwarzer Stein eingelassen war, der direkt aus dem Paradies stammte und vom Engel Gabriel an Abraham übergeben worden war. Es herrschte dichtes Gedränge, als er und sein Vater zusammen mit den vielen anderen tausenden Gläubigen mit der siebenmaligen Umrundung entgegen des Uhrzeigersinnes begannen. Anschließend begaben sie sich für die erste Übernachtung in die Zeltstadt Mina. Den zweiten Tag verbrachten sie am Berg Arafat, außerhalb der Stadt. Dort beteten sie und baten um Vergebung ihrer Sünden. Am Abend zogen sie weiter in die Ebene von Musdalifah. Hier sammelten die Mekkapilger Steine für die symbolische Steinigung des Teufels am nächsten Tag. Halas hatte lange und sorgfältig gesucht, bis er sieben große Wurfgeschosse mit scharfen Kanten und Spitzen gefunden hatte. Noch vor dem Sonnenaufgang kehrten die Pilger nach Mina zurück, um dort, auf der Dichamarat-Brücke, jeweils sieben Steine gegen eine mächtige Säule zu schleudern. Man musste die richtige Stelle treffen. Auch hier herrschte fürchterliches Gedränge. Jeder wollte es dem Teufel zeigen. Am Abend begann das Opferfest Eid al-Adha. Tausende Schafe und Ziegen wurden geschlachtet. Doch die Pilger hielten Maß beim Essen. Der größte Teil des Fleisches wurde an Bedürftige verschenkt. Dann legten die Pilger ihre Pilgergewänder ab, verließen damit ihren Weihezustand und zogen ihre normale Straßenkleidung wieder an. Weitere sieben Mal umrundeten sie die Kaaba und liefen sieben Mal zwischen den Hügeln Safa und Marwa hin und her, bevor die Hadsch mit einer abschließenden Umrundung des schwarzen Würfels endete. Zum Abschluss ihrer Pilgerfahrt fuhren Halas und sein Vater in das 400 Kilometer entfernte Medina, wo sie in der Prophetenmoschee das Grab Mohammeds besuchten.

Ein wehmütiges Lächeln lag auf dem Antlitz des jungen Irakers, als er sich an die Pilgerreise mit seinem Vater einnerte. Alles, wonach ein gläubiger Moslem streben sollte, hatte er bereits erlebt und vollzogen. Was also hielt ihn in diesem irdischen Leben noch? Warum sich an diese klägliche Existenz klammern? Gab es vernünftige Gründe, nicht als Märtyrer in das Paradies einziehen zu wollen? Nein, für Halas al-Askari gab es keine mehr.

Mörderische Überlegungen
Dienstag, 22. Mai

„Meinst du nicht, dass es vielleicht ein Fehler war, der Kripo mitzuteilen, dass sie sich nicht um den alten Weituschat kümmern sollen?" Die Frau hatte Bedenken bekommen, ob ihre Handlungsweise richtig war.

„Stell dich doch nicht so an", reagierte ihr Ehemann scharf. „Die wissen doch gar nichts über uns."

„Dennoch, das hätten wir nicht zu sagen brauchen. Es war doch gut, dass die Polizei auf einer falschen Spur war."

„Jetzt hör doch endlich mit deiner Bedenkenträgerei auf! Mann, das geht mir vielleicht auf den Senkel. Du hast anscheinend gar nichts kapiert! Wenn du es genau wissen willst, weil sich die Polizei zu sehr in den Ignatz Weituschat verbissen hat. Bloß wegen der paar lächerlichen Exemplare vom Blauen Eisenhut, die er da in seinem Garten stehen hat. Dem alten Gauner schadet es überhaupt nicht, wenn ihm die Kripo etwas näher auf die Finger schaut", antwortete er. „Das ist schön, dass sie ihn nun am Wickel haben", freute sich der Mann, „wegen seiner finanziellen Betrügereien. Bei dem werden die Steuerfahnder bald auftauchen, aber das hilft uns nicht."

„Und unsere Sache betreffend, wie gehen wir da jetzt weiter vor?"

„Wir könnten der Kripo verraten, dass unsere Tochter an Herzstillstand verstorben ist, aber dann könnten wir uns gleich selbst stellen. Das bringt nichts. Was wollen wir? Wir wollen die eine Million Euro. Im Juliusspital ist noch immer keine Entscheidung gefallen, ob sie das Schmerzensgeld zahlen wollen. Wir müssen an dieser Stelle hart bleiben, sonst nimmt man uns nicht ernst."

„Noch einen Unschuldigen umbringen?", klagte die Ehefrau.

„Ja. Aber dieses Mal gezielt. Den ehemaligen Freund unserer Tochter", entschied der Ehemann.

„Aber wir kennen ihn doch gar nicht", stellte die Frau nüchtern fest.

„Dann suchen wir ihn eben. Hast du nicht erzählt, dass er so gerne Tomaten und irakisches Bamia isst? Ich habe da mal gegoogelt. Das sind Okraschoten mit Lamm und Tomaten."

„Aber wie willst du denn den einen Mann in ganz Würzburg finden?", führte sie verzweifelt aus.

„Quatsch, in ganz Würzburg, das brauchen wir doch gar nicht. Sie hat ihn auf der Arbeit kennengelernt, hast du mir vor einiger Zeit verraten. Also ist er ein Mitarbeiter vom Juliusspital oder vom Klinikum Mitte, und so viele Iraker gibt es da auch nicht. Das finde ich heraus. Das wurmt mich übrigens noch heute, dass sie sich so einen Ausländer ausgesucht hat. Dreckspack. Er darf nicht weiterleben, wenn die Stiftung nicht bezahlt."

„Wenn das Juliusspital nicht bezahlt, wären Hans Beimer und der Obdachlose umsonst gestorben", meinte sie. „Und wie wollen wir ihn bestrafen? Wenn er tatsächlich ein Moslem ist, wird er wohl keinen Wein trinken."

„Hast du nicht gesagt, dass er für sein Leben gerne Tomaten isst?"

Verfassungsschutz
Rückblick

Azad Haaleh hatte nicht geblufft. Tatsächlich suchten die Verfassungsschutzbehörden noch immer nach dem Mann im gelben Hisbollah-T-Shirt. Bisher waren sie wenig erfolgreich. Das lag, wie bei der Suche nach den NSU-Mördern, an ihrer Struktur. Schon während des Al-Quds-Marsches in Berlin standen sie einander ständig im Weg. Das Bundesamt für Verfassungsschutz war in Berlin omnipräsent, weil es sich für bundesweite Gefährder interessierte und sich generell für das Thema zuständig sah. Dann waren da noch die Vertreter des Landesamtes für Verfassungsschutz der Stadt Hamburg, weil die der Ansicht waren, dass der ganze Marsch sowieso von der Hamburger Organisation der Islamischen Akademie oder vom Islamischen Zentrum, ebenfalls mit Sitz in Hamburg, organisiert worden war. Da kannten sie sich aus. Die Abteilung des Verfassungsschutzes des Berliner Innenministeriums schließlich war der Meinung, dass kein anderer als sie für die verfassungsschutzrechtlichen Aufgaben verantwortlich sein konnte. Schließlich fanden die Demonstrationen zum Al-Quds-Tag auf ihrem Terrain statt. Alle drei Behörden waren untereinander nicht weisungsbefugt und handelten unabhängig voneinander. Jeder behielt seine Erkenntnisse für sich: Da hatte es inmitten der Demonstranten ein einzelner Mann gewagt, sich gegen die Anweisungen des Berliner Innensenators aufzulehnen, indem er ein gelbes Hisbollah-T-Shirt trug. Wer so etwas wagte, musste mit seiner Verhaftung rechnen. Das ließ den Schluss zu, dass es sich bei dem unerschrockenen Demonstranten um einen gefährlichen Kämpfer der Hisbollah, einen noch unbekannten Gefährder oder gar um einen potentiellen Terroristen handeln musste, auf jeden Fall um einen Verbündeten oder Sympathisanten. Dies erschien umso schlüssiger, da er sich dreist seines gelben T-Shirts entledigt hatte und blitzschnell und unerkannt in der Menschenmasse untergetaucht war. Vermutlich ein gefährlicher unbekannter Kämpfer, der in einem der afghanischen Ausbildungslager ausgebildet worden war und mit Sprengstoff umzugehen wusste. Der Hamburger Verfassungsschutz vermutete ihn in der Szene des Iranischen Zentrums Hamburg, die Berliner Kollegen im Umkreis von schiitischen Fundamentalisten und die Ermittler des Bundesamtes für Verfassungsschutz in Köln vermuteten ihn überall. Die Kölner waren es, die Halas al-Askari in ganz Deutschland suchten und sie verfolgten eine heiße Spur, die zum Zentralen Omnibusbahnhof am Funkturm führte. Ein Busfahrer von FlixBus erinnerte sich anscheinend genau: „So ne jemeinjefährliche Type war det, wa?", bemerkte er. „Ha ick mir schon jedacht, als der so daherjeschlappt kam", gab er zu Protokoll. Das war nun acht Monate her. Dann verlor sich die Spur des Gesuchten. Auch die Beamten des Bundesamtes für Verfassungsschutz vermuteten den Mann mit dem gelben T-Shirt übrigens eher in der Hamburger Szene und ließen ihrerseits die Telefone ihrer Kollegen im Hamburger Landesamt für Verfassungsschutz überwachen.

Nutzlose Gespräche
Im Februar vor einem Jahr

Kathrin hatte sofort bemerkt, dass mit Halas irgendetwas nicht stimmte. Seit Tagen wirkte er völlig verändert. Missmutig, deprimiert, lustlos, reizbar. Sie hatte das Gefühl, dass er sich vor ihr zurückzog, wusste nicht, was geschehen war, und Halas rückte nicht damit heraus. Alles sei okay, wehrte er ihre Fragen ab. Er habe eben im Moment einen kleinen Durchhänger, weil in der Klinik nicht alles so lief, wie er sich das vorstellte. „Dann sprich mit mir", hatte sie ihn aufgefordert, „vielleicht kann ich dir helfen oder zumindest einen Rat geben." Kathrin war extra mit dem Bus nach Hettstadt gekommen, um hinter das Geheimnis zu kommen, das ihr Freund mit sich herumschleppte. Doch sie konnte tun und lassen was sie wollte: Sie lockte ihn mit süßen Worten, drohte damit, dass sie die Beziehung zwischen ihr und ihm gefährdet sah, wenn sich nicht bald alles wieder normalisiere, und sie schimpfte mit ihm. Sie hatte keinen Erfolg. Halas blieb verschlossen und starrte die meiste Zeit nur schweigend vor sich hin. „Dann sprich wenigstens mit Dr. Ibrahim al-Hussein, wenn du schon nicht mit mir reden willst", riet sie ihm, als sie sich wutentbrannt verabschiedete, um wieder nach Würzburg zurückzufahren. „Dein Chef ist ein guter Mann. Ich weiß, dass er dich mag und von deinen Leistungen begeistert ist", lockte sie Halas ein letztes Mal. Als sie spätabends wieder in ihrer Wohnung ankam, bemerkte sie, dass sie ihr Mobiltelefon bei Halas vergessen hatte.

*

Halas lag in dieser Nacht noch lange wach, nachdem Kathrin ihn verlassen hatte. Natürlich hatte er ihr nichts davon erzählt, dass er erst heute mit seinem Chef eine lange Unterhaltung geführt hatte. Ein nutzloses Gespräch, wie er jetzt wusste. „Sie müssen mir versprechen, alles was ich Ihnen jetzt erzähle, für sich zu behalten", hatte er eingangs gefordert. „Wirklich alles." Als Dr. al-Hussein schließlich zugestimmt hatte, begann Halas seine Geschichte. Von Anfang an. Er verschwieg nichts, auch nicht den Kontakt mit Azad Haaleh. Dann berichtete er von seiner Flucht nach Würzburg, wie man ihn nach seiner Ankunft unterstützt hatte und wie es gekommen war, dass er am letztjährigen Al-Quds-Marsch in Berlin teilgenommen hatte. Auch sein letztes Treffen mit Azad Haaleh verschwieg er nicht. Eine Sache behielt Halas allerdings für sich: Dass der VEVAK von ihm verlangt hatte, das Jüdische Gemeindezentrum in die Luft zu sprengen. Als Halas mit seiner Erzählung geendet hatte, herrschte langanhaltendes Schweigen in Dr. Husseins Büro.

„Du darfst diesen Kontakt mit dem VEVAK nicht aufrechterhalten", riet ihm der Iraner. „Du musst das den deutschen Behörden melden, Halas", warnte ihn sein Chef. „Der Iranische Geheimdienst wird eines Tage Dinge von dir verlangen, die du nicht tun möchtest. Glaube mir, ich habe da meine Erfahrungen. Lass die Finger vom VEVAK."

„Ich werde darüber nachdenken," log Halas. „Aber wenn das der einzige Rat ist, den du mir geben kannst, muss ich wohl das Angebot von Professor Dr. Walter annehmen. Kannst du bitte nochmals mit ihm sprechen, ob mir die Abfindung von drei Monatsgehältern auch über die Kasse in bar ausbezahlt werden kann? Und, bevor ich es vergesse, Ibrahim, noch ein Punkt: Kein Wort gegenüber Kathrin! Ihr zu erklären, dass ich im Klinikum aufhöre, ist meine Sache."

„Was willst du denn dann tun?", wollte der Arzt sorgenvoll wissen.

„Ich suche mir einen neuen Job. Ich bin nach Deutschland gekommen, um hier ein friedliches Leben zu führen."

„Wenn du meine Hilfe benötigst, Halas, ich bin immer für dich da, auch wenn du nicht mehr bei uns arbeitest. Vielleicht gelingt es mir, dich an eine Praxis in der Stadt zu vermitteln. Ich habe da einige Kontakte. Wenn du willst?"

„Danke, Doktor, das würde mir natürlich ungemein helfen." Halas hatte seinen Noch-Chef gerade angelogen. Er hatte sich längst entschieden.

Abgehört
Im Februar vor einem Jahr

Was lange währt, wird endlich gut. Seit dem letzten Jahr jagten sie den Mann im gelben T-Shirt. Nun schien sich ihre Hartnäckigkeit auszuzahlen. Einen Tag, nachdem Kathrin Burmester ihren Freund in Hettstadt besucht hatte, loggte sich ein Mobiltelefon in den IMSI-Catcher der Abteilung für Verfassungsschutz im Berliner Innenministerium ein. Dadurch wurden auch deren Kollegen im Landesamt für Verfassungsschutz in Hamburg auf den Anruf aufmerksam, denn auch sie hatten ihre Kollegen in der Landeshauptstadt abgehört. Am Ende der Kette lauerten die Beamten des Bundesamtes für Verfassungsschutz des deutschen Inlandsnachrichtendienstes in Köln.

Der Anrufer landete infolge einer Anrufweiterleitung aus Hamburg direkt auf dem Smartphone von Ajatollah Mohammed Hosseini, dem Leiter des Iranischen Zentrums Hamburg. Der Anruf kam von einem deutschen Mobiltelefon, das sich in Hettstadt bei Würzburg in eine Funkzelle eingeloggt hatte und gerade dem Abhörsystem IMSI, der „International Mobile Subscriber Identity" zum Opfer gefallen war. Dabei wird dem Anruferhandy vorgegaukelt, dass es sich ordnungsgemäß in eine Funkzelle eingeloggt hat. In Wirklichkeit klemmt sich IMSI zwischen das Handy und das Mobilfunknetz und identifiziert die Geräte und die Telefonkartennummer. IMSI arbeitet relativ einfach. Notwendig dazu ist eine Antenne zum Abfangen der Nachricht, ein Laptop mit einer bestimmten Ergänzungssoftware und ein Mobiltelefon zum Abhören. Das alles wusste Halas al-Askari natürlich nicht. So beging er gleich zwei fatale Fehler: Er benutzte Kathrins Handy und als sein Anruf angenommen wurde, sprach er sorglos: „Richten Sie Azad Haaleh aus, dass ich seinen Vorschlag annehme."

„Du Vollidiot, schalte sofort das verdammte Handy aus und wirf es weg", war alles, was er als Antwort erhielt. Dann war die Leitung tot. Als Halas den Anruf tätigte, befand er sich gerade auf einem Spaziergang, um seinen Kopf frei zu bekommen. Vor ihm erhob sich die Silhouette der kleinen Sternwarte bei Hettstadt. Ratlos sah er auf den toten Bildschirm von Kathrins Handy. Dann nahm er die SIM-Karte aus dem Gerät, legte das Mobiltelefon auf den steinigen Weg und stampfte voller Wut mit seinen Schuhen darauf herum. Auf dem Heimweg warf er die Einzelteile in eine dichte Hecke am Wegesrand.

*

Die drei Verfassungsschutzorganisationen in Berlin, Hamburg und Köln hatten genug gehört und ihre Maschinerie begann anzulaufen. Schnell stellten sie den Halter des Mobiltelefons fest, von dem Ajatollah Ramazani angerufen worden war. Die Hamburger und Berliner zeigten sich enttäuscht: Bayern. Und mit dem Namen Azad Haaleh konnten sie auch nichts anfangen. Am Nachmittag gaben sie ihre Informationen an ihre Verfassungsschutzkollegen in München weiter. Erst einen Tag später informierten sie ihre Kollegen in Köln. Als diese die Nachricht erhielten, war sie bereits Schnee von gestern. Zwei Beamte waren bereits nach Würzburg unterwegs, um einer Kathrin Burmester unangenehme Fragen zu stellen. Natürlich kannte man in Köln Azad Haaleh, den Aufsteiger im Iranischen Geheimdienst VEVAK. Man vermutete, dass er schon etliche Auslandsoperationen des Dienstes geleitet hatte und für einige Terroranschläge verantwortlich war. Definitiv nachweisen konnte man ihm aber nichts. Aber dieses Mal, dieses Mal würde das anders sein. Wie Spürhunde hatten sie eine Fährte aufgenommen und hechelten ihr hinterher. Anscheinend stand ein aus dem Iran geplanter Anschlag unmittelbar bevor. Davon waren die beiden überzeugt. Sie mussten ihn verhindern. Sie würden fündig werden.

*

Es war zwei Tage nach Halas' verräterischem Anruf. Kathrin hatte ihren Freund nicht mehr gesehen, seit sie ihn in Hettstadt besucht hatte. Sie machte sich Sorgen um ihn, dachte an ihn, als sie nach einem anstrengenden Arbeitstag müde und zerschlagen ihren Schlüssel in das Schloss ihrer Wohnungstür steckte.

„Kathrin Burmester?", vernahm sie eine Stimme hinter sich. Sie drehte sich um. Ein hagerer Mann in Trenchcoat, Hut und Sonnenbrille stand hinter ihr. Leicht versetzt hinter ihm stand sein Ebenbild, nur viel kleiner und untersetzt. Dann zogen beide gleichzeitig ihre Plastikkärtchen aus den Manteltaschen, hielten sie ihr unter die Nase und spuckten ebenfalls gleichzeitig das Wort

„Verfassungsschutz" aus. „Wir müssen mit Ihnen reden. Können wir mit reinkommen?"

Kathrin war zu sehr überrumpelt, als dass sie ihnen den Zugang zu ihrer Wohnung verwehrt hätte. Drinnen ließen sich die beiden Figuren auf ihrem Sofa nieder und blickten sie durch die dunklen Gläser ihrer Sonnenbrillen an. „Wie im Kino," dachte Kathrin. Aber es war nicht zum Lachen. „Wo waren Sie am 21. Februar, also vor zwei Tagen, um einundzwanzig Uhr?", wollte der Hagere wissen.

„An meinem Arbeitsplatz im Klinikum Würzburg Mitte. Ich hatte Spätschicht. Was soll eigentlich die Fragerei? Wollen Sie mich nicht aufklären, was Sie von mir wollen?"

Der Untersetzte überhörte ihre Fragen. „Mit wem haben Sie um diese Uhrzeit telefoniert?"

„Mit niemandem. Es ist verboten, im Klinikum während der Arbeitszeit private Gespräche zu führen."

„Wir wissen aber, dass von Ihrem Handy aus am 21. Februar um genau einundzwanzig Uhr ein Telefonat geführt wurde", führte der Hagere aus.

Kathrin überlegte blitzschnell. Halas kannte den PIN-Code ihres iPhones. Sie erinnerte sich daran, dass sie ihm die Zugangsdaten selbst verraten hatte. „Ich habe deinen Geburtstag als PIN eingespeichert, 2804", hatte sie ihm gesagt. „Das kann gut möglich sein", erklärte die MTA, „wurde es mir doch tags zuvor, als ich an der Kasse eines Supermarktes anstand, aus meiner Handtasche geklaut. Hinter mir standen drei Männer mit Bärten. Ich glaube sie sprachen Persisch. Jedenfalls sagte der eine etwas von ‚pedar', was ‚Vater' heißt und von ‚mard', was übersetzt ‚Mord' heißt. Ich weiß das, ich bin da sprachlich etwas angehaucht."

„Haben Sie den Diebstahl bei der Polizei angezeigt?", fragte der Untersetzte.

„Das machte wenig Sinn, da ich erst spätabends den Verlust bemerkte." Kathrin hoffte, dass ihre Aussagen schlüssig und glaubhaft waren. Bevor sie zu Halas nach Hettstadt gefahren war, war sie noch schnell beim Lidl gewesen. Danach hatte sie mit ihrer

Mutter telefoniert und dann ihr Handy ausgeschaltet. Sie hoffte, dass ihr die beiden Trenchcoats nicht auf die Schliche kamen. Was hatte Halas bloß angestellt? Wen hatte er mit ihrem Handy angerufen?

„Wir müssen Ihren Laptop überprüfen", drangen die Worte des Hageren an ihr Ohr.

„Dürfen Sie das überhaupt?", versuchte sie sich zaghaft zu wehren.

„Was glauben Sie, was wir alles dürfen", kam die vage Antwort.

Kathrin konnte sich vorstellen, was die beiden vorhatten. Halas hatte keinen Computer. So ein teures Gerät konnte er sich noch nicht leisten. Sie würden daher auf ihrem Laptop keine Verbindung zu ihrem Freund finden. „Na gut, wenn Sie unbedingt müssen", willigte sie ein, „dann walten Sie Ihres Amtes." Sie verriet ihnen die Zugangsdaten und das Kennwort ihres E-Mail-Accounts. Sollten die beiden sich doch mit ihrem Computer vergnügen. Sie hatte keine Geheimnisse, hatte keine Nacktfotos oder dergleichen abgespeichert. Alle Fotos von ihr und Halas waren auf ihrem Handy und das musste sich im Besitz ihres Freundes befinden. Sollten die zwei ihn doch suchen. Von ihr erfuhren sie nichts. Sie war sicher, sie würden ihn nicht finden. Doch Kathrin rechnete nicht mit der Hartnäckigkeit der beiden Beamten. Nachdem sie sich von ihr verabschiedet hatten, riefen sie zu nachtschlafener Zeit den Bürgermeister von Hettstadt an und kündigten ihren Besuch für den folgenden Tag an.

Wer ist er?
Mittwoch, 23. Mai

Das mörderische Ehepaar hatten seine Suche inzwischen auf fünf Personen eingegrenzt. Die 31-jährige Irakerin Amira Mansour, die als Buchhalterin bei den Wellhöfer-Treppen angestellt war, schlossen sie von vornherein aus. Blieben also noch fünf irakische Männer übrig, die sie sich noch genauer ansehen wollten. Mehr irakische Mitarbeiter waren bei der Stiftung und dem Klinikum Mitte nicht beschäftigt.

Malik al-Hashimi, 25 Jahre alt, war Mitarbeiter im Tagungszentrum an der Klinikstraße 1. Sinam Nasser, 31 Jahre alt, arbeitete als Küchenhilfe in den Weinstuben an der Juliuspromenade. Farim Zaidan, 29 Jahre alt, verdiente sich als Hilfsarbeiter im Weingut von Dr. Kießling seine Brötchen. Abbas Shawahn, 30 Jahre alt, hatte es in die Immobilienabteilung der Stiftung geschafft, wo er mit seinen guten Englischkenntnissen manchem deutschen Kollegen etwas voraus hatte. Halas al-Askari, 31 Jahre alt, hatte Ende Februar des letzten Jahres vom Klinikum Mitte zum Orthopäden Dr. Jochen Applas in der Würzburger Altstadt gewechselt.

Das waren die Kandidaten. Unter ihnen musste sich der ehemalige Freund ihrer Tochter befinden. Nun hatten sie Zeit, sich jeden von ihnen genau vorzunehmen, deren Leben zu durchleuchten, zu beobachten und den richtigen Mann herauszufinden. Sie kannten die Leibspeise des Täters und dass er für sein Leben gern Tomaten aß.

„Ich besorge mir ihre Privatanschriften", versprach der Ehemann.

Letztes Jahr in Hettstadt
Im Februar vor einem Jahr

Einen Tag, nachdem sie Kathrin Burmester besucht hatten, kreuzten die beiden Trenchcoats vom Verfassungsschutz Köln in der Gemeinde Hettstadt auf und marschierten kerzengerade auf das örtliche Rathaus zu. Die Christusglocke aus dem Jahr 1493, die im schlanken Kirchturm von St. Sixtus hing, gab elf dumpfe Schläge von sich. Die beiden hatten bereits einen ausgiebigen Spaziergang hinter sich. Sie wollten sich ein persönliches Bild von den örtlichen Gegebenheiten machen, wollten mit eigenen Augen sehen, bei welchen Koordinaten sich Kathrin Burmesters angeblich gestohlenes Handy eingeloggt hatte und von IMSI entdeckt worden war. Was wollte der Anrufer hier in der Nähe der Sternwarte? Diese Frage stellten sie sich immer wieder, bevor sie sich auf den Rückweg machten, um den Bürgermeister zu sprechen.

„Wie viele Ausländer sind in Ihrer Gemeinde polizeilich gemeldet?", fragten sie das Gemeindeoberhaupt.

„Das weiß ich zufälligerweise ganz genau", antwortete der, „weil ich mir erst vor einer Woche ein Bild davon verschafft habe. Wir in Hettstadt sollen nämlich weitere Migranten aufnehmen. Um auf Ihre Frage zurückzukommen: Vor nicht allzu langer Zeit wurden uns neu drei Iraner und ein Iraker zugeteilt, die seitdem in unserer Gemeinde leben. Die drei Iraner sind arbeitslos und haben kaum deutsche Sprachkenntnisse, der Iraker arbeitet im Juliusspital. Meine Frau sagt immer, dass sie denen in der Nacht nicht alleine über den Weg laufen möchte. Dann haben wir noch drei Österreicher, fünf Kroaten, vier Griechen und zehn Italiener."

„Uns interessieren nur die Iraner", gab der Große von sich. „Warum möchte Ihre Frau denen in der Dunkelheit nicht alleine begegnen?"

„Weil die immer so bedrohlich aussehen mit ihren Bärten und dunklen Augen, sagt meine Frau. Die hat uns das BAMF Würzburg geschickt. Darüber sind nicht alle glücklich. Also, wenn Sie mich fragen, was die den ganzen lieben langen Tag so treiben, ich könnte es Ihnen nicht sagen. Ich weiß nur, dass sie mit dem Bus sehr oft nach Würzburg fahren."

„Wissen Sie, was die Iraner in Würzburg treiben? Haben die da Kontakte?" Der Untersetzte vermutete Schlimmes.

„Ich weiß nur, dass sie häufig das Freitagsgebet in einer Moschee besuchen. So sagt man."

„Wir brauchen die Namen und alle Meldedaten. Möglichst gleich. Ansonsten möchten wir Sie bitten, über unseren heutigen Besuch Stillschweigen zu bewahren."

„Haben die drei etwas ausgefressen?", sorgte sich der Bürgermeister. „Sind die gefährlich?"

*

Nachdem die zwei Kölner Trenchcoats nach ihrem Besuch beim Bürgermeister im Gasthof „Zur Krone" eingekehrt waren und zum Mittagessen geschmorte Schweinsbäckchen in Mostsoße bestellt hatten, diskutierten sie, was in ihrem Bericht stehen würde.

Der Untersetzte: „Es würde mich nicht wundern, wenn der Iranische Geheimdienst die drei bewusst nach Deutschland eingeschleust hat. Als Schläfer sozusagen. Ich sage dir, da tickt eine Zeitbombe."

Der Hagere: „Sehe ich genauso. Unsere Leute müssen die Vita der drei genauestens durchleuchten. Notfalls mit Unterstützung der CIA, des MI5 oder des Mossad."

Der Untersetzte: „Was ist mit unserem BND?"

Der Hagere: „Vergiss es. Das sind doch nur Pflaumen."

Der Untersetzte: „Da hast du auch wieder recht. Wie viele Moscheen gibt es in Würzburg? Was ist mit unbekannten Hinterhofmoscheen? Hassprediger in privaten Wohnungen?"

Der Hagere: „Wollte ich auch gerade sagen. Das muss gecheckt werden. Wir müssen an der Sache dranbleiben, müssen herausfinden, inwieweit sich die drei schon radikalisiert haben."

Der Untersetzte: „Richtig. Die von mir zitierte Zeitbombe."

Der Hagere: „Sollen wir unseren Bericht auch in Kopie an die Kollegen in Berlin und Hamburg geben?"

Der Untersetzte: „Spinnst du? Was haben denn die Penner damit zu tun?"

Der Hagere: „Okay. Sonst schmücken die sich noch mit fremden Federn. Meinst du, dass einer der drei der Mann im gelben Hisbollah-T-Shirt ist?"

Der Untersetzte: „Da bin ich mir ziemlich sicher. Als wir heute Vormittag von unserem Ausflug zu der Sternwarte zurückkamen, meine ich, einen von diesen Iranern gesehen zu haben. Der hatte verdammte Ähnlichkeit mit dem Mann im gelben T-Shirt."

Der Hagere: „Na bitte. Aber das sollen unsere Kollegen vom Überwachungsdienst übernehmen. Jedenfalls haben wir hervorragende Arbeit geleistet."

Der Untersetzte: „Wie immer. Ich glaube, unsere geschmorten Schweinsbäckchen sind im Anrollen. Prost, Antonius."

Der Hagere: „Prost, Peter."

Fastnacht in Franken
Im Februar vor einem Jahr

Kathrin war schon immer ein Faschingsmuffel gewesen, obwohl sie sich jedes Jahr im BR die Faschingssitzung „Fastnacht in Franken" ansah, die aus den Mainfrankensälen in Veitshöchheim ausgestrahlt wurde. Auch diesmal waren sie alle wieder dabei, die bayerischen Promis. Der Seehofer, der Söder, der Beckstein und der Schwarze Sheriff, der bayerische Innenminister Joachim Herrmann, der von dem Duo Heißmann und Rassau wegen seiner einfallslosen, jedes Jahr gleichen Verkleidung wieder kräftig auf den Arm genommen wurde. Eigentlich sah sie sich die Show hauptsächlich wegen Michl Müller an, dem eigentlichen Höhepunkt der Fastnachtsgala. Meist lag sein Auftritt ziemlich am Ende der Sendung, kurz bevor die Oberpfälzer von der „Altneihauser Feierwehrkapelln" einzogen. „Fastnacht in Franken" war für Kathrin die einzige Faschingssendung, die sie im Fernsehen ertragen konnte. Da konnte „Mainz bleibt Mainz" mit seinem ständigen „Tatää, Tatää, Tatää" nicht mithalten. Dieses Jahr konnte Kathrin aber nicht so richtig mitlachen. Sie hatte andere Sorgen, sie fürchtete, dass ihre Beziehung mit Halas al-Askari in die Brüche ging. Das wollte sie nicht. Er hatte sich nicht mehr gemeldet, seit sie ihn das letzte Mal in Hettstadt besucht hatte. Der Besuch der Beamten vom Kölner Verfassungsschutz vor ein paar Tagen zeigte ihr, dass Halas Scheiße gebaut haben musste. Sie wusste nur nicht, wie groß der Haufen war. Deshalb musste sie dringend mit ihm sprechen. Obwohl sie einmal vereinbart hatten, einander nicht am Arbeitsplatz anzurufen, brach sie diese Regel. Notfälle erforderten besondere Maßnahmen. Sie erwischte ihn sofort. Zunächst herrschte sekundenlanges Schweigen. „Halas, wir müssen reden."

„Ja, richtig", stimmte er ihr zu.

„Noch heute", bestimmte sie. „Ich lade dich ins ‚Alibaba' ein. Die haben heute offen, trotz Fasching. Wenn du willst, kannst du anschließend auch bei mir übernachten. Treffen wir uns um achtzehn Uhr?"

„Okay, ich hole dich ab." Seine Stimme klang ganz normal. Kathrin war gespannt, was er ihr zu berichten hatte.

*

Es waren nur wenige Gäste in dem orientalischen Restaurant in der Semmelstraße. Halas und Kathrin hatten sich einen Tisch in einer Ecke ausgesucht. Hier konnten sie sich unterhalten, ohne dass jemand am Nebentisch mithören konnte. „Ich befand mich tagelang in einem Dilemma, das mir ordentlich zu schaffen machte", begann Halas sein komisches Verhalten der letzten Tage zu erklären. „Es gab Schwierigkeiten mit der Klinikleitung, genauer gesagt mit Professor Walter. Ich denke, es lag nicht an meinen fachlichen Leistungen, eher an der Tatsache, dass ich irakischer Migrant bin. Walter ist ein Populist, wenn nicht ein ausgemachter Rassist. Ich hatte einen moralischen Durchhänger."

„Warum hast du dann nicht mit mir geredet?" Kathrin verstand die Welt nicht mehr.

„Weil ich ein Mann bin und meine Probleme selbst lösen muss. Ich kann mich nicht in den Armen einer Frau ausheulen und sie bitten, meine Probleme zu lösen. Das macht kein echter Mann. Um es kurz zu machen: Ich habe einen Aufhebungsvertrag unterschrieben, bevor sie mich rauswerfen. Heute war mein letzter Arbeitstag. Am 1. April trete ich einen neuen Job bei Dr. Applas, einem Orthopäden in der Altstadt, an. Das verdanke ich auch dir. Erinnere dich, du hast mir dazu geraten, dass ich mit Dr. Ibrahim al-Hussein sprechen soll. Er und Dr. Applas kennen sich schon seit Jahrzehnten. Ibrahim hat mir die Stelle vermittelt. Ich bin froh, dass das nun alles vorüber ist. Alles wird wieder gut."

„Halas, mach so etwas nie wieder", ermahnte ihn Kathrin, nachdem sie sich seine Geschichte angehört hatte, „ich halte das nicht aus." Sie hatte noch mehrere Fragen an ihn. „Hast du mein Handy gefunden? Ich muss es, als ich letzte Woche bei dir war, liegengelassen haben."

„Dein Handy? Richtig. Es lag auf dem Fliesenfußboden. Ich habe es leider nicht bemerkt. Erst als ich am Abend unglücklicherweise draufgetreten bin. Als es knirschte und das Glas des Displays splitterte, war es zu spät. Das Ding sah völlig ramponiert aus. Es war jedenfalls nicht mehr zu gebrauchen, also habe ich es gleich entsorgt, habe aber die SIM-Karte vorher rausgenommen." Halas bemerkte, wie seine Freundin ihre Fassung zu verlieren schien. Schnell setzte er nach: „Mach dir keine Sorgen. Ich kriege eine Abfindung vom Juliusspital, ich kaufe dir ein neues."

Doch Kathrin ging es nur vordergründig um den Verlust ihres Mobiltelefons. Was sagten die Leute vom Verfassungsschutz? Wann hatten sie das Telefonat abgehört? Das war einen Tag, nachdem sie bei Halas gewesen war. Er hatte sie gerade angelogen. Wen rief Halas an, dass es den deutschen Verfassungsschutz auf den Plan rief? Die beiden Trenchcoat-Typen hatten es ihr nicht verraten. Sie glaubte Halas kein Wort mehr. Nichts war in Ordnung, das war ihr nun leider klar. Sie musste unbedingt herausbekommen, in was ihr Freund da verwickelt war! In dieser Nacht schlief sie zwar nach mehr als einer Woche wieder mit Halas, aber nichts war okay. War die Beziehung noch zu retten? Sie wusste es nicht. Die ganze Zeit musste sie darüber nachdenken, was er ausgefressen haben könnte.

Die Suche nach dem Freund
Montag, 28. Mai

Das Ehepaar konnte zwei ihrer fünf Kandidaten von der Liste streichen. Abbas Shawahn, der Mann aus der Immobilienabteilung der Stiftung kam, sicherlich nicht in Frage. Kathrins Mutter hatte ihn am Samstag beobachtet. Sie war ihm gefolgt, als er am Abend gegen zwanzig Uhr von seiner Wohnung in der Zellerstraße mit seinem Wagen wegfuhr. Die Fahrt ging zunächst über die Dreikronenstraße zur Bundesstraße 8, dann weiter über die Friedensbrücke. Shawahn blieb auf der Bundesstraße und fuhr den Röntgen-, später den Haugerring entlang, bevor er am Berliner Platz in die Schweinfurter Straße abbog. Auf Höhe des Europahauses bog er rechts ab und orientierte sich in Richtung Nürnberger Straße. Etwa auf Höhe von Hausnummer 88 verlangsamte er seine Fahrt und suchte nach einem Parkplatz. Als er seinen Wagen abgestellt hatte, lief er direkt auf das stadtbekannte Club-Wellness-Center zu, das auf 600 Quadratmetern Fläche Entspannungsmöglichkeiten für Männer versprach, und verschwand darin ohne sich umzublicken.

Der Ehemann hatte am Sonntag die Überprüfung von Sinam Nasser, dem Küchenhelfer in den Weinstuben an der Juliuspromenade, übernommen. Er legte sich in Würzburg-Hubland in einer Straße auf die Lauer, in der eine lange Häuserzeile mit Sozialwohnungen stand. Es dauerte nicht lange, bis Sinam Nasser aus einem der heruntergekommenen Häuser trat. Er war nicht allein. Eine kleine rundliche Frau mit Kopftuch folgte ihm auf den Fuß. Sinam war damit beschäftigt, einen Kinder-Buggy in Zwillingsausführung aufzubauen. Dann nahm er nacheinander die beiden Kleinkinder, die auf den Armen der Frau herumzappelten, und setzte sie nebeneinander in das breite Gefährt. Der kleine Junge hielt einen Plastikbagger in der Hand und donnerte ihn mit Schwung seiner Zwillingsschwester auf den Kopf. Wie eine Sirene heulte die Kleine auf. Papa Sinam wurde laut, jetzt heulten beide Kinder und Mama Nasser schlug die Hände über dem Kopf zusammen und gestikulierte gen Himmel. Vielleicht um Allah anzurufen und ihn um Beistand zu bitten. Der Mann im VW Tiguan verfolgte die Szene genau, strich dann Sinam Nasser gedanklich von der Liste und fuhr davon. Blieben noch drei Kandidaten. Von zweien hatte er sich die Adressen über das Personalreferat der Stiftung besorgt. Einer war nicht mehr beim Juliusspital beschäftigt, da er zunächst zum Klinikum Mitte gewechselt und Ende Februar letzten Jahres dort gekündigt hatte. Seine Wohnung in Hettstadt solle er aber behalten haben, hieß es. Ihn würden sie zum Schluss überprüfen.

Bedenken in Hettstadt
Im Februar vor einem Jahr

Halas al-Askari spürte unterschwellig, dass Kathrin seine gestrige Erklärung nicht so recht geglaubt hatte. Hatte er einen Fehler begangen? Er hatte sich doch vorher alles bis in das kleinste Detail zurechtgelegt, alles, was er ihr sagen wollte. Er fand seine Geschichte plausibel. Sie konnte ruhig bei Dr. Applas nachfragen. Alles war wasserdicht. Dr. Ibrahim al-Hussein erinnerte sich an Dr. Applas, einen langjährigen Freund, und rief ihn spontan in seinem Beisein an. „Ich könnte tatsächlich Hilfe brauchen", hatte der am Telefon gesagt. „Wenn du deinen Mitarbeiter weiterempfehlen kannst, dann schicke ihn doch kurzfristig bei mir vorbei". Halas hatte geahnt, dass Kathrin seine Aussagen hinterfragen würde. Deshalb hatte er an dieser Stelle auch nicht gelogen. Nur von dem Telefonat und dessen Inhalt hatte er kein Sterbenswörtchen erwähnt. Warum also war Kathrin nicht überzeugt? Das spürte er. Nachdem er ihr eingestanden hatte, dass ihr Handy kaputt war, war sie wie ausgetauscht. Okay, das war natürlich eine Lüge, aber das konnte sie unmöglich ahnen. Von diesem Zeitpunkt, hatte er das Gefühl, war sie nicht mehr so richtig bei der Sache. Auch später, als sie miteinander schliefen, war sie geistig weit weg, war selbst kaum aktiv und schien den Sex nicht wirklich genossen zu haben. Halas sah ihre geistige Abwesenheit als ein gefährliches Zeichen. Irgendetwas in ihr rumorte, beschäftigte sie und ließ sie nicht mehr los. Halas kannte sie inzwischen gut genug. Sie würde keine Ruhe geben. Halas bewunderte Kathrins Einfallsreichtum, ihre Hartnäckigkeit, wie sie an die Lösung einer Sache heranging. Es galt also auf der Hut zu sein. Vorsicht war angesagt. Er durfte Azad Haalehs Vorhaben, das „Shalom Europa" betreffend, auf keinen Fall gefährden. Gerade jetzt, da er mit sich selbst ins Reine gekommen war. Außerdem stand die Befreiung seiner Schwester auf dem Spiel. Er hatte keine Angst mehr vor dem Tod. Ein Druck auf den Knopf, mehr gehörte nicht dazu. Er selbst würde nichts spüren. Danach wartete das Paradies auf ihn. Darauf wollte er sich konzentrieren.

Trotzdem, Kathrin würde ihm fehlen, auch wenn sie ihm derzeit misstraute und eine Ungläubige war, wie Azad sagte. Er bereute nicht, dass er etwas mit ihr angefangen hatte. Aber wieso musste es noch so lange dauern bis zum Tag des Anschlags? Das Warten fiel ihm schwer, doch er schwor sich, fest bei seinem Entschluss zu bleiben. Nur ein kleiner Knopfdruck, Märtyrer, Paradies – an mehr wollte er nicht denken. Er musste unbedingt Azad kontaktieren, der würde ihm helfen.

*

Am nächsten Tag fand Halas al-Askari einen Brief von Kathrin in seinem Briefkasten.

Lieber Halas,

ich weiß, dass du mit meinem Handy am 21. Februar, abends um einundzwanzig Uhr einen Anruf getätigt hast. Du bist also nicht am Tag vorher draufgetreten. Das war eine Lüge und Lügen sind keine Basis für eine vertrauensvolle Beziehung. Du kennst mich. Dein Telefonat wurde vom deutschen Verfassungsschutz abgehört. Deswegen bekam ich von zwei „netten" Herren Besuch. Ich habe denen (noch) nichts von dir erzählt, sondern behauptet, dass mir mein Mobiltelefon gestohlen wurde.

Es ist schön, dass du bei Dr. Applas einen neuen Job gefunden hast, aber ich möchte nun die volle Wahrheit wissen. Überlege es dir gut. Ich gebe dir zehn Tage Zeit. Wenn ich bis dahin nichts von dir höre, gehe ich davon aus, dass dir nichts mehr an mir liegt. Dann gebe ich den Beamten des Verfassungsschutzes deine Adresse. Mit Lügen kann und will ich jedenfalls nicht mehr weiterleben. Es tut mir leid, dass es so weit kommen musste, aber das hast du dir selbst zuzuschreiben.

Kathrin

Halas war geschockt, als er den Brief gelesen hatte. Nun musste er schnellstens Kontakt aufnehmen. Azad Haaleh musste wissen, was hier abging, und eine Entscheidung treffen.

Eine neue Spur?
Montag, 28. Mai

Leonie kam nicht voran. Der Fall ging ihr allmählich auf den Senkel. „Wo du hinlangst, flutscht dir alles durch die Finger", schimpfte sie. Langsam kamen ihr Zweifel, dass sie den Fall bald erfolgreich würden abschließen können. Nur, was würde dann passieren? Würden die Giftmischer ihre Mordserie fortsetzen? Vor ihr lag die aktuelle Ausgabe der Main-Zeitung. Eine kurz gehaltene Meldung fiel ihr auf.

Doktor des Klinikums geehrt

Dr. Ibrahim al-Hussein vom Klinikum Mitte in Würzburg wurde am Wochenende für seine wissenschaftliche Veröffentlichung zum Thema Zytodiagnostik von der Landesärztekammer Bayern mit der Wilhelm-Conrad-Röntgen-Medaille ausgezeichnet. Mehr dazu im Regionalteil auf Seite 22.

Sie blätterte vor. Leonie stutzte. Es war nicht der Name des Arztes, an dem sie hängenblieb, sondern dieser Fachbegriff „Zytodiagnostik". Der war ihr doch erst kürzlich untergekommen. Sie erinnerte sich, dass sie danach sogar gegoogelt hatte. Dann fiel ihr dieser anonyme Brief ein, den sie im Rahmen der Mitarbeiter-Hotline-Aktion gelesen hatte. Wo hatte sie den hingesteckt? Sie hatte ihn wegen der blühenden Fantasie der Geschichte zur Seite gelegt. Es dauerte zehn Minuten, bis sie ihn in Händen hielt. Dann las sie erneut. War vielleicht Dr. Ibrahim al-Hussein der anonyme Absender oder war die Verwendung des Fachbegriffes „Zytodiagnostik" einfach nur ein dummer Zufall. „Es gibt keine Zufälle", würde Steffi überzeugt behaupten. Falls Dr. Hussein der Absender des Briefes war, was bezweckte er damit? Leonie konnte sich nicht vorstellen, dass ein nun hoch dekorierter Wissenschaftler sich einen

Spaß mit so einer Geschichte machte, mit Polonium-210. Dr. Ibrahim al-Hussein war leitender Arzt in der Radiologie. Wurde Polonium-210 in der Radiologie gebraucht? Dr. Al-Hussein hatte einen Mitarbeiterstab von 28 Leuten hieß es in dem Artikel und galt als Vorreiter bei der Integration von Flüchtlingen, hatte er doch zwei von ihnen in seiner Röntgenabteilung beschäftigt: Halas al-Askari, eingestellt im Juli vor zwei Jahren, selbst gekündigt acht Monate später, sowie Zahrah Haddad, vom Arbeitgeber gekündigt Ende März des letzten Jahres. Warum kündigt ein ausländischer Mitarbeiter, ein Flüchtling, von selbst nach nur achtmonatiger Tätigkeit, ging ihr durch den Kopf. Seltsam! Leonies kriminalistischer Instinkt hatte sie noch nie getäuscht. Hatte Hussein doch mit Polonium-210 zu tun?

Eine Wohnung in Grombühl
Im Februar vor einem Jahr

Yasin Shakira war der Dringlichkeit wegen so schnell angereist, wie es ihm möglich war. Er hatte sich vorher noch mit Azad Haaleh über ein abhörsicheres Krypto-Handy abgestimmt. Nun saß er nach dem rituellen Freitagsgebet Halas al-Askari gegenüber.

„Es war richtig, dass du gleich angerufen hast, Bruder", lobte er den Iraker, „aber es war absolut falsch, mit dem Handy deiner Freundin Ajatollah Reza Ramazani zu kontaktieren. Nur so sind dir die deutschen Sicherheitsbehörden auf die Schliche gekommen. Was wolltest du eigentlich ausgerechnet vom Ajatollah?"

„Das war reiner Zufall, ich habe nur die Nummer angerufen, die mir Azad genannt hatte, ehrlich! Den Ajatollah kenne ich gar nicht persönlich. Ich habe ihn nur während des Al-Quds-Marsches letztes Jahr in Berlin einmal gesehen. Ich wollte nur Azad mitteilen, dass ich die Aufgabe, das Jüdische Gemeindezentrum zu zerstören, annehme. Ich war in einer euphorischen Stimmung. Dann lag da das Handy meiner Freundin und ich dachte, dass es eine gute Idee ist, nicht mein eigenes Handy zu benutzen."

„Was weiß deine Freundin sonst noch?"

Halas al-Askari reichte Yasin Shakira Kathrins Brief.

„Du musst sie beseitigen, bevor sie die deutschen Behörden informiert."

„Das kann ich nicht", rief Halas gequält, „und wenn, wie sollte ich das machen? Erschießen, mit dem Messer erstechen?"

„Weder noch", erklärte ihm sein Gegenüber. „Das sind ungeeignete Methoden. Du darfst keine Spuren hinterlassen, wenn du den Anschlag nicht gefährden willst. Ich verrate dir, wie du es machen wirst. Deine Freundin wird innerhalb weniger Tage sterben und du wirst bis zum Anschlag auf „Shalom Europa" unauffällig weiterleben. Niemand wird dich verdächtigen. Dazu werden wir dir das richtige Mittel besorgen", sprach Yasin Shakira weiter. „Polonium-210. Das ist ein wirksames Gift, ein chemisches Element." Shakira sah Halas' besorgtes Gesicht. „Keine Sorge, es besteht keine Gefahr für dich, solange das Gift nicht in deinen Körper gelangt", beschwichtigte er ihn. „Du musst deiner Freundin nur eine winzige Menge des giftigen Schwermetalls, am besten in einem Getränk, verabreichen. 0,01 Gramm wirken bereits tödlich." Was er Halas nicht verriet, war, dass die tödliche Alpha-Strahlung des chemischen Elements ein Sterben über mehrere Tage bedeutet. Unaufhaltbar. Er fuhr fort: „Ein direkter Nachweis des Gifts ist im menschlichen Körper kaum möglich. Der Arzt wird einen natürlichen Tod feststellen, niemand wird dich verdächtigen. Hör gut zu, du musst jetzt alles ganz genauso machen, wie ich es dir jetzt erkläre. Kann ich mich darauf verlassen?"

„Nein, das kann ich nicht tun", widersprach Halas. „Ich kann sie nicht umbringen."

„Und der Anschlag?", wollte Shakira wissen.

„Das ist etwas anderes", beteuerte der Iraker, „schließlich geht es da auch um die Rettung meiner Schwester. Hat sich Azad Haaleh schon dazu geäußert, wann mein großer Tag kommen wird?"

„Du musst dich noch etwas gedulden, Bruder. Azad plant, dass du die Zionisten nächstes Jahr am Todestag des großen Ajatollah Chomeini überraschst."

„Das ist dann ja erst am 3. Juni des nächsten Jahres?", fragte Halas al-Askari verwundert.

„Ja, die Vorbereitung braucht Zeit. Die Sprengmittel müssen beschafft werden und auch du musst dich vorbereiten. Der Tag ist ein nationaler Feiertag im Iran. Der Ajatollah wird aus dem Paradies heraus über die Todfeinde herfallen und du bist sein gläubiger Diener und Werkzeug zugleich."

Je mehr der junge Iraker darüber nachdachte, umso mehr gruselte ihm bei dieser Idee.

Die Suche geht weiter
Dienstag, 29. Mai

Die Frau gab keine Ruhe. Sie waren so nahe dran. Es war an der Zeit, endlich herauszufinden, wer der Freund ihrer Tochter gewesen war. Sie war in der Stadt zum Tagungszentrum der Stiftung unterwegs. Ihr Mann musste arbeiten und hatte keine Zeit, sich an der Suche zu beteiligen. Heute hatte sie sich Malik al-Hashimi in der Klinikstraße 1 vorgenommen.

„Wissen Sie, mein Mann feiert heuer einen runden Geburtstag", log sie, „da möchte ich ihn und seine Gäste mit einem besonderen Ambiente überraschen. Ein festliches Bankett vielleicht?"

„An wie viele Persone haben Sie denn gedacht?", bemühte sich Al-Hashimi in fast perfektem Deutsch.

„So an die sechzig werden es schon werden."

„Perfekt. Da kann ich Ihnen entweder unsere Zehntscheune empfehlen, die auch im Obegeschoss barrierefrei erreichbar und traditionell fränkisch ausgestattet ist. Alternativ stunde Ihnen auch unser Gartenpavillon aus dem Jahr 1705 zur Verfügung. Er bietet stilvolle Eleganz mit sonnendurchfluteten Fenstern. Wann soll die Feier stattfinden?", wollte er wissen.

„Auf jeden Fall während des Tages. Ich denke da an ein stilvolles Mittagessen und eine zeitlich versetzte Kaffeerunde. Natürlich mit Torten und Kuchen. Haben Sie denn am 13. August noch was frei?"

Der Angestellte des Juliusspitals wischte mit dem rechten Zeigefinger über sein Tablet. „13. August?", versicherte er sich nochmals. „Genau", bestätigte die elegant gekleidete, schlanke Frau mit der großen Sonnenbrille.

„Da haben Sie aber Glück", strahlte sie der Mann aus dem Irak an. „Sie haben noch die freie Auswahl. Sie wissen, dass Sie auch den Caterer frei bestimmen können, der Ihnen die von Ihnen gewählten Kostlichkeiten liefern soll? Natürlich können wir Sie auch dabei unterstutzen, falls erwünscht."

„Das ist nett", freute sich die Frau. „Ich denke, da werden wir uns sicherlich einig werden. Sagen Sie, kann man bei Ihnen bis zu einem gewissen Termin auch unverbindlich reservieren?"

„Sind Sie sich doch noch nicht ganz sicher?", fragte der Iraker enttäuscht.

„Doch, doch, absolut sicher. Wir nehmen den Gartenpavillon. Es ist nur ... Ach, wie soll ich sagen? Es geht nur um die Gesundheit. Mein Mann ist nun mal einige Jahre älter als ich. Da bleibt eben immer eine gewisse Unsicherheit, ob er zum Zeitpunkt der Feier auch wirklich fit ist. Ja, junger Mann, da brauchen Sie gar nicht zu schmunzeln. Kommen Sie erst einmal in ein gewisses Alter."

„Ich glaube, das hat nicht immer nur mit dem Alter zu tun", antwortete Malik al-Hashimi höflich. „Sehen Sie, ich bin fünfundzwanzig Jahre alt und erlitt letztes Jahr am 6. März einen komplizierten Bandscheibenvorfall. Die Ärzte kamen um eine Operation nicht herum. Ich war zwar nur eine Woche im Krankenhaus, aber dafür schickte man mich unmittelbar danach für vier Wochen nach Gersfeld in Hessen auf Reha."

„Das tut mir aber leid", bedauerte ihn die Kundin, „und was haben Sie in Gersfeld gemacht?"

„Dort gibt es die ‚ACCURA Rhönklinik', rund dreißig Kilometer von Fulda entfernt, eine für Bandscheibenvorfälle bekannte Reha-Klinik, umgeben von einem wunderschönen Schlosspark. Trotzdem habe ich mich vier Wochen gelangweilt. Aber die Ärzte haben mich wieder hingekriegt."

„Sie Glückspilz. Also, dann bleibe ich bei dem Gartenpavillon am 13. August. Wissen Sie was, ich komme morgen nochmals mit meinem Mann vorbei. Ich möchte ihm den Pavillon erst zeigen. Dann machen wir die Buchung fest." Als sie wieder zu ihrem Ford B-Max eilte, strich sie auch Malik al-Hashimi von ihrer Liste. Er konnte nicht Kathrins Mörder sein: Kathrin war am 15. März des letzten Jahres gestorben.

*

Sie hatte noch Zeit. Die Sache mit dem Iraker vom Tagungszentrum hatte sich erfreulicherweise schnell geklärt. Sie nahm sich vor, noch in die Katzengasse, drüben im Mainviertel, zu fahren. Dort hatte sich Tasim Zaidan eine kleine Zweizimmerwohnung gemietet, hatte ihr Mann herausgefunden. „Er soll nicht besonders attraktiv aussehen", hatte er ihr noch verraten, „seines großen Zinkens wegen." Sie sah ihn irritiert an. „Seine Nase", erklärte er ihr und zeichnete mit einem seiner Zeigefinger eine gewaltige Nase in die Luft. „Für morgen hat er sich einen Tag frei genommen." Die Frau mit der großen Sonnenbrille parkte ihren Wagen etwas abseits der engen Katzengasse und begab sich auf einen kurzen Spaziergang zu Tasim Zaidans Haus. Eine Stunde drückte sie sich dort herum und rauchte eine Marlboro nach der anderen. Dann hatte sie doch noch Glück. Die Haustüre öffnete sich und ein kleiner Mann trat auf die Straße. Er sah aus wie eine Mischung aus einem See-Elefanten und dem früheren Bundesfinanzminister von der CSU, Theo Waigel. Das größte an dem Kerl war seine riesige Nase. Zumindest, was die Proportionen anging. Über den Augen wuchs dem Mann ein dichtes Gebüsch von Augenbrauen, deren Haare sich in alle Richtungen abspreizten. Ähnliche Dimensionen hatte sein dichter Schnauzbart unterhalb der gewaltigen Nase. Schnell strich sie Tasim Zaidan von ihrer Liste. Nein, der konnte nicht Kathrins Freund gewesen sein. Dann blieb nur noch ein Kandidat übrig: Halas al-Askari. Sie und ihr Mann würden sich in den nächsten Tagen um ihn kümmern. Nur er kam noch als ehemaliger Freund ihrer Tochter in Frage.

Eine erlogene Geschichte
Im März vor einem Jahr

Azad Haaleh war kurzfristig nach Deutschland gereist. Er hatte einen Auftrag. Am Tag zuvor hatte er Kathrin angerufen und sich als Freund von Halas vorgestellt. „Ich kenne Sie aus seinen Erzählungen und weiß, dass Ihre Beziehung im Moment nicht gerade rosig läuft", erzählte er ihr. „Das finde ich schade", schmeichelte er sich bei ihr ein. „Deshalb habe ich beschlossen, als Vermittler aufzutreten. Ich weiß, Halas tut sich im Moment schwer, Ihnen etwas zu erzählen. Deshalb lügt er sie auch an. Können wir uns am Sonntag treffen? Dann kann ich Ihnen davon erzählen. Ich lebe in Nürnberg, komme aber gerne nach Würzburg", so lautete sein Vorschlag.

Kathrin hatte noch nie etwas von einem Azad Haaleh in Nürnberg gehört, willigte aber in das Treffen ein. Sie war zu neugierig, was sie erfahren würde.

„Lassen Sie uns um zehn Uhr auf der Alten Mainbrücke treffen", schlug Azad vor, „dann erzähle ich Ihnen die ganze Geschichte. Ohne Schnörkel. Wir könnten auch zur Festung Marienberg hinauflaufen und den Blick auf die Stadt genießen. Danach können Sie frei entscheiden, was Sie tun möchten."

Das klang vernünftig, fand Kathrin. Sie wollte ihrem Freund eine Chance geben, wollte, dass sich ihre Beziehung wieder einrenkte und alles wieder so würde wie vor ein paar Wochen.

*

Es war Punkt zehn Uhr und auf der Alten Mainbrücke war bereits die Hölle los. Touristen und Einheimische hielten Gläser mit Wein, Aperol Spritz, Hugo und sonstigen alkoholischen Köstlichkeiten in den Händen und waren in angeregte Gespräche vertieft. Es versprach ein schöner Vorfrühlingstag zu werden. Kathrin stand in der Mitte der Brücke, als sie einen gut gekleideten, athletischen Mann mit dunklem Teint von der Domstraße kommend heraneilen sah. Sie trug ihr gelb-weißes Tuch um den Hals, als Erkennungszeichen.

„Kathrin?"

„Azad Haaleh?"

Sie war die einzige junge Frau in der Mitte der Brücke mit einem gelb-weißen Halstuch. Der Mann trug ein kleines Päckchen in der Hand, das mit Geschenkpapier umwickelt war. „Als Zeichen der Versöhnung, von Halas", meinte er. Sie packte es sofort aus.

„Ein neues iPhone!", rief sie voller Freude.

„Es tut Halas sehr leid, dass er Sie angelogen hat und er bittet um Vergebung. Wenn es für Sie okay ist, schlage ich vor, dass wir zur Festung Marienberg hochsteigen und ich erzähle Ihnen unterwegs, was Halas so umtreibt."

„Gut, dann lassen Sie uns aufbrechen", war alles, was Kathrin dazu zu sagen hatte. Die beiden setzten sich in Bewegung und begaben sich auf ihren circa halbstündigen Weg.

Als sie durch die Weinlage „Innere Leiste" ihren Anstieg begannen, fuhr Azad mit seiner einstudierten Geschichte fort: „Sie wissen vielleicht noch nicht, dass Halas seit einiger Zeit ziemlich regelmäßig das Freitagsgebet in einer kleinen Moschee in Würzburg besucht. Ich weiß, dass Sie über Religion normalerweise nicht sprechen, aber jetzt muss ich doch zwangsläufig darauf zurückkommen, damit Sie das alles auch verstehen. Seit einiger Zeit verdichten sich die Anzeichen, dass Halas' vom IS verschleppte Schwester noch lebt und befreit werden kann. Dort, in der kleinen Moschee, trifft Halas Menschen, die ihm Informationen über den Verbleib seiner Schwester geben können. Als er das vorletzte Mal dort war, hat ihn ein irakischer Glaubensbruder angesprochen und ihm berichtet, dass es ein neues Lebenszeichen seiner Schwester gibt. An dem Tag, als Sie ihn in Hettstadt besucht haben, hatte Halas diesen Mann in der Stadt getroffen. Der hat ihm einen Zettel in die Hand gedrückt, auf den eine irakische Telefonnummer gekritzelt war. Halas solle dort anrufen, um mehr zu erfahren. Halas war natürlich völlig durch den Wind. Erst der Ärger mit seinem Arbeitsplatz, dann die Neuigkeiten von seiner verschleppten Schwester und dann kamen auch noch Sie, um ihre Beziehung zu reparieren. Er konnte sich an dem Abend absolut auf nichts konzentrieren, vor allem weil man ihm eingeschärft hatte, dass er mit niemandem über seine Schwester reden dürfe. In seinem Kopf ging es zu, wie in einem Bienenstock. Jedenfalls, als Sie wieder weg waren und Ihr Handy vergessen hatten, konnte er nicht anders, als die irakische Nummer anzurufen. Als sich der Gesprächspartner meldete und Halas ihn nach seiner Schwester fragte, wurde der wütend, als er bemerkte, dass er aus Deutschland angerufen wurde. ‚Du Idiot‘, beschimpfte er Halas, ‚weißt du nicht, dass ich von ausländischen Geheimdiensten abgehört werde? Wenn dir das Leben deiner Schwester etwas wert ist, dann vernichte sofort dein Mobiltelefon‘. Dann war er weg. Nach diesem Anruf war Halas noch verwirrter. Natürlich hatte er Angst, dass seiner Schwester etwas geschehen würde. Also nahm er das Handy und hat es zerstört. Erst als er Ihren Brief las, wurde ihm klar, dass er Sie da mit hineingezogen hatte, und dass die deutschen Sicherheitsbehörden auf ihn aufmerksam geworden waren. Inzwischen denkt er, dass es wohl am besten ist, wenn er der deutschen Polizei die Geschichte erzählt, so wie ich Ihnen eben.“ Damit endete Azad und schwieg.

Azad und Kathrin genossen inzwischen einen herrlichen Blick auf die römisch-katholische Pfarrkirche St. Burkhard, die zweitälteste Kirche Würzburgs. Kathrin wusste, dass das Gotteshaus nach dem ersten Bischof der Stadt benannt ist, der im Jahr 742 von Bonifatius, dem Bistumsgründer, in sein Amt eingeführt und geweiht worden war. Wie auf Befehl begannen in diesem Moment die fünf Glocken in den beiden Türmen die elfte Stunde des Tages zu schlagen. Darunter auch die Katharinenglocke aus dem Jahr 1249, die älteste Glocke der Stadt.

Kathrin ließ sich die Geschichte, die ihr Azad erzählt hatte, langsam durch den Kopf gehen. Alles klang plausibel und allmählich entspannten sich ihre Gesichtszüge.

„Halas versteht, dass Sie ihm misstraut haben", nahm Azad wieder das Wort auf. „Ich wüsste auch nicht, wie ich reagiert hätte, wenn ich vom Verfassungsschutz zu einem Freund verhört worden wäre. Aber Halas hatte gute Gründe, warum er Sie belogen hat. Erstens wollte er Sie nicht beunruhigen, was das Schicksal seiner Schwester angeht. Zweitens wollte er nicht von seinem Moschee-Besuch reden. Er weiß ja, dass Sie das Thema Religion aus der Beziehung heraushalten wollen."

Unten in der Stadt sah man Menschen wie kleine Ameisen über die alte Steinbrücke laufen. Auch Kathrin hatte sich schweigend wieder in Bewegung gesetzt. Azad folgte ihr. Er spürte, wie es in ihr arbeitete.

„Kann ich mich darauf verlassen, dass das jetzt die ganze Geschichte ist und Sie mir alles gesagt haben?", wollte Kathrin nach einer Weile von ihm wissen.

„Deswegen sind wir doch hier, um alles, wirklich alles, aufzuklären", erklärte ihr Azad. „Er will Sie doch nicht verlieren. Er liebt Sie wie am ersten Tag. Ohne Sie macht sein Leben in Würzburg doch überhaupt keinen Sinn. Das einzige, was man ihm vorwerfen kann, ist, dass ihm Kommunikation manchmal schwerfällt."

Kathrin hatte genug gehört, sie wollte Azads Worten nur zu gerne glauben. Alles würde wieder gut werden.

Azad und Kathrin verbrachten noch den restlichen Tag in angeregter Unterhaltung auf der Festung Marienberg. Sie besuchten den barocken Burghof mit dem Zeughaus und der kleinen runden Marienkapelle, einer der ältesten Kirchen Deutschlands. Dass der tiefe Brunnen neben der Kirche von hier oben 102 Meter in die Tiefe reicht und von Hand gegraben worden war, beeindruckte Azad am meisten. Dann genossen sie vom Fürstengarten den herrlichen Blick auf den Main und die Stadt. Als sie durch den Echter-Hof aus der Zeit der Renaissance schritten, beschlossen sie, das Fürstenbaumuseum zu besuchen, um sich danach im Außenbereich der Burggaststätte einen Kaffee mit einem großen Stück Torte zu genehmigen. Eineinhalb Stunden später ließen sie sich auf der Terrasse namens „Mainerker" nieder. Wieder genossen sie den tollen Blick. Dieses Mal hinüber auf die von Balthasar Neumann geschaffene Wallfahrtskirche, genannt „Käppele", und darunter auf das silbern glänzende Band des Maines. „Ohne Sorgen lässt sich auch die Schönheit wieder genießen", ging es Kathrin durch den Kopf. Als wenig später eine leckere Sahnequarkschnitte und eine herrlich duftende Tasse Kaffee vor ihr standen, entschuldigte sie sich bei Azad und trat den Weg zur Toilette an.

„Lassen Sie sich ruhig Zeit", nahm der ihre kurze Auszeit an. Als Kathrin seinen Blicken entschwunden und im Innern des Gebäudes untergetaucht war, holte er eine winzige Pinzette sowie einen kleinen Glasbehälter aus seiner Hosentasche, öffnete diesen und gab eine winzige Menge des silbrig glänzenden Schwermetalls in Kathrins Kaffeetasse. Als er das Gefäß mit dem Polonium-210 wieder verstaut hatte, rührte er Kathrins Kaffee kurz um und wartete auf ihre Rückkehr.

„Hoffentlich ist Ihr Kaffee nicht schon kalt geworden", merkte er besorgt an, als sie wieder Platz genommen hatte.

Kathrin trank einen Schluck. Azad war wirklich sehr nett, korrekt, höflich und zuvorkommend. Das war wirklich ein schöner Tag gewesen. Mit diesem Gedanken trank sie ihren Kaffee aus.

„Dass ich Sie kontaktiert habe, bleibt aber unter uns. Davon braucht Halas nichts zu wissen", betonte Azad beim Abschied. „Er ist manchmal sehr eigen." Azads Mission war erfüllt. Er hatte Kathrin das Polonium verabreicht. Er konnte wieder abreisen. Bis zum großen Knall würde noch etwas über ein Jahr vergehen.

*

Zuerst probierte es Kathrin auf dem Festnetzanschluss der WG in Hettstadt, als sie an diesem wunderbaren Sonntagnachmittag heimkam. Sie war voller Liebe. „Halas nicht da", sagte ihr einer der Mitbewohner. Na gut, dann würde sie eben schreiben, dabei konnte man die Gedanken gut ordnen. Am Dienstag würde der Brief ihn erreichen.

Lieber Halas,

vielen Dank für das neue iPhone. Azad Haaleh hat es mir heute gegeben. Das mit deiner Schwester hättest du mir ruhig erzählen können. Ich hätte doch zu niemandem darüber ein Sterbenswörtchen verloren. Aber ich verstehe, dass du so gehandelt hast. Alles wird gut. Ich verzeihe dir. Aber bitte gib mir noch ein bisschen Zeit, wieder zu mir zu kommen. Ich melde mich bei dir, wenn ich soweit bin.

Deine Kathrin

Kathrins Todeskampf
Im März vor einem Jahr

Am Dienstag begann Kathrins Todeskampf. Zuerst setzten die Kopfschmerzen ein. Schon frühmorgens fühlte sie sich ziemlich schlapp. Am liebsten wäre sie noch etwas im Bett liegen geblieben. Aber die Arbeit rief und nur wegen Kopfweh blieb Kathrin nicht daheim. Das war nicht ihr Ding. Was von selbst kam, musste auch von selbst wieder verschwinden. Doch die Kopfschmerzen hielten an und verschwanden auch am nächsten Tag nicht. Im Gegenteil, ihr Gesundheitszustand verschlechterte sich. Übelkeit und Erbrechen kamen hinzu. Wieder hatte sich Kathrin zu ihrer Arbeitsstelle ins Krankenhaus geschleppt. „Sie gehen sofort nach Hause, beziehungsweise vorher zum Arzt", hatte ihr der Chef befohlen: „Lassen Sie sich krankschreiben. So geht das nicht."

Am Donnerstag meldete sie sich bei ihrem Hausarzt. Der untersuchte die junge Frau, konnte aber keine eindeutige Diagnose stellen. „Wahrscheinlich ein Virus, aber die Symptome sind ziemlich heftig. Das ist mir ein Rätsel", gab er zu. „Wir untersuchen ihr Blut. Jetzt gehen Sie nach Hause und legen sich hin, schön ausruhen. Haben Sie verstanden? Wenn die Laborwerte vorliegen, melde ich mich bei Ihnen."

Kathrin nickte und fühlte ein plötzliches, schmerzhaftes Ziehen im Bauch. Sie schaffte es gerade noch zur Toilette. „Flüssiger Stuhlgang", meldete sie ihrem Hausarzt, als sie ihren Toilettengang beendet hatte.

„Haben Sie etwas Ungewöhnliches gegessen?", wollte der wissen. „Fisch, Krabben, Mayonnaise? Waren Sie verreist, in den Tropen vielleicht?"

Kathrin schüttelte bei jeder seiner Fragen nur den Kopf. Beladen mit Medikamenten gegen Durchfall, allgemeine Ermüdungserscheinungen und Kopfschmerzen erreichte sie ihre Wohnung, riss die Verpackungen auf und las die Beipackzettel. Dass keines der Medikamente gegen die tödliche Alpha-Strahlung, die in ihrem Körper wütete, helfen würde, konnte sie nicht ahnen. Es gab kein Gegenmittel. Die Laborwerte kamen und waren unauffällig. Kathrin blieb zu Hause und versuchte den Virus auszukurieren. Währenddessen stürzte sich die Strahlenkrankheit auf Zellen, die sich häufig teilen. Deshalb begann ihr Zahnfleisch zu bluten. Auch der flüssige Durchfall, der trotz der Medikamente anhielt, war plötzlich mit Blut versetzt. Wenn sie sich kämmte, war die Bürste voller Haare. Der Kreislauf wurde instabil und eine Einweisung in die Klinik wurde unvermeidlich. Immerhin konnte sie noch ihren Chef anrufen, der dafür sorgte, dass sofort ein Bett im Juliusspital für sie frei war. Doch die Strahlung verrichtete weiter ihr tödliches Werk in Milz, Leber und Nieren. Diverse Diagnostiken ergaben keinen klaren Befund, auch die persönliche Fürsorge ihres Chefs half nicht. Am 13. März fiel sie, völlig geschwächt, ins Koma. Trotz aller ärztlicher Kunst starb Kathrin am Morgen des 15. März. Ungewöhnlich war, dass Blut aus Mund und Nase ausgetreten war. Einen Tag nach ihrem Tod trafen neue Blutwerte aus dem Labor ein. Diese zeigten alarmierende Hämoglobin-Werte. Der Befund der Totenschau lautete auf „Herzstillstand, hervorgerufen durch multiples Organversagen". Dr. Hussein war erschüttert, der Tod lauerte überall, er konnte auch junge Menschen zu jeder Zeit und an jedem Ort treffen.

Der Verdacht

Leonie konnte sich auf ihren Instinkt wirklich verlassen. Zwei Tage hatten sie und Steffi im Lebenslauf von Dr. Hussein gewühlt, hatten Mitarbeiter im BAMF Würzburg, im näheren Umfeld des Klinikums Mitte und in der Stiftung Juliusspital befragt. Dabei traten einige Dinge zutage. Dr. Hussein war Schiit, gebürtiger Iraner und Gegner des Regimes in Teheran. Aus dem Umfeld seiner Mitarbeiter in der Radiologie gab es Hinweise, dass Hussein andere Kritiker und Gegner des Iran förderte, z.B. deren Einstellung empfahl. Ständig sitze er mit diesen Flüchtlingen zusammen und dann würde getuschelt, so hieß es von einigen deutschen Angestellten, denen das missfiel. So stießen Leonie und Steffi auch auf Halas al-Askari. Doch das gute Verhältnis zwischen dem jungen Iraker und seinem iranischen Chef habe letztes Jahr einen Riss bekommen, als Professor Gernot Walter die Entlassung Al-Askaris anordnete. So hieß es in der Klinik. „Der Chef des Klinikums wollte in seinem Verantwortungsbereich keine Begünstigungen haben", sagten die einen. „Der ist Mitglied in der AfD und mochte Halas al-Askari nicht", sagten die anderen. „Im März war der Iraker jedenfalls nicht mehr da. Er soll sogar von sich aus gekündigt haben. Aber er hat eine Abfindung bekommen." „Ohne Entschädigung ist der eben nicht gegangen", behaupteten böse Zungen. Einige waren sogar froh, dass er weg war, es hatte ihnen nicht gefallen, dass er eine deutsche Feundin hatte. „Naja, viel Glück hatte er nicht mit ihr. Sie ist ganz überraschend gestorben, an Herzstillstand. Ob der Dr. Applas, der ihn eingestellt hat, mit ihm zufrieden ist, wissen wir nicht. Ja, der Applas und der Hussein sind ganz eng miteinander."

„Eine deutsche Freundin, die an Herzstillstand gestorben ist? Das ist doch erklärungsbedürftig", folgerte Leonie.

„Da hast du den Nagel auf den Kopf getroffen", gab Steffi ihr recht.

„Morgen ist Feiertag, am Freitag nehmen wir uns den Dr. Hussein vor", beschloss die Hauptkommissarin. „Ich möchte ein

Heimspiel haben. Kannst du den für neun Uhr ins KPI einbestellen?"

„Das mach ich noch, bevor ich in den Feierabend verschwinde", gab Steffi von sich. „Ich rufe ihn gleich an. Da bin ich ja heute schon gespannt, was er uns alles zu erzählen hat. Und ihr, Pia und du, erkundet ihr morgen am Feiertag wieder die Stadt? Mädelstour mit Absacker?"

„Absacker auf jeden Fall. Auf der Alten Mainbrücke wieder. Zuvor fahren wir nach Mespelbrunn, um uns den Geburtsort von Julius Echter anzusehen. Das traumhafte Märchenschloss im Spessart. Vielleicht treffen wir dort ja noch auf die Spuren von Liselotte Pulver."

„Dann nehmt euch vor den Räubern in Acht", kicherte Steffi.

*

Warnung!

Eine bislang unbekannte Gruppe muslimischer Terroristen plant einen Anschlag in der deutschen Stadt Würzburg. Nach verlässlichen Informationen steckt der iranische Geheimdienst VEVAK dahinter.

Central Intelligence Agency, Langley/USA

Der Warnhinweis der CIA landete auch auf den Schreibtischen zweier Experten des Kölner Bundesamtes für Verfassungsschutz.

Der Hagere: „Die Amis erzählen uns auch immer nur, was wir schon längst wissen."

Der Untersetzte: „Diese Schlaumeier, halten sich für ganz besondere Intelligenzbestien."

Der Hagere: „Ja, die Klugscheißer! Dabei haben wir alles im Griff. Was sagen unsere Leute?"

Der Untersetzte: „Alles ruhig in Hettstadt. Keine Aktivitäten. Die verdächtigen Iraner verhalten sich ruhig."

Der Hagere: „Scheißamis! Verursachen nur Hektik, wo keine ist."

Der Untersetzte: „Genau! Alles Stümper!"

Fronleichnam
Donnerstag, 31. Mai

Pünktlich stand das Ehepaar am Dom. Auch dieses Jahr planten sie an der Fronleichnamsprozession teilzunehmen. Danach wollten sie nach Hettstadt weiterfahren, um Halas al-Askari persönlich kennenzulernen. „Das ist der schnellste und effizienteste Weg", hatte der Mann vorgeschlagen. Wo er Recht hatte, hatte er Recht. Doch noch war es nicht soweit. Noch stand die Prozession bevor. Sie führte in einem großen Rundkurs vom Dom über den Kürschnerhof, die Schönbornstraße, den Dominikanerplatz, die Juliuspromenade, die Balthasar-Neumann-Promenade und die Domerschulstraße wieder zurück bis zum Neumünster, wo sie mit einem abschließenden Segen des Bischofs endete. Die Prozession war jedes Jahr ein ergreifendes Ereignis, wenn der höchste geistliche Würdenträger des Bistums mit der Monstranz vorausmarschierte, hinter ihm die vielen Gläubigen und Fahnenträger verschiedener Vereine. „Herr, danke für deinen Leib", lautete das diesjährige Motto. Wie passend. Letztes Jahr war Fronleichnam am 15. Juni gewesen, drei Monate, nachdem Kathrin unter mysteriösen Umständen gestorben war. Auch ihr Leib war gegeben worden. Wie genau, wussten sie bis heute nicht. Sie hatten nur das Gefühl, dass Kathrins irakischer Freund daran nicht ganz schuldlos war. „Auge um Auge, Zahn um Zahn", hatten sie sich letztes Jahr geschworen. Auf dem Weg ihrer gerechten Rache waren sie selbst zu zweifachen Mördern geworden. Das war zwar bedauerlich, aber sie bereuten ihren Weg nicht.

Die Tür zum Dom öffnete sich und der Bischof trat mit der hoch erhobenen Monstranz aus der Kirche. Ihm folgten Flaggenträger, die ihre historischen Vereinsfahnen in den lauen Wind hielten. Die Gläubigen vor dem Dom, die andächtig auf diesen Moment gewartet hatten, schickten sich an, der Prozession zu folgen. Auch das Ehepaar reihte sich singend und betend ein.

*

Die Fahrt nach Hettstadt hatte nur wenige Minuten gedauert. Es war Feiertag, unterwegs herrschte nur wenig Verkehr. Der Mann stoppte den Ford B-Max direkt vor dem Haus, in dem Halas al-Askari wohnte und fuhr ihn rückwärts in eine Parklücke. Sie fanden seinen Namen auf dem Namensschild und drückten den Klingelknopf. Der Türöffner summte und sie traten durch die Haustür in das ramponiert aussehende Treppenhaus. Die vier Treppenabsätze in den zweiten Stock nahmen sie mit großen Schritten. Unter dem Türstock stand ein junger Mann von vielleicht zwanzig Jahren. „Wir möchten zu Halas al-Askari", erklärte die Frau, „ist er da?"

„Halas, Besuch!", schrie der junge Mann in die hinter ihm liegende Wohnung. „Eine Moment, er kommen gleich", sprach der junge Mann und verschwand wieder in den Tiefen des langen Ganges. Eine Tür öffnete sich und ein verschlafen dreinblickender junger Mann mit Vollbart kam auf sie zu.

„Ja, bitte?"

„Sie sind das also", hörte man die Frau mit rasiermesserscharfer Stimme sagen. „Es war uns lediglich ein Bedürfnis, dem Freund unserer Tochter einmal in die Augen zu sehen. Kathrin war unser Kind."

Halas warf die Wohnungstür zu. Schnell verschwand er in seinem Zimmer, sperrte sich ein und lehnte sich schwer atmend mit dem Rücken gegen die Wand. Wie hatten sie ihn gefunden? Und was wollten sie von ihm?

Der letzte Erpresserbrief
Freitag, 1. Juni

Wir haben es satt, auf unser Geld zu warten, ohne dass etwas geschieht, und wollen nun zwei Millionen. Wir haben es ja gesagt, ein weiterer Mensch wird sterben, ein Migrant aus dem Irak. Wie? Wie üblich, doch dieses Mal werden wir noch raffinierter vorgehen. Sie werden schon sehen. Neuer Termin für das Schmerzensgeld ist der 5. Juni.

Befragung von Dr. Ibrahim al-Hussein

Freitag, 1. Juni

Dr. Al-Hussein hatte eine Ahnung, warum er von der Kripo vorgeladen wurde. Dennoch hoffte er, dass es nichts mit seiner anonymen Mitteilung zu tun hatte. Hauptkommissarin von Brandenstein und ihre Mitarbeiter hatten in ihren Ermittlungen nicht darauf reagiert. Zumindest hatte die Presse nie darüber berichtet. Vielleicht besser so. Er wollte auf keinen Fall ins Fadenkreuz der Ermittler geraten. Aber was ihm der junge Iraker da unter dem Siegel der Verschwiegenheit anvertraut hatte ... Dazu konnte er nicht schweigen.

Der junge Mann war mit großer Hoffnung nach Deutschland gekommen, hatte auf seiner Flucht enormes Glück gehabt und schien sich hier perfekt einzugewöhnen. Dumm nur, dass er sich vom VEVAK hatte verstricken lassen. Dr. Al-Hussein kannte die Methoden des Iranischen Geheimdienstes. Er hatte diese Methoden am eigenen Leib erlebt. Auch er hatte in Teheran im Gefängnis gesessen und wurde gefoltert, weil er öffentlich seinen Unwillen gegen das politisch-religiöse Unterdrückungssystem geäußert hatte.

„Waren Sie es, der uns diese anonyme Nachricht geschickt hat?"

Dr. Al-Hussein kehrte aus seinen Erinnerungen ins Jetzt zurück und nahm das Plastiksäckchen mit seinem Brief entgegen, das ihm Hauptkommissarin von Brandenstein entgegenhielt. Er brauchte den Brief nicht zu lesen, er wusste noch ganz genau, was er vor rund drei Wochen zu Papier gebracht hatte.

„Ja", gab er zu. Es war sinnlos zu leugnen. Das hatte der iranische Arzt längst erkannt. „Einer meiner früheren Mitarbeiter, ein irakischer Migrant, hat sich mir letztes Jahr unter dem Siegel der Verschwiegenheit anvertraut", begann er. „Das war der Grund, warum ich mich anonym an Sie gewandt habe."

„Erzählen Sie von Anfang an", forderte ihn die Beamtin auf. Der Radiologe nippte an dem Glas Mineralwasser, das man auf seinen Wunsch hin besorgt hatte, räusperte sich und begann zu erzählen.

Leonie und Steffi hörten aufmerksam zu, ohne ihn zu unterbrechen.

„Und dann tragen Sie dieses Wissen fast ein Jahr mit sich herum?", warf ihm Leonie vor.

„Ich habe Halas mein Schweigen zugesagt", meinte er, „außerdem ist es nach wie vor nur ein Verdacht. Wer hätte mir denn geglaubt, wenn ich damit an die Öffentlichkeit gegangen wäre? Ein Vergiftungsfall mit Polonium, wer denkt denn an so etwas? Wäre ich damit an die Öffentlichkeit gegangen, was glauben Sie, wie schnell der VEVAK vor meiner Tür gestanden hätte? Ich habe Familie! Was das bedeuten kann, davon haben Sie keine Ahnung. Ich schon."

„Wissen Sie, wo sich Halas al-Askari jetzt aufhält?"

„Keine Ahnung. An seinem neuen Arbeitsplatz, nehme ich an."

Überraschende Erkenntnisse
Freitag, 1. Juni

In der KPI Würzburg ging die Befragung von Dr. Al-Hussein weiter. Als er mit seinem Bericht zu Ende war und weitere Details des überraschenden Todes der jungen Kathrin Burmester berichtet hatte, klingelten bei Leonie und Steffi sämtliche Alarmglocken. Umso überraschter waren sie, als sie hörten, dass es sich bei der jungen Frau um eine geborene Bammes handelte. „Die Tochter von Burkhard Bammes, dem stellvertretenden Leiter der Landwirtschaftsabteilung im Juliusspital?", vergewisserte sich Leonie.

„So ist es", bestätigte der iranische Arzt. „Wir waren alle geschockt. Ihr Tod kam für uns alle wie aus heiterem Himmel."

„Und sie hatte einen irakischen Freund?"

„Ja, Halas al-Askari. Ich musste ihn auf Druck meines Vorgesetzten, Herrn Professor Dr. Gernot Walter entlassen."

„Was waren die Gründe?" Leonie ließ nicht locker.

„Darüber möchte ich ungern sprechen. Darf ich Sie bitten, den Professor dazu selbst zu befragen?"

„Um nochmals auf das Polonium zurückzukommen", startete Leonie einen weiteren Versuch, dem Arzt noch mehr Geheimnisse zu entlocken, „nach Kathrins Tod, sind Ihnen da nicht selbst Zweifel gekommen?"

„Aber sicher", äußerte sich der Arzt. „Nach offizieller Meinung können nur die USA, Russland, China und Israel Polonium-210 herstellen. Das ist aber nicht ganz richtig. Ich weiß aus eigenen Quellen, dass auch der Iran damit experimentiert hat. Dann habe ich nochmal überprüft, welche Symptome Kathrin Burmester hatte: Haarausfall, Blutungen aus Mund und Nase. Alles passte. So kam ich auf den Verdacht, den ich in meinem Brief an Sie weitergegeben habe."

Tödliche Tomaten
Freitag, 1. Juni

Seit der Mittagszeit saß das Ehepaar in ihrem Ford B-Max und beobachtete das Haus, in dem Halas al-Askari wohnte. Von der gegenüberliegenden Straßenseite aus hatten sie einen guten Blick auf die Haustür. Niemand gelangte in das Haus hinein oder konnte es verlassen, ohne dass er oder sie dem Ehepaar aufgefallen wäre. Halas war in seiner Wohnung. Sie hatten ihn gesehen, als er die Vorhänge zurückschob und das Fenster kippte. Auch der junge Mann, der sie schon einmal an der Wohnungstür begrüßt hatte, war an seinem Fenster zu sehen gewesen. Er trug Ohrstöpsel und sein Kopf zuckte in wilden Rhythmen, wie bei einem aufgeregten Truthahn. Das Ehepaar wartete auf den Moment, in dem Halas al-Askari die Wohnung verließ. Er konnte doch nicht den ganzen Nachmittag in seinem Zimmer verbringen? Kurz vor siebzehn Uhr war es dann soweit. Halas trat aus der Haustür und sah sich um. Das Ehepaar versank in den Sitzen. Er hatte sie nicht bemerkt und setzte sich in Richtung Bushaltestelle in Bewegung. Der Mann und die Frau warteten noch eine halbe Stunde, dann verließen sie ihren Pkw. Die Frau trug einen faltbaren Geschenkkarton. Darin befanden sich fünf verschiedene

Sorten Tomaten: Die „Grüne Helarios", der Star unter den grünen Fleischtomaten. Die „Great White", eine cremefarbene Frucht mit mildem Aroma. Dann war da noch die „Sandal Moldovan", die hellrote Früchte ausbildete, der „Schwarze Prinz", die populäre dunkelfarbige Tomate, sehr dünnschalig und saftig und last but not least die ertragreiche „Country Taste". Zwischen den fünf Früchten hatte das Ehepaar einen Zettel versteckt. „Für unseren Bruder Halas, Allahu akbar". So sehr sich die Tomaten äußerlich unterschieden, so sehr ähnelten sie sich innerlich: Sie alle waren mit einer Injektion behandelt worden, die vom Blauen Eisenhut stammte. Nur wer ganz genau hinsah, konnte die Einstichstelle am Stilansatz der Früchte erkennen. Aber wer tat das schon?

Später Genuss
Freitag, 1. Juni

Halas al-Askari kam spät vom Freitagsgebet nach Hause. Er hatte den ganzen Abend in der Moschee zugebracht, um sich von dieser Welt zu verabschieden und gebetet. Seit Kathrins Tod im März des letzten Jahres war alles sinnlos geworden. Mit dem Brief, den sie ihm noch kurz vor ihrem Tod geschrieben hatte, konnte er wenig anfangen. Er war aber sehr erschrocken, dass sie sich mit Azad Haaleh getroffen hatte, und ein furchtbarer Verdacht war in ihm aufgekeimt. „Ficke sie, so oft du kannst. Dann wirf sie weg wie einen stinkenden Lappen. Sie ist nur eine Ungläubige," hatte Azad gesagt. Halas hatte sich an das Polonium-210 erinnert und sich mit seiner schrecklichen Ahnung an seinen früheren Chef, Dr. Al-Hussein gewandt. Und ihm war klar, dass die Polizei ihn sofort verdächtigen würde, sollte jemand misstrauisch werden. Eine Zeitlang hatte Halas noch gehofft, einen Ausweg zu finden, nicht den schrecklichen Anschlag auf das „Shalom Europa" verüben zu müssen, aber der Tod Kathrins ließ alles sinnlos und leer erscheinen. Er wollte endgültig nicht mehr leben. Er hoffte nur noch, dass er Kathrin im Paradies wiedersehen würde.

Der Imam der kleinen Moschee im Hinterhof in Grombühl hatte ihm heute nochmal versichert, dass er durch seine Tat immerwährende Glückseligkeit erlangen werde. Auch seinen Vater und seine Mutter und seinen Bruder würde er im Paradies wiedersehen, da Allah siebzig Plätze für Familienmitglieder von Märtyrern freihalte. Auch wenn der Koran Selbstmord verbietet, gelte das nicht für Selbstmordanschläge gegen den israelischen Feind, teilte ihm der Imam mit. Das habe auch Scheich Ahmad Yasin, Gründer der Hamas, immer betont. In seinem Rucksack hatte er einen Sprenggürtel, gefüllt mit Sprengstoff und Nägeln, sowie fünf Splitterhandgranaten verstaut, die er übermorgen, am Todestag des Ajatollah, im „Shalom Europa" zur Explosion bringen würde. Zuerst sollte er die Splitterhandgranaten werfen. Vorzugsweise in eine Gruppe von Zionisten. Die dann ausbrechende Panik sollte er dazu benutzen, das Gebäude zu verlassen. Dann sollte er inmitten der Fliehenden auf den Knopf des Sprenggürtels drücken. Während seine Seele ins Paradies eintrat, würden die Leichen der Feinde zerrissen und zerfetzt zurückbleiben, so hatte man ihm versichert. Die Zionisten würden untergehen, während sein Name unsterblich würde als Kämpfer für die gerechte Sache.

Nun musste er noch einen Tag zuhause überstehen. Eigentlich sollte er beten und fasten. Aber sein Magen knurrte und er wusste, dass der Kühlschrank leer war. Wozu noch einkaufen? Als er den Karton, der vor seiner Tür auf dem Fußboden stand, entdeckte und öffnete, war er glücklich. Seine Brüder in der Moschee hatten ihm nicht verraten, dass sie für ihn noch eine letzte Überraschung vorbereitet hatten. Er liebte Tomaten. Ein letzter Genuss, bevor er diese Welt verließ.

Kaum hatte sich die Zimmertür hinter ihm geschlossen, griff er sich die verlockend aussehende „Great White" und biss herzhaft hinein. Es dauerte keine zehn Minuten und der Geschenkkarton war leer. Halas sah auf die Uhr. Es war Zeit, sich zur Ruhe zu begeben. Zehn Minuten später stieg er ins Bett. Aufkommende Zweifel schob er beiseite: Nur durch seine Tat konnte er seine Schwester noch retten, das aber hatte man ihm fest versprochen.

Sein Vorhaben hatte er für Sonntag, den 3. Juni, bis ins kleinste Detail geplant. Er würde mit der Straßenbahn bis zur Residenz fahren und im Hofgarten einen ausländischen Touristen mimen. Seine ursprüngliche Idee, durch den Garten der Residenz bis zum Friedrich-Ebert-Platz zu laufen, hatte er aufgeben müssen, nachdem er bei seiner ersten Begehung vor Ort feststellen musste, dass der Hofgarten durch eine Mauer vom Ringpark getrennt war. Kein unüberwindliches Hindernis, aber Drüberklettern mit einem druckempfindlichen Sprenggürtel war sicher keine gute Idee. So hatte er sich entschieden, sich dem „Shalom Europa" über den Rennweg zu nähern. Die zusätzlichen zehn Minuten hatte er in seinem Zeitplan berücksichtigt. Endlich schlief er ein.

Der große Knall
Samstag, 2. Juni

Halas Schlaf war unruhig. Er träumte von Ameisen die über seinen Körper liefen und ein unangenehmes Brennen und Kribbeln verursachten. Zunächst wehrte er sich gegen das Erwachen, wollte weiterschlafen. Aber selbst in seinem Mund liefen die Ameisen herum. Dann krabbelten sie auf seine Arme und Beine. Schließlich spürte er sie am ganzen Körper. Es half nichts, er musste sie vertreiben. Schlaftrunken warf er einen Blick auf den Wecker. Fünf Uhr. Er hatte noch nicht einmal viereinhalb Stunden geschlafen. Er fror, als würde Eiswasser in seinen Adern fließen. Schweiß stand ihm auf der Stirn. Was war nur mit ihm los? Er fühlte die aufkommende Übelkeit. Krämpfe wüteten in seinem Inneren. Als er den Brechreiz verspürte, spurtete er zur Toilette und kotzte den Tomatenbrei in die Schüssel. Damit nicht genug. In seinen Därmen rumorte es. Der Durchfall war flüssig. Als er in sein Zimmer zurücktorkelte, verfärbte sich seine Umgebung. Er sah alles mit einem gelb-grünen Blick. Dann kamen die unerträglichen Schmerzen und es schien, als wolle sein Herz streiken. Er fühlte das verlangsamte Pochen in seiner Brust. Was war nur mit ihm los? Sein

Blick fiel auf den Sprenggürtel, den er sorgsam und ordentlich auf den Stuhl gelegt hatte. Unter Schmerzen legte er ihn an. Klar zu denken fiel ihm schwer. Wie lange hatte er geschlafen? War heute schon der große Tag? Er fühlte den unruhigen Puls und das Flattern seines Herzens. Die Schmerzen trieben ihn in den Wahnsinn. Er bekam kaum noch Luft. Die Zeit kroch dahin. Draußen war längst ein neuer Tag angebrochen. Die Schmerzen trieben ihn in den Wahnsinn, es war nicht auszuhalten. Das musste ein Ende haben. Jetzt! Er griff nach einer der Splitterhandgranaten und zog den Splint. Zeitgleich ließ er den Sicherungsbügel los und drückte den Auslöseknopf am Sprenggürtel.

Die Welt erstrahlte in einem hellen Blitz. Drei Sekunden später explodierte die Handgranate und schleuderte das Holzfenster in den Vorgarten hinunter. Scheiben barsten in tausend kleine Scherben. Halas' Leiche lag blutüberströmt und von Nägeln durchbohrt vor dem Bett. Das Zimmer war verwüstet, das Türblatt aus seinen Angeln gerissen. Putz war ringsum von Wänden und Decke gerissen worden, die wenigen Möbel im Zimmer ein einziger Trümmerhaufen. In der Wand zur Küche gähnte ein großes Loch. Die beiden Mitbewohner der WG waren mit dem Schrecken davongekommen. Als sich der Staub der Detonation gelegt hatte, griffen die ersten Nachbarn zum Telefon.

Festnahme in Würzburg
Samstag, 2. Juni

Als vor ihrem Haus im Würzburger Hubland drei Polizeieinsatzfahrzeuge vorfuhren, war für Burkhard Bammes und seine Frau Erika klar, dass ihr Versteckspiel aufgeflogen war. Willenlos ließen sie sich abführen, als Leonie ihnen den Haftbefehl und die Gründe vorgelesen hatte, die zu ihrer Festnahme führten. Die Mitarbeiter von Kommissar Bohnensack schwärmten zu ihrem zweiten Großeinsatz an diesem Tag aus. Erst das Ding in Hettstadt und jetzt noch diese Verhaftung, der Tag wollte kein Ende nehmen.

„Guten Abend, Frau von Brandenstein", begrüßte sie der Festge-
nommene, „So sieht man sich wieder. Endlich ist es vorbei." Im
Flur der Bammes standen zwei gepackte Reisetaschen.

Warum?
Montag, 4. Juni

Burkhard und Erika Bammes waren vorbereitet. Ohne aufgefordert zu werden erzählten sie den beiden Beamtinnen der Würzburger Mordkommission, wie sie Halas al-Askari ausfindig gemacht
hatten.

„Warum?", fragte Leonie nur.

„Wir waren uns nicht ganz sicher", versuchte Burkhard Bammes
ihre Situation zu erklären. „Dass Kathrin nicht eines natürlichen
Todes gestorben war, davon waren wir überzeugt. Auch, dass ihr
Ableben möglicherweise mit ihrem muslimischen Freund zu tun
hatte. Aber wir kannten ja weder Namen, noch sonst irgendwas.
Kathrin hat uns nichts erzählt."

„Wundern Sie sich darüber, Herr Bammes, so wie Sie Ihre Tochter behandelt haben?", schritt Steffi ein.

„Was soll das heißen?", brauste Bammes auf.

„Naja, was Ihre Frau uns so alles erzählt hat."

„Alles Quatsch", kommentierte der Verhaftete.

„Jetzt bleiben wir erst einmal beim Mord an Kathrins Freund
und dem Tod zweier unschuldiger Würzburger Bürger. Also", kam
Leonie auf den Punkt zurück, „warum haben Sie in Ihrer Vorge-
hensweise den Tod von Unschuldigen in Kauf genommen?"

„Weil", versuchte Bammes es nochmals, „wir unsere Tochter
trotz des Unsinns, den Sie uns vorwerfen, geliebt haben."

„Sie war doch mein Baby, meine Kleine, sie war alles für mich",
schluchzte Erika Bammes auf.

„Ohne sie machte unser Leben keinen Sinn mehr. Mit einem
Schlag wurde alles zunichte gemacht. Und auch das Klinikum
Mitte konnte ihr nicht helfen. Wir wollten die Welt dafür bezahlen

lassen. Wir waren wütend, enttäuscht und verzweifelt. Also mussten wir die Sache in die eigenen Hände nehmen."

„Aber warum zu Lasten unschuldiger Menschen?" Leonie verstand die Gründe von Bammes nicht.

„Uns ist klar geworden, dass wir Würzburg verlassen mussten, um wieder in ein normales Leben zurückzufinden. Am besten ganz weit weg, aber dazu fehlte uns das nötige Kleingeld. So sind wir auf die Idee mit der Erpressung gekommen."

Die weiteren Vernehmungen und Untersuchungen ergaben, dass das verhaftete Ehepaar noch bis vor eineinhalb Jahren einen kleinen Winzereibetrieb als Nebenerwerb betrieben hatte. Ihnen gehörten fünf Hektar Rebfläche der renommierten Lage „Würzburger Stein", die sie an das Juliusspital verpachtet hatten. Im Gegenzug war Burkhard Bammes stellvertretender Leiter der Landwirtschaftsabteilung geworden.

Schlagzeile der Main-Zeitung
Samstag, 9. Juni

Würzburger Ehepaar entpuppt sich als Mörder-Duo

Eine Geschichte, wie sie das Leben schreibt. Ein Thriller, besser als der neue „James Bond". Mittendrin ein Liebespaar, das nicht zusammenkommen sollte.

Erinnern wir uns: Rund einen Monat war Würzburg wie gelähmt, weil die „Giftmischer", wie sie von der Bevölkerung bezeichnet wurden, mit vergiftetem Frankenwein unschuldige Menschen töteten. Nun wurden sie gefasst und ihre Motive publik. Eine menschliche Tragödie. Berichten wir der Reihe nach:

Im März des letzten Jahres starb ihre Tochter Kathrin an Herzstillstand. Was zunächst wie der ungewöhnliche Tod einer jungen Frau aussah, entpuppte sich dieser Tage als raffinierter Mordfall.

Dass sich hinter dem Tod ihrer Tochter kein normaler Sterbefall verbarg, vermutete das verhaftete Ehepaar schon lange. Sie erzwangen Aufklärung und verlangten Schmerzensgeld, indem sie unschuldige Men-

schen vergifteten. Ihre Erpresserbriefe richteten sie gegen das Juliusspital, da ihre Tochter in einer deren Kliniken verstorben war. Sie töteten zwei unschuldige Würzburger Bürger mit vergiftetem Frankenwein. Daraufhin nahm die hiesige Mordkommission Ermittlungen auf.

Gleichzeitig verdichteten sich Hinweise auf einen geplanten terroristischen Anschlag auf die Jüdische Gemeinde Würzburgs. Kurz vor der Verhaftung von Tatverdächtigen wegen Mitgliedschaft in einer terroristischen Vereinigung und Planung eines Anschlags, schritten die Eltern der ermordeten jungen Frau zur Tat und brachten den ehemaligen Freund ihrer Tochter mit dem Gift des Blauen Eisenhuts um. Dass der junge Mann gar nicht den Tod ihrer Tochter verschuldet hatte, sondern ein Agent des Iranischen Geheimdienstes, entbehrt nicht einer gewissen, grausigen Ironie.

Als gesichert gilt jedoch, dass der Iraker kurz vor einem Sprengstoffanschlag auf das Jüdische Gemeindezentrum „Shalom Europa" stand. Dies wurde von der Presseabteilung der Kriminalpolizei Würzburg bestätigt.

Suizid-Terrorismus hat eine lange Geschichte. Er begleitete die christlichen Kreuzfahrerzüge im 12. und 13. Jahrhundert, die russischen Anarchisten und reicht bis hin zu den japanischen Kamikaze-Fliegern während des Zweiten Weltkriegs. Erneut aufgeschreckt wurde die Weltöffentlichkeit, als am 11. September 2001 zwei entführte Flugzeuge in die Türme des World Trade Centers krachten. Oft genug berichten die internationalen Medien nur noch von den spektakulärsten Selbstmordanschlägen. Das Ursachen-, Bedingungs-, Handlungs- und Konsequenzen-Spektrum wird jedoch immer komplexer. Es sind zwar einzelne Täter, die die Anschläge verüben, doch seien wir uns bewusst: Die Planung solcher Attentate liegt in den Händen einer operativen Ebene von Organisationen, die nicht nur labile Einzeltäter ausnutzen. Sie locken mit spiritueller Erlösung, Aufnahme ins Paradies und göttlicher Fürsprache für die Attentäter und ihre Familien neben dem Ruhm als unsterblicher Märtyrer. Das macht es so schwierig, in die Psychologie der Suizid-Attentäter einzudringen, denn es gibt kein klassisches Täter-Profil.

Epilog

Ashtar, Halas al-Askaris Schwester, war längst tot. Als die Kämpfer des IS sie gemeinsam mit anderen jungen Frauen verschleppten, ging es in die Berge von Dschabad Sindschar, westlich von Mossul und zwischen 500 und 1.000 Meter hoch. Ashtar sollte die zweite Ehefrau eines verdienten IS-Kämpfers werden, der in der hügeligen Landschaft seinen Stützpunkt aufgebaut hatte und von dort seine Truppe anführte.

Während einer kurzen Rast, ungefähr 53 Kilometer vor dem eigentlichen Ziel, nutzte sie eine kleine Unaufmerksamkeit der Bewacher und flüchtete in ein Feld links der staubigen Straße. Die Kämpfer hätten ihr hinterherschießen können, taten es aber nicht. Sie warteten und sahen der Fliehenden nach. Sie kannten das Feld und würden es um keinen Preis betreten. Ashtar rannte um ihr Leben. Als sie auf eine der Landminen trat, riss ihr die Detonation beide Beine und den linken Arm ab, ihr Leib wurde von Splittern durchsiebt. Ashtar verblutete und starb nur wenige Augenblicke nach der Detonation. Ihren Leichnam ließ man dort liegen. Die Schakale und Geier würden sich darum kümmern.

Werner Rosenzweig

MÖRDERISCHES
BAMBERG

Hochsommer in Bamberg: Die Leiche der zwölfjährigen Johanna
wird bei Schleuse 100 aus der Regnitz gefischt und die Wellen schlagen hoch. Auch bei Franziska Berger, der gewitzt-charmanten Lokal-
redakteurin des „Fränkischen Tags", die der Sache nicht nur aus
journalistischem Interesse nachgeht. Bald gibt es einen zweiten
Toten, Bischof Esposito von der Römischen Kurie. Was hatte dieser
mit dem seltsamen Zweig der katholischen Kirche zu tun, der in der
Stadt eine Schule samt Internat für „schwierige Kinder" betreibt? Ein
ungeheuerlicher Verdacht keimt auf: Ist Exorzismus im Spiel? Und
das im beschaulichen Bamberg?

Ein Franken-Krimi, 304 Seiten, 11,90 Euro

Werner Rosenzweig

MÖRDERISCHES
BAYREUTH

Benno Behringer, der kleine, kugelrunde Hauptkommissar mit der Leidenschaft für die Nibelungensage und für deftiges fränkisches Essen, hat noch zwei Jahre bis zum wohlverdienten Ruhestand. Da kommt der Mord an einem jungen Investmentberater, der im Park der örtlichen Eremitage niedergestochen wurde, mehr als ungelegen. Als sich herausstellt, dass das Mordopfer zuletzt in höchst zweifelhafte Aktiengeschäfte verwickelt war, wittern Behringer und sein Team einen schnellen Ermittlungserfolg. Aber plötzlich stehen sage und schreibe neun Verdächtige auf der Rechnung, alle mit eindeutigem Motiv – und alle ohne Alibi.

Ein Franken-Krimi, 328 Seiten, 12,90 Euro